Knaur.

Über die Autorin:

Nancy Warren hat Englische Literatur studiert und zunächst als Journalistin gearbeitet. Ihre wahre Leidenschaft hat sie jedoch beim Schreiben ihrer Bücher gefunden. Sie lebt mit ihrem Ehemann und zwei Kindern in Kanada. Aufgrund ihrer australischen Wurzeln hat sie eine enge Verbindung zum Fünften Kontinent.

Nancy Warren

Hot

Erotische Phantasien

Aus dem Amerikanischen
von Tine Mey

KNAUR TASCHENBUCH VERLAG

Die amerikanischen Originalausgaben erschienen 2003 und 2004
unter den Titeln »Bad Boys To Go« und »Bad Boys Down Under«
bei BRAVA BOOKS und KENSINGTON BOOKS,
Kensington Publishing Corp., New York, USA

FSC
www.fsc.org
MIX
Papier aus verantwortungsvollen Quellen
FSC® C083411

Deutsche Erstausgabe November 2010

Dieses Buch enthält die folgenden zwei Erzählungen:
»Going after Adam/Keiner küsst so gut wie du«

»The Great Barrier/Noch mal so wie letzte Nacht«

Umschlaggestaltung: ZERO Werbeagentur, München
Umschlagabbildung: mauritius images / Martin Wieland
Satz: Adobe InDesign im Verlag
Druck und Bindung: CPI – Clausen & Bosse, Leck
Printed in Germany
ISBN 978-3-426-50257-0

2 4 5 3 1

Inhalt

Keiner küsst so gut wie du

1. Kapitel

Jedes Mal, wenn Gretchen Wiest wieder einen untreuen Ehemann verfolgte – und an manchen Tagen schien es beinahe so, als beschäftigte ihre Privatdetektei sich mit nichts anderem –, war sie froh, Single zu sein.

Sie musterte die Gesichter der Passagiere, die durch die Glastüren in den Ankunftsbereich des San Francisco Airports kamen. Ihr Ziel war leicht auszumachen. Er überragte die restlichen Reisenden um einen Kopf und strahlte eine Ruhe und eine Stärke aus, die auch an jedem anderen Ort ihre Aufmerksamkeit augenblicklich gefesselt hätten. Jep, das war der neueste Mistkerl, um den es ging. Sie schürzte die Lippen, während sie den hochgeschlagenen Kragen ihres Trenchcoats noch ein Stückchen höher zog.

Sie warf einen Blick auf das Foto in ihrer Hand, um als Profi, der sie war, absolut sicherzugehen, aber es war eigentlich nicht notwendig. Der Mann, der den Ankunftsbereich gerade betreten hatte, war Adam Stone. Er war kein Typ, den man verwechseln konnte, wenn man einmal sein Bild gesehen hatte. Und ebenso wenig konnte man ihn vergessen.

Es war dasselbe schwarze Haar, ordentlich gekämmt, bis auf die eine kohlrabenschwarze Locke, die ihm verwegen in die Stirn hing – was in Gretchens Augen ganz sicher genau so gewollt war. Es waren dieselben tiefgründigen irischen blauen Augen, dasselbe kantige Gesicht, dieselbe energische Nase, dieselben groben Wangenknochen, dieselben vollen

Lippen. Insgesamt ein beeindruckendes Paket. Er besaß die gebieterische Präsenz eines Generals, die Augen eines Poeten, die Nase eines Kämpfers und die Lippen eines Liebhabers.

Er sah in ihre Richtung, als wäre er sich ihres prüfenden Blickes bewusst. Oder vielleicht hatte er auch irgendwie ihre Verachtung gespürt. Hastig schlug sie die Augen nieder. Doch in dem Moment, als sich ihre Blicke für den Bruchteil einer Sekunde getroffen hatten, hatte sie seine starke Sinnlichkeit wahrgenommen.

Wow. Der Kerl war absolut anbetungswürdig. Aber Gretchen riss sich zusammen, denn sie wusste, dass die Frau, von der er sich an diesem Wochenende anbeten lassen würde, nicht seine Ehefrau war.

Gretchen heuchelte großes Interesse an der Anzeigetafel für die Ankunfts- und Abflugzeiten, an der auch Stone vorbeikommen musste. Als er es schließlich tat, drehte sie sich um und stieß *ganz zufällig* mit ihm zusammen. In einer Hand hielt er einen schicken Aktenkoffer mit einem dezenten Firmenlogo, das in Goldlettern geprägt war, und in der anderen Hand einen Rucksack aus Leder. Sie bemerkte, dass er schlank, aber sehr durchtrainiert war und dass er gut roch, als sie einen Sender, der nicht größer als ein 10-Cent-Stück war, in seine Jackentasche mogelte. Mit einer gemurmelten Entschuldigung ging sie in die Richtung, aus der er gekommen war, und hastete zum Parkplatz.

In seinem feinen dunkelblauen Anzug sah er aus wie einer der unzähligen Berufstätigen, die am Freitagnachmittag zu einem Meeting mussten. Einige von ihnen würden noch am selben Tag zurückfliegen, andere würden das Wochenende über bleiben. Sie wusste – dank Mrs. Stones Anwalt –, dass er vorhatte, das Wochenende über zu bleiben. Und sie hoffte, dass er Gefallen daran fand, wenn Bilder von ihm gemacht wurden, während er Sex hatte – denn ohne das Wissen von Mr. Stone oder seiner Geliebten würden sie und ihre kleine leistungsstarke Kamera an der Party teilnehmen.

Als Gretchen ihren unauffälligen beigefarbenen Kleinwagen erreichte, ging sie zum Kofferraum, zog ihren Trenchcoat aus, warf ihn hinein und ersetzte ihn durch einen schwarzen Wollmantel. Sie drehte ihr Haar zu einem Knoten zusammen, setzte einen flippigen schwarzen Filzhut auf und malte sich die ungeschminkten Lippen leuchtend rot an.

Sie schlüpfte in den Wagen und startete den Motor. Gleichzeitig schaltete sie den kleinen Monitor auf ihrem Armaturenbrett ein, der das Signal des Senders als blinkenden Punkt anzeigte. *Ausgezeichnet.*

Langsam fuhr sie am Taxistand vorbei und sah, dass Stone an dritter Stelle in der Warteschlange stand. Sie lenkte den Wagen ein Stück weiter auf die Bordsteinkante, um zu warten. In der Zwischenzeit rief sie per Handy bei Mrs. Stones Anwalt an. Ihr Auftraggeber hatte sie darum gebeten, sich zu melden, sobald sie Stone identifiziert hatte.

»Ja?«, ertönte nach dem ersten Klingeln eine knappe männliche Stimme.

Verwirrt blinzelte sie und überprüfte noch einmal die Telefonnummer in ihrem Palm. Sie hatte eine Empfangsdame oder eine Privatsekretärin erwartet. »Mr. Fisk?«

»Am Apparat.« Die Stimme klang ein wenig freundlicher. »Mit wem spreche ich?«

»Hier ist Gretchen Wiest. Sie haben mich gebeten, Bescheid zu geben, sobald ich Mr. Stone gefunden habe.« Sie hielt sich das freie Ohr zu, um den Verkehrslärm der unzähligen Autos, die am Freitagnachmittag die Straßen bevölkerten, etwas abzudämpfen. »Ich bin am Flughafen. Er ist gerade gelandet.«

Während sie redete, beobachtete sie aufmerksam jedes Taxi, das vorbeikam. Zwar hatte sie das Signal des Senders als Sicherheit, doch sie wollte »Folgen Sie dem Taxi!« spielen, um sicherzugehen, dass sie Stone nicht verlor.

»Am Flughafen?«

»Ja. San Francisco. Ich werde so viele Beweise für Mrs. Stone sammeln, wie ich kann.«

»Ausgezeichnet. Sind Sie sich sicher, dass es Mr. Stone ist?«

»Hundertprozentig. Er sieht genau aus wie auf dem Foto.«

»Gute Arbeit, Ms. Wiest. Rufen Sie mich wieder an, wenn er in sein Hotel eincheckt.«

»Wenn Adam Stone aber zuerst ein Arbeitsmeeting hat, kann das noch ein paar Stunden dauern.« Sie überschlug schnell, wie groß die Zeitverschiebung zwischen Kalifornien und Houston war. Texas war zwei Stunden voraus. Vermutlich wäre Mr. Fisk selbst schon ins Wochenende gestartet, sobald sie über weitere Informationen verfügte, und sie hinterließ niemals Details einer laufenden Ermittlung auf einer Mailbox oder einem Anrufbeantworter. Es entstand eine kurze Pause. Ihr Auto erzitterte, als ein Bus auf der Straße vorbeidonnerte. »Gibt es eine andere Telefonnummer, unter der …«

»Nein. Unter dieser Nummer erreichen Sie mich Tag und Nacht.«

Wow. Dieser Scheidungsanwalt schien ein wirklich engagierter Profi zu sein – sie fragte sich, ob es in seiner Vergangenheit eventuell auch eine Ehegattin gegeben hatte, die fremdgegangen war.

Und da sie gerade über untreue Partner nachdachte – just in dem Moment kam Adam Stone an ihr vorbei, auf der Rückbank eines Taxis. Sie verabschiedete sich hastig von Mrs. Stones Anwalt, ließ noch ein paar Wagen zwischen sich und das Taxi und fädelte sich dann in den fließenden Verkehr ein.

Es war leicht, Stones Taxi im Blick zu behalten. Wie jeden Freitagnachmittag war der Highway 101 voller Autos. Es ging schleppend voran, und die Straße war so überfüllt, dass Gretchen in ihrem Wagen nicht auffiel.

In einigem Abstand voneinander fuhren sie Richtung Innenstadt – Stone in seinem Taxi und sie in ihrem Auto. Sie kamen an den großen Hotels vorbei, in denen die Geschäftsleute für gewöhnlich abstiegen, und fuhren weiter in die älteren Wohngebiete San Franciscos. Die Hügel hinauf und wieder hinunter, trafen sie auf die berühmte Sutter Street mit ihren zahllosen Einkaufsmöglichkeiten. Schließlich bog das Taxi in eine kleine Seitenstraße und hielt auf der Auffahrt eines Stadthauses aus dem 19. Jahrhundert, das zu einem Hotel umgebaut worden war.

Sie musste zugeben, dass Stone ziemlich gerissen war. Die Pension war klein, ruhig und lag abseits des Geschehens. Genau der Ort, den auch sie sich ausgesucht hätte, um für einige Zeit unterzutauchen. Keiner seiner Geschäftspartner würde ihm hier versehentlich über den Weg laufen. Er konnte sein Eheversprechen also ganz in Ruhe brechen.

Glaubte er jedenfalls.

Sie fuhr an der Pension vorbei, umrundete einmal den Block und kam zurück. Und gerade in diesem Augenblick bog – o Wunder – ein Van aus einer Parklücke, die nur einen halben Block von Stones Pension entfernt war. Sie stellte den Wagen ab, zog ihren Matchbeutel vom Rücksitz und holte ihre Kamera heraus. Dann warf sie einen Blick auf ihre Uhr und machte sich einige Notizen in ihrem Palm.

»Okay, Mistkerl«, murmelte sie. »Das ist für deine Frau.« Es war komisch, aber selbst in Zeiten der sogenannten einvernehmlichen Scheidung waren ihre Arbeitsaufträge nicht weniger geworden. Ehefrauen und deren Anwälte engagierten sie oft, um die untreuen Ehemänner zu verfolgen. Und die Ehefrauen verlangten fast immer Bilder von der anderen Frau. Es war beinahe so, als könnten sie nicht anders. Sie mussten einfach ganz genau Bescheid wissen.

Als sie ihre Notizen auf den neuesten Stand gebracht und die Zeit geprüft hatte, zu der Stone in die Pension gegangen war, wartete sie ab. Adam Stone würde die Pension entweder verlassen – oder eine Frau würde bei ihm auftauchen.

Eine Stunde verging. Keine Frau betrat das kleine Hotel, und Adam Stone verließ das Haus nicht. Ihrer Erfahrung nach – und sie hatte während ihrer Arbeit eine Menge Erfahrungen sammeln können – vergeudete ein untreuer Ehemann keine Sekunde seines Liebeswochenendes. Und ganz sicher keine ganze Stunde.

Geduld war der Teil ihres Jobs, den sie am schwierigsten fand. Sie zog die Zeitung hervor, las die Nachrichten und fing an, das Kreuzworträtsel zu lösen. Nach einer weiteren Stunde begann ihr Magen zu knurren. Sie holte einen Müsliriegel aus ihrer Tasche und biss ab.

Endlich tat sich etwas: Stone kam aus dem Hotel. Er trug noch immer seinen Anzug. Wollte er sein Date mit seinem Äußeren beeindrucken? Sie schüttelte den Kopf und schoss ein paar Aufnahmen mit ihrer Kamera, aber er war allein. Er blickte die Straße rauf und runter und ging dann eilig in die entgegengesetzte Richtung.

Gretchen wartete, bis er hinter der nächsten Ecke verschwunden war, bevor sie aus ihrem Auto stieg und ihm folgte. Sie nahm den kleinen Überwachungsmonitor von ihrem Armaturenbrett und legte ihn in den Kofferraum – sie würde Stone zu Fuß verfolgen.

Es stellte sich heraus, dass er nur zu einem Lädchen an der Ecke ging. Sie ging an dem Schaufenster vorbei und tat so, als würde die Auslage eines Souvenirshops sie interessieren. Scheinbar versunken bewunderte sie die kleinen Nachbauten der Cable Cars und die Blechdosen mit *Ghirardelli*-Schokolade, die mit Bildern der Golden Gate Bridge verziert waren. Aus den Augenwinkeln beobachtete sie, wie Stone mit einer braunen Papiertüte den Laden verließ.

Verdammt. Er hatte sein Hotel überhaupt nicht verlassen, um sich mit der Frau zu treffen. Vorerst würde sie keine Schnappschüsse davon machen können, wie die beiden bei einer Tasse Cappuccino im Straßencafé saßen und sich küssten oder wie sie in einem vornehmen Restaurant unter dem Tisch füßelten.

Wo war die andere Frau?

Die Antwort traf sie wie ein Schlag ins Gesicht. Es war so offensichtlich. Die Frau musste im Hotel auf ihren Liebhaber gewartet haben. Während Gretchen zu Tode gelangweilt draußen gesessen und über ein Wort mit zehn Buchstaben für eine Zitrusfrucht nachgegrübelt hatte, war das Techtelmechtel auf Stones Zimmer in vollem Gange gewesen.

Sie hatte kein Team oder einen Partner, der sie beizeiten entlasten konnte. Sie schnüffelte nach der altbewährten Methode: Sie folgte dem Verdächtigen, schoss Fotos und machte sich detaillierte Notizen. Und wenn es erforderlich war, sagte sie auch als Zeugin aus. Sie besaß eine Waffe, eine kleine *Smith & Wesson* mit einem flippigen Griff in Pink. Doch bislang hatte sie die Waffe für einen Job noch nie benutzen müssen. Das Büro, das sie gemietet hatte, war praktischerweise an die Telefonzentrale des Gebäudes angeschlossen, so dass sie keine Sekretärin benötigte, die ihre Anrufe entgegennahm. Die geringen Geschäftskosten ermöglichten es ihr, mit den Preisen für ihre Dienste absolut konkurrenzfähig zu bleiben. Und außerdem gefiel es ihr, allein zu arbeiten.

Wenn sie heute Abend noch etwas Brauchbares herausfinden wollte, musste sie ein bisschen forscher an die Sache herangehen. Sie würde Stone in sein Hotel folgen. Mit etwas Glück würde er seine Zimmertür öffnen und seine Geliebte küssen, während er in Reichweite ihrer Kamera war.

Manchmal taten Menschen die dümmsten Dinge – zum Glück für sie und ihre Arbeit.

Sie stürmte in die Pension, neigte den Kopf, als sie an der Rezeption vorbeiging, und tat so, als würde sie in ihrer Tasche nach dem Schlüssel suchen. Die junge Dame am Empfang telefonierte gerade und würdigte die Frau, die in den reizenden altmodischen Aufzug mit den Gittertüren steigen wollte, keines Blickes.

Stone hatte die Türen bereits zur Hälfte zugezogen, als sie rief: »Halten Sie den Lift bitte noch an.«

Kurz blickte er sie an, und sie zwang sich, ungerührt zu wirken, obwohl sie das dringende Bedürfnis verspürte, ihre Faust auf seine Nase sausen zu lassen. Dieses Arschloch checkte sie ab. Sie nahm diesen knappen interessierten Blick wahr, das schnelle Mustern von Kopf bis Fuß, als er ihren Körper abschätzte. Er hatte kaum seinen Hintern aus dem Bett der einen Frau erhoben und schon wieder ein Auge auf eine andere geworfen?

»Welche Etage?«, fragte er höflich.

Sie bemerkte, dass sein Finger kurz über dem Knopf mit der Vier innehielt. »Vierter Stock, bitte.«

Mit einem flüchtigen Nicken drückte er den Knopf. Der altertümliche Lift surrte und quietschte unheilverkündend, als er langsam nach oben glitt.

Sie war sich der Anwesenheit des Mannes, der mit ihr nach oben fuhr, mehr als bewusst. Er muss ein wahnsinnig erfolgreicher Schürzenjäger sein, dachte sie. Man konnte seine erotische Anziehungskraft beinahe mit Händen greifen. Und ihr Körper, der offenbar nicht so erfahren mit Mr. Stones höchst fragwürdigen Moralvorstellungen war wie ihr Kopf, schien darauf anzuspringen.

Oder vielleicht war das Gefühl, das ihren Rücken hinauf- und hinunterjagte, gar keine Anziehung, sondern pure, blinde Angst. Dieser Lift kam ihr vor wie ein vergoldeter Vogelkäfig, der von einer lahmen alten Dame hochgezogen wurde, die ihn jederzeit fallen lassen konnte.

Erleichterung durchströmte Gretchen, als das Ding endlich mit einem schrillen Kreischen hielt.

Stone öffnete behutsam die Gittertüren und hielt sie höflich auf, damit sie an ihm vorbei hinausgehen konnte. *Verdammt.* Eigentlich hatte *sie* vorgehabt, *ihm* zu folgen.

Bedächtig ging sie über den flauschigen roten Teppich, der stellenweise schon ein wenig fadenscheinig war. An den weiß verputzten Wänden hingen Leuchter und schwere goldene Spiegel. Auf den zierlichen antiken Tischchen standen

Schüsseln mit Duftpotpourri, das den Geruch nach Staub und Alter jedoch nicht überdecken konnte.

Die Zimmer hatten große, altmodische Türen mit großen, altmodischen Schlössern. Ihr wurde heiß bei dem Gedanken, dass der enge Korridor gleich zu Ende war und sie hinter sich noch immer seine Anwesenheit spürte.

Aber fast im selben Moment hielt der Mann hinter ihr an, und es ertönte ein Klimpern, das sich wie Kleingeld in einer Jackentasche anhörte. Verstohlen schob sie die Hand in ihre Tasche, um nach der Kamera zu greifen.

Sie hörte, wie er hinter ihr sein Zimmer aufsperrte, und wirbelte herum. Schnell und leise machte sie ein paar Schritte bis zur Tür, ehe er sie schließen würde. Ein Foto einer nackten Frau in seinem Bett wäre ideal. Wenn sie sich leidenschaftlich küssten, wäre es sogar noch besser.

Sie kam an die offene Tür. Plötzlich schoss eine Hand hervor, packte sie am Handgelenk und zog heftig daran. Sie schluckte ihren Aufschrei vor Überraschung und Schmerz hinunter, als sie ins Zimmer gezerrt wurde und ins Taumeln geriet. Starke Arme ergriffen sie, hielten sie fest, und sie war gezwungen, ihre Kamera und ihre Tasche fallen zu lassen. Hinter ihr fiel die Tür mit einem unheilvollen Klicken ins Schloss.

»Was zur Hölle glauben Sie, was Sie da machen?« Sie war wütend auf sich selbst, weil sie so jämmerlich unaufmerksam gewesen und in die Falle getappt war, und auf ihn, weil er der Grund für ihren Fehler war.

Sie war so fest an seinen Körper gepresst, dass seine Gürtelschnalle sich schmerzhaft in ihren Bauch drückte, sein Brustkorb ihr die Luft raubte und sein Atem ihr Haar durcheinanderbrachte.

Trotzdem weigerte sie sich schlicht, sich von seiner Größe und Kraft einschüchtern zu lassen, und funkelte ihn an.

Seine Miene war undurchdringlich, sein Blick eisig. Doch sie glaubte, ganz kurz eine Spur Belustigung in seinen Augen aufblitzen zu sehen, bevor dieser Eindruck wieder der Wut wich. »Ich wollte Sie gerade dasselbe fragen.«

Schnell sah sie sich um, aber wenn sich das Flittchen nicht unter der weißen Tagesdecke auf dem Bett oder in dem Schrank aus Mahagoni versteckte, war Mr. Stone allein.

»Sie sind doch derjenige, der mich gepackt hat«, erinnerte sie ihn.

»Sind Sie bewaffnet?« Ohne ihre Antwort abzuwarten, hielt er sie mit einer Hand fest und tastete sie mit der anderen ab.

Die Papiertüte mit den Lebensmitteln stand auf dem Fußboden, wo er sie hatte fallen lassen. Nachdem er sich davon überzeugt hatte, dass sie keine Kanone an ihrem Fußknöchel festgeschnallt hatte, hob er die Tüte hoch, stellte sie auf den Tisch und drehte Gretchen unvorsichtigerweise den Rücken zu.

Sie war vielleicht nicht bewaffnet, aber das bedeutete nicht, dass sie nicht gefährlich war. Obwohl sie es jahrelang sporadisch versucht hatte, war sie doch nicht über den braunen Gürtel hinausgekommen. Dennoch beherrschte sie einen Karate-Kick, auf den sie ziemlich stolz war – und sie ließ Mr. Stone diesen Tritt mit voller Wucht spüren.

Vor Überraschung und Schmerz keuchte er auf und fiel der Länge nach auf den Tisch. Sie griff sich ihre Tasche und rannte, aber schon als sich ihre Finger um den bronzenen Türknauf schlossen, packte er ihr Handgelenk und hielt es fest.

Zur Hölle mit den Kampfkünsten! Sie biss ihm in den Arm.

Unter Flüchen ließ er sie los.

Sie zielte mit der Faust auf sein Kinn, doch er wich aus, so dass sie ihn nicht richtig traf. Das Nächste, an was sie sich erinnerte, war, dass sie durch die Luft geschleudert wurde und rücklings auf dem großen Himmelbett landete.

Und die ganze Situation wurde noch schlimmer, als Stone sich auf sie warf. Stone? *Stein? Felsbrocken* wäre wohl der passendere Name für ihn, dachte sie, als ihr durch sein Gewicht der Atem geraubt wurde.

Der Mann war muskulöser, als sie angenommen hatte. Tatsächlich hatte er stahlharte Muskeln. Stahlharte. Schwere. Muskeln. Und sein gesamter Körper bedeckte sie von ihrer Brust bis hinunter zu ihren Zehen und drückte sie platt. Nur ihre Arme waren nicht unter ihm gefangen. Er löste dieses Problem, indem er ihre Handgelenke ergriff und sie mit einer Hand über ihrem Kopf festhielt.

Nun war sie absolut hilflos. Ihr blieb nicht einmal die Luft, um ihn aufs übelste zu beschimpfen.

Es gab nichts auf der Welt, was sie mehr hasste, als hilflos zu sein. Nichts.

Sie funkelte ihn an. Er hatte eine rote Stelle am Kinn, die ungefähr die Größe ihrer Faust hatte – vermutlich würde daraus ein hübscher blauer Fleck werden –, und er atmete schwer.

Zumindest hatte sie sich ihm also nicht kampflos ergeben müssen. Aber das war nur ein schwacher Trost dafür, dass sie sich ihm schließlich doch hatte ergeben müssen.

Seine Augen waren kalt und hart und irgendwie gefährlich. Schon lange hatte dieser Mann nichts mehr mit dem höflichen Fremden gemein, der ihr vor ein paar Augenblicken noch freundlich die Lifttür aufgehalten hatte.

»Wer schickt Sie?«, wollte er wissen.

Als ob ich dir das sagen würde, Dummkopf! Abgesehen davon, dass sie im Moment weder das noch sonst irgendetwas hätte sagen können. Sie konnte kaum atmen. Wenn sie nicht bald ein wenig Sauerstoff bekam, würde sie ihre Hilflosigkeit damit krönen, ohnmächtig zu werden.

»Krieg … keine … Luft!«, gelang es ihr, mit dem letzten Atemzug hervorzustoßen.

Ganz leicht kniff er seine kalten, wütenden Augen zusammen und blickte sie argwöhnisch an. Zwar rollte er nicht von ihr herunter, aber immerhin hob er seinen Oberkörper ein paar Zentimeter an. Sie verspürte das dringende Bedürfnis, sich auf der Seite zusammenzurollen und tief Luft zu holen, doch diese Möglichkeit gab er ihr nicht. Hastig füllte sie ihre Lunge mit Sauerstoff und schüttelte das Schwindelgefühl ab. Unter ihrem Zorn spürte sie, wie Angst in ihr aufstieg. Dieser Kerl war stärker, als es den Anschein hatte, und offensichtlich war er so etwas wie … ein Lustmolch.

Während sie gierig nach Luft rang und keuchte, sagte er: »Sie waren am Flughafen. Ich habe Sie anschließend noch mal gesehen, als ich das Taxi bezahlte. Und Sie sind mir vom Lebensmittelgeschäft bis hierher gefolgt.«

Ihre Verärgerung wuchs. Sie war gut in ihrem Job, verdammt noch mal. Sogar ein erfahrener Profi hätte Schwierigkeiten gehabt, sie wiederzuerkennen. Wie hatte er sie so oft entlarven können? »Purer Zufall. Ich erinnere mich ganz sicher nicht, Sie vorher schon einmal gesehen zu haben. Wir müssen zur selben Zeit angekommen sein und wohnen im selben Hotel. Na und? Wenn Sie jetzt so freundlich wären, von mir herunterzurollen? Ich würde ganz gern wieder gehen.«

»Sie wohnen hier im Hotel?«

Es würde ihn nur einen Anruf an der Rezeption kosten, um herauszufinden, dass sie log. »Ich besuche einen Freund.«

Er griff in ihre Tasche. Sie wand sich unter ihm und hasste die Kraft und die Macht, die er im Augenblick über sie genoss. »Das ist privat!«

Er zog ihre Waffe heraus und fuchtelte damit vor ihrer Nase herum. »Sie nehmen eine Pistole mit, wenn Sie einen Freund besuchen?«

Jetzt verlor sie endgültig die Geduld. »Gehen Sie von mir runter!« Sie bäumte sich auf und wand sich, doch das erinnerte sie nur daran, dass sie wie Liebende aneinandergepresst waren. Scharf atmete er ein, als sie sich unter ihm bewegte, und sie sah Feuer in seinen Augen aufflackern. Es war jedoch schnell wieder erloschen, während sie ihre präfeministische Reaktion auf einen erregten Mann niederrang.

»Wer schickt Sie?«, fragte er noch einmal.

»Wo ist die Frau?«, erwiderte sie.

Mit einem Stirnrunzeln blickte er sie an. »Sie befinden sich nicht in der Position, Spielchen mit mir zu spielen. Sie wohnen nicht hier. Sie haben mich verfolgt. Warum? Wer schickt Sie?«

Sie funkelte ihn an. Wenn er so schlau war, herauszufinden, dass ihm jemand auf den Fersen war, dann war er bestimmt auch clever genug, um sich denken zu können, wer sie engagiert hatte. *Er* spielte hier die Spielchen. »Ihre Frau schickt mich.«

»Das denke ich nicht.« Er verlagerte sein Gewicht, und sie spürte sowohl seine Verärgerung als auch den erneuten Sauerstoffmangel. Wieder lag sie so unter ihm, dass sie keine Luft bekam.

Eine Welle des Zorns durchströmte sie. »Nein. Ihr Männer denkt ja sowieso eher selten. Ihr genießt eure schäbigen kleinen Affären und glaubt, dass ihr damit durchkommt, während das treue Frauchen sich den Arsch abarbeitet, das Haus in Ordnung hält, die Kinder erzieht …« Das Bild ihrer eigenen Mutter, die genau das getan hatte, schoss ihr durch den Kopf. »Es gibt Neuigkeiten, Arschloch: Ihre Frau ist Ihnen auf die Schliche gekommen!«

»Hat meine *Frau* Sie engagiert, um mich umzubringen?«

Für was hielt er sie? Für eine Auftragskillerin? »Ich bin Privatdetektivin. Sie hat mich engagiert, um Beweise für die Scheidung zu sammeln, Einstein.«

Wieder hatte er die Augen leicht zusammengekniffen, und sie fühlte sich, als versuchte er, die Gedanken zu erfassen, die hinter den Worten standen. »Hat meine Frau selbst Sie angeheuert?«

»Nein. Ihr Anwalt hat das übernommen.«

»Wie heißt dieser Anwalt?«

»Das ist vertraulich. Also, jetzt wissen Sie, warum ich hier bin. Wie wäre es, wenn Sie mir einfach Ihre kleine Freundin präsentieren würden, ich ein paar hübsche Aufnahmen von Ihnen beiden mache und dann verschwinde?«

»Es gibt keine Frau.«

Sie verdrehte die Augen. Mann, der Typ war aufgeflogen. Wann würde er das endlich einsehen, von ihr runtergehen und sie in Ruhe lassen?

»Und da wäre noch eine Kleinigkeit, die Sie vielleicht

interessieren könnte.« Er bewegte sich und durchbohrte sie mit seinem Blick.

»Sagen Sie nichts. Ihre Frau versteht Sie nicht?« Sie bemühte sich, souverän zu klingen, aber ihr Puls raste.

»Ich bin nicht verheiratet.«

2. Kapitel

Adam lächelte fast. Das heisere »Was?«, das die Frau ausstieß, während sie ihn mit großen Augen anstarrte, wirkte authentisch. Beinahe nahm er ihr ab, dass sie engagiert worden war, um einem untreuen Ehemann hinterherzuspionieren.

Aber eben nur beinahe.

Eine Frau mit blonden Locken, seegrünen Augen und einem schlanken, wohlgeformten Körper zu schicken, um ihn umzubringen, war brillant.

Abgesehen davon natürlich, dass es ebendiese Schönheit gewesen war, die ihn am Flughafen auf sie aufmerksam gemacht hatte. Andererseits war er auch mit Geheimnissen unterwegs, für die seine Vorgesetzten ihn töten würden, und war deshalb besonders achtsam gewesen. Und so hatte er bemerkt, wie sie auf der Straße am Flughafen angehalten hatte und ihm dann gefolgt war und dass sie ihm vom Lebensmittelgeschäft hinterhergelaufen war.

Aber wie zum Teufel hatten sie ihn so schnell ausfindig gemacht? Er hätte schwören können, sie nicht im Flieger gesehen zu haben, und in Houston war sie ihm zuvor auch nicht aufgefallen. Daran hätte er sich erinnert.

Vom Flughafen aus hatte er angerufen, um sein Nachmittagsmeeting in Washington D.C. abzusagen, und hatte dann sein Ticket nach San Francisco gekauft.

Er rollte von der Frau herunter, denn es fiel ihm schwer,

einen klaren Gedanken zu fassen, wenn ihre zarten Kurven an ihn geschmiegt waren, als würden sie miteinander schlafen. Ihr Duft reizte ihn, und ihre verdammten Locken waren nicht länger unter dem Hut versteckt, sondern lagen auf dem Kissen ausgebreitet wie verstreute Goldmünzen.

Möglicherweise weckte sie in ihm Phantasien, die heiß und erotisch waren, aber der Stahl ihrer Waffe in seiner Hand war kalt und sachlich. Bei der Erinnerung an die Art, wie sie ihn angegriffen hatte, richtete er die Pistole auf sie, während er sich in den einzelnen, mit rotem Samt gepolsterten Sessel im Zimmer sinken ließ.

Er hatte sich dieses Hotel zufällig im Internet ausgesucht. Wie hatten sie ihn so schnell gefunden?

Als er sich von ihr gelöst hatte, setzte die Frau sich auf und drehte sich, so dass sie auf dem Bett saß und ihre Füße den Boden berührten. »Wenn Ihre Frau mich nicht engagiert hat … wer war es dann?«

»Ich habe Ihnen nicht erlaubt, sich zu bewegen.« Er fuchtelte ein bisschen mit der Waffe herum, um sie daran zu erinnern, dass er sie in der Hand hielt.

Sie schüttelte den Kopf. »Sie ist nicht geladen.«

»Welcher Attentäter schleppt eine ungeladene Pistole mit sich herum?« Er war sich sicher, jeden Moment in seinem eigenen Bett aufzuwachen und erleichtert festzustellen, dass das alles hier nur ein furchtbarer Alptraum war. Und hoffentlich würden sich die Ereignisse der drei letzten Monate als ebenso unwirklich herausstellen.

»Ich bin keine Attentäterin. Ich bin Privatdetektivin. Und *mich* müssen Sie nicht davon überzeugen, dass Sie Ihre Frau nicht betrügen, also müssen Sie mir nicht länger etwas vormachen.«

»Wann hat ›meine Frau‹ Kontakt mit Ihnen aufgenommen?«

»Das darf ich nur ...«

»Was auch immer Ihnen gezahlt wird – ich gebe Ihnen das Doppelte.«

Sie warf ihm einen langen, kühlen Blick zu. »Ich bekomme tausend Dollar für das Wochenende. Ich hätte die zweitausend dann gern in bar.« Sie schenkte ihm eines dieser unechten Einen-schönen-Tag-noch-Lächeln.

»Ich habe nicht so viel Bargeld bei mir. Ich kann Ihnen entweder einen Scheck ausstellen, oder Sie können warten, bis morgen früh die Banken wieder aufmachen.« Tatsächlich trug er fünftausend Dollar bei sich. Doch er brauchte das Geld für seine Flucht, und er musste darauf achten, dass es noch möglichst lange reichte.

»Danke trotzdem. Ich denke, ich passe.« Sie erhob sich. »Es war mir ein echtes Vergnügen, Sie zu treffen, aber ich mache mich dann mal wieder auf den Weg.«

Wieder bückte sie sich nach ihrer Tasche. Er wusste, dass er sie aufhalten musste. Kurzerhand nahm er seine eigene Waffe in die Hand, die er bereits ausgepackt und griffbereit hatte, obwohl er gehofft hatte, sie nicht benutzen zu müssen.

»Diese hier ist geladen.«

Sie starrte ihn an, starrte die Waffe an, und zum ersten Mal konnte er ihre Angst spüren. Er schob seine Schuldgefühle beiseite, denn ihm war bewusst, dass er sie jetzt nicht gehen lassen konnte. Nicht bevor es Morgen war.

Doch immer noch schwieg sie hartnäckig.

Er rechnete es schnell im Kopf durch. »Sie sind heute um kurz nach Mittag – Ihrer Zeit – angeheuert worden.«

Statt seine Frage zu beantworten, zischte sie: »Haben Sie überhaupt eine Lizenz für das Ding?«

Das war die wohl seltsamste Unterhaltung, die er je mit einem Menschen geführt hatte. »Tatsächlich habe ich einen Waffenschein.«

»Haben Sie eine Vorstellung davon, wie viele Unfälle oder sogar Todesfälle es jedes Jahr durch den unsachgemäßen Gebrauch von Handfeuerwaffen gibt?«

»Nicht alle davon sind unbeabsichtigt. Setzen Sie sich.«

Sie gehorchte – aber erst nachdem sie mit einem verstohlenen Blick die nähere Umgebung nach einer möglichen Waffe abgesucht hatte.

Verdammt, er würde sie ans Bett fesseln müssen. Aber nicht aus dem Grund, der ihm normalerweise vorgeschwebt hätte …

Sie verschränkte die Arme vor der Brust und funkelte ihn an.

»Also? Liege ich richtig mit meiner Vermutung, was den Zeitpunkt angeht?«, fragte er.

»Ziemlich«, räumte sie mit eisiger Stimme ein.

Er nahm sich einen Moment, um ihre Pistole genauer zu untersuchen. Sie hatte die Wahrheit gesagt. Keine Kugeln. Was seine Theorie, dass sie eine Auftragskillerin war, doch eher unwahrscheinlich wirken ließ. Obwohl – vielleicht war ihr Kick ihre tödliche Waffe. Er rieb sich den Rücken und fragte sich, ob sie dabei seine Niere verletzt hatte.

Mit dem Fuß zog er ihre Tasche zu sich heran. Als er merkte, wie sich ihr Körper wie zum Sprung anspannte, hielt er ihr die Mündung seiner Pistole entgegen.

Doch wenn sie tatsächlich aufspringen würde, was würde er tun? Wenn sie bisher noch nicht herausgefunden hatte, dass er sie niemals erschießen würde, so wäre es doch nur noch eine Frage der Zeit, bis es ihr klarwerden würde.

Er löste seine Krawatte. Das hätte er schon vor Stunden tun sollen, aber er war zu beschäftigt gewesen, in seinem Zimmer auf und ab zu laufen und zu grübeln.

Noch immer die Waffe auf sie gerichtet, wühlte er auf der Suche nach ein paar weiteren Schlipsen in seinem Koffer.

»Es tut mir wirklich leid«, sagte er, während er mit den Krawatten in der Hand auf sie zuging.

»Nein!« Sie riss die Augen auf, sprang vom Bett auf und stürzte sich auf seine Pistole.

»Sind Sie verrückt geworden? Hören Sie damit auf!«

Der Kampf dauerte länger als gedacht, denn Adam hätte niemals auf eine Frau geschossen oder sie geschlagen. Sie hatte hingegen offenbar keinerlei Hemmungen, sich mit allen Mitteln gegen einen Mann zur Wehr zu setzen. Adam bekam schmerzhaft ihre Ellbogen zu spüren und wurde gekratzt, gepikt, geohrfeigt und geschlagen, bevor er sie an die Pfosten des Bettes gefesselt hatte.

Während sie sich aufbäumte, um sich trat und sein Leben ganz allgemein zur Hölle machte – wobei sie ihn, wie er zu seiner Schande gestehen musste, auch anmachte –, stieß sie sich den Kopf an einem der Pfosten. Er hielt inne, um zu fragen, ob alles in Ordnung sei, und sie drehte den Kopf zu ihm um. Statt ihm zu antworten, biss sie ihm in die Hand.

»Verdammt noch mal, das ist das zweite Mal, dass Sie mich gebissen haben. Sind Sie gegen Tollwut geimpft?«

Sie funkelte ihn zornig an, und er erwiderte diesen Blick, bevor er ins Badezimmer ging und einen Waschlappen nass machte.

Als er ins Zimmer zurückkehrte, starrte sie an die Decke

und weigerte sich, ihn anzusehen, als er näher kam. Er schob eine Hand unter ihren Kopf, bis er die Beule gefunden hatte, und legte den Waschlappen auf die Schwellung.

»Sie haben das vermutlich nötiger als ich«, stieß sie schnippisch hervor, und er erkannte, dass sie Angst hatte.

Er machte einen Schritt zurück, ließ sich wieder in den Sessel sinken und versuchte, ihr klarzumachen, dass er ihr nicht weh tun wollte. »Ich weiß. Sie kämpfen wirklich mit allen Mitteln.«

Eine Sache verwunderte ihn allerdings. »Warum haben Sie nicht geschrien?«

Sie wurde rot. »Ich will nicht, dass aus Versehen eine Zivilperson zu Schaden kommt.«

Allmählich wuchs in ihm die Überzeugung, dass sie nicht geschickt worden war, um ihn zu töten. Verwirrt zog er ihre Tasche zu sich heran. Da die Frau gefesselt war und sich nicht wehren konnte, nahm er sich die Zeit, die Tasche gründlicher zu durchsuchen. Er fand ein Handy, einen Palm, einen Spiralblock für Notizen, ihre Brieftasche und die aktuelle Tageszeitung, in der die Seite mit dem Kreuzworträtsel aufgeschlagen war. Es war zur Hälfte gelöst.

Außerdem befanden sich in der Tasche einige Müsliriegel und eine halbvolle Flasche Wasser.

»Hören Sie auf damit. Wie können Sie es wagen, meine Sachen zu durchwühlen?«

Ohne sie zu beachten, schlug er den Notizblock auf. Sein eigenes Bild blickte ihm entgegen. Ein offizielles Foto. Die Firma musste es ihr per E-Mail geschickt haben, und sie hatte es auf Fotopapier ausgedruckt. Es waren kein Datum und auch keine Uhrzeit abgebildet. Weder auf der Vorder- noch auf der Rückseite fand er Notizen. Trotzdem – wenn dieser

E-Mail-Anhang noch auf ihrem Computer war, konnte man den Absender zurückverfolgen. *Ein Beweis.*

Ihr Notizblock enthielt unleserlich gekritzelte Stichworte und ein Protokoll seiner Aufenthaltsorte. Ihr Palm war mit einem Passwort geschützt.

Eine Handvoll Visitenkarten enthielt die meisten Informationen. *Gretchen Wiest, zugelassene Privatdetektivin. Diskretion ist unser Geschäft.*

Es schien so, als wäre sie tatsächlich eine Privatdetektivin.

»Gretchen Wiest. Sind Sie das?«

Sie funkelte ihn nur an.

Er lehnte sich im Sessel zurück. »Hören Sie, Gretchen. Ich bin über die Situation genauso unglücklich wie Sie. Ich werde Ihnen die Sache erklären – soweit ich es vertreten kann.«

Einen Moment lang dachte er darüber nach, was er der feindlichen Fremden, die im Augenblick wie eine fleischgewordene Phantasie an sein Bett gefesselt war, erzählen konnte. Ihr Oberteil war ein wenig nach oben gerutscht, als sie miteinander gekämpft hatten, und der Anblick ihres straffen Bauches löste in ihm Gedanken aus, die er eigentlich nicht haben sollte. Er hätte ihr T-Shirt für sie heruntergezogen, doch er wollte ihr nicht zeigen, dass er es bemerkt hatte.

»Ich bin nicht verheiratet. Das war nicht der Anwalt meiner Ehefrau, der Sie engagiert hat. Ich weiß nicht genau, wer der Mann war, aber ich habe da einige Vermutungen.« Er zögerte und runzelte die Stirn. Eine Sache, die der Kampf mit dieser umwerfenden, mutigen Frau bewirkt hatte, war, dass sein Stirnrunzeln für ein paar Minuten verschwunden war –

doch jetzt war es wieder zurück. So viel war sicher: Dadurch, dass Gretchen in sein Leben getreten war, würde die Aufgabe, die ihm bevorstand, noch schwieriger werden.

»Ich stecke in Schwierigkeiten. Ich glaube, die Leute, die Sie beauftragt haben, mich zu verfolgen, planen einen tödlichen Unfall für mich. Gretchen, haben Sie sich schon bei denen gemeldet? Wissen die, wo ich bin?«

Es herrschte Schweigen, und er hörte den Verkehr unten auf der Straße. Irgendwo ertönte eine Hupe. Gretchen schüttelte den Kopf. »Ich wollte warten, bis ich Sie mit einer Frau zusammen erwische, bevor ich Bericht erstatte.«

Erleichtert atmete er auf. »Ich bin kein Krimineller. Zu Ihrer eigenen Sicherheit möchte ich Ihnen nichts Näheres erzählen. Es tut mir leid«, wiederholte er. »Ich werde Ihnen nichts tun, aber Sie sollten heute Nacht hierbleiben. Ich kann das Risiko nicht eingehen, dass Sie sofort Ihren Auftraggeber anrufen und ihm meinen Aufenthaltsort verraten. Morgen früh werde ich San Francisco verlassen. Dann sind Sie frei. Heute Nacht schlafe ich auf dem Sessel.«

»Aber meine Kinder ...« Sie klang panisch. »Ich muss doch zu meinen Kindern nach Hause.«

Kinder? Sein Magen zog sich zusammen. Er hatte angenommen, dass sie Single war. Sie trug keinen Ring.

Dann tat er etwas, das er eigentlich nicht hatte tun wollen. Er nahm sich ihre Brieftasche. Sie lag ganz unten in ihrer Tasche. Wenn sie Kinder hatte, wollte er sie sehen. Er kannte niemanden, der Kinder hatte und keine Fotos seiner Sprösslinge bei sich trug.

Zwei Minuten später wusste er, dass sie gelogen hatte. »Hier sind keine Bilder von Ihren Kindern, und auf der Mitgliedskarte für die Videothek steht ›Miss‹.«

»Das sollte da auch stehen. Und falls es Ihnen entgangen sein sollte: Frauen können auch ohne einen Ehemann Kinder haben. Kluge und emanzipierte Frauen jedenfalls.«

Sie war absolut empfindlich. Und ihr Job, untreue Ehemänner zu überführen, gefiel ihr offenbar unglaublich gut. Es steckte sicher eine Geschichte dahinter, doch er hatte im Augenblick keine Zeit, um der Sache auf den Grund zu gehen.

»Wenn Sie Kinder hätten, würden Sie sie nicht in Gefahr bringen. Sie würden einem bewaffneten Mann, der Frauen fesselt, nicht einmal von ihrer Existenz erzählen.«

Sie machte sich nicht die Mühe, mit ihm zu streiten. »Warum hauen Sie nicht sofort ab? Lassen Sie mich hier und verschwinden Sie, wenn Killer hinter Ihnen her sind.«

»Ich habe meine Gründe, das jetzt nicht zu tun. Es tut mir leid«, sagte er zum dritten Mal.

Er trat ans Fenster und ließ seinen Blick aufmerksam über die Straße gleiten. Nichts hatte sich verändert. Er zog die Gardinen zu und nahm wieder Platz. Sein Blick fiel auf die braune Papiertüte. »Das hätte ich beinahe vergessen. Abendessen.« Er zog ein Sandwich und eine Flasche Mineralwasser heraus. Aus dem Badezimmer holte er ein Glas und schenkte Wasser ein, teilte dann das Sandwich und legte es auf eine Serviette. »Ich hoffe, Sie mögen Geflügelsalat«, erklärte er und stellte alles auf den Nachttisch. Er löste die Fessel um ihren linken Arm, denn er hatte längst bemerkt, dass sie Rechtshänderin war.

Wieder funkelte sie ihn zornig an, aber allmählich gewöhnte er sich daran. Im Übrigen war er sich sicher, dass er genauso schauen würde, wenn er sich in ihrer Lage befände.

Er hatte sich schon fast darauf eingestellt, dass sie ihm das Sandwich und das Getränk vor die Füße werfen würde, doch das tat sie nicht. Sie aß und trank. Eine vernünftige Frau. Das gefiel ihm.

»Also«, begann er, legte die Waffe ab und nahm sich sein halbes Sandwich. »Hassen Sie alle Männer oder nur mich?«

3. Kapitel

Gretchen schreckte aus einem unruhigen Schlaf voller Alpträume auf, als sie das Geräusch des Radioweckers vernahm. Es dauerte einen Moment, bevor ihr alles wieder einfiel. Beinahe wünschte sie sich, sie hätte sich nicht erinnert. Der Alptraum war Wirklichkeit.

Sie warf einen Blick zu Adam Stone, der gerade die Augen aufschlug. Sie sah, wie seltsam zusammengekrümmt er im Sessel lag, wie er dann das Gesicht verzog und sich an den Nacken griff. Insgeheim hoffte sie, dass sein Nacken wie die Hölle schmerzte. »Guten Morgen«, sagte er.

»Es wird ein guter Morgen, wenn Sie mich endlich freilassen und aus meinem Leben verschwinden.« Sie streckte sich. Die Vorstellung, vor einem Fremden so hilflos zu sein, missfiel ihr. Sobald er ihre Fesseln gelöst hätte …

Moment mal. Sie war zwar nicht gerade ein Morgenmensch, aber sogar ihr umnebeltes Hirn begriff, dass sie sich im Schlaf nicht hätte zusammenrollen können, wenn sie noch immer festgebunden gewesen wäre.

»Wann haben Sie die Fesseln abgenommen?« Der Gedanke, dass sie in der Nacht jederzeit das Zimmer hätte verlassen können, aber stattdessen geschlafen hatte, bis der Wecker sie geweckt hatte, war beschämend. Wenn sie ihre Erfolgsgeschichte der letzten vierundzwanzig Stunden genau betrachtete, sollte sie ihre Berufswahl vielleicht doch noch einmal überdenken.

Dieses belustigte Funkeln stand wieder in seinen Augen – als hätte er ihre Gedanken erraten und würde ihr Unbehagen verstehen.

»Kommen Sie«, forderte er sie ein wenig zu fröhlich auf. »Ich gebe Ihnen ein Frühstück aus.«

»Danke«, presste sie zwischen zusammengebissenen Zähnen hervor, »aber ich will einfach nur nach Hause.«

Er warf einen Blick auf seine Uhr, zuckte zusammen und rieb sich den schmerzenden Nacken. »Wie wäre es mit einem Kaffee?«

»Das ist lächerlich.« Sie schlug die Decke zurück und schwang die Beine aus dem Bett. »Ich habe Arbeit, die erledigt werden muss, ich habe ein Leben.« Sie hatte keine Ahnung, wer dieser Mann war – ein untreuer Ehemann, ein Krimineller, ein Unschuldiger auf der Flucht, wie er behauptete, oder einfach ein Spinner. Sicher war, dass sie so schnell wie möglich von hier fortwollte. Je früher, desto besser.

Er fuhr sich mit den Händen durchs Gesicht, und sie bemerkte den dunklen Bartschatten auf seinem Kinn und seinen Wangen. »Okay. Ich brauche eine Kopie der E-Mail, in der mein Bild an Sie geschickt wurde. Wir könnten in Ihrem Büro vorbeifahren.«

O ja. Na klar, das würde sie bestimmt machen. Vielleicht hatte sie während der kurzen Zeit, die sie einander kannten, nicht ganz das gezeigt, was in ihr steckte. Aber Mr. Stone würde schon bald herausfinden, dass sie noch ein paar Überraschungen parat hatte.

Sie musste nur selbst noch herausfinden, was für Überraschungen das waren.

In der Zwischenzeit ließ er sie, höflich wie er war, zuerst ins Badezimmer. Wie sie schon am vergangenen Abend erkannt hatte, besaß das Badezimmerfenster ungefähr die Größe einer Postkarte. Keine Chance zu entkommen.

Sie sehnte sich nach einer Dusche, aber die Vorstellung, sich auszuziehen, während Stone im Nebenzimmer saß, erfüllte sie nicht gerade mit Entzücken. Sie würde warten müssen, bis sie zu Hause war.

Also wusch sie sich, gab etwas von seiner Zahnpasta auf ihren Finger und putzte sich notdürftig die Zähne, fuhr sich mit den Fingern durch die Haare und gab auf.

»Okay, hier ist der Plan, wie wir es machen werden«, sagte er, als sie wieder aus dem Badezimmer kam. »Sie fahren. Zuerst geht es in Ihr Büro. Ich hole mir die Kopie der E-Mail, dann bringen Sie mich zu einem Ort, den ich Ihnen noch nennen werde, und ich verschwinde aus Ihrem Leben. Einverstanden?«

»Ich habe mir vom Flughafen hierher ein Taxi genommen und habe Sie dann zu Fuß verfolgt.«

Er verdrehte die Augen. »Ihr Auto ist das beigefarbene, das einen halben Block von hier entfernt steht. Und übrigens haben Sie ein Knöllchen bekommen.«

»Ein Knöllchen?« Sie rannte zum Fenster. Tatsächlich flatterte unter ihrem Scheibenwischer ein weißes Papierstück, das verdächtig nach einem Strafzettel aussah. Ihre Berufsehre bekam erneut einen Dämpfer. »Sie kennen sogar meinen Wagen.«

»Hey, wenn Sie nicht so umwerfend aussehen würden und ich nicht um mein Leben fürchten würde, wäre mir das alles vermutlich nicht aufgefallen.«

Sie starrte mürrisch aus dem Fenster. Sie hatte keine Zeit für dieses Süßholzraspeln. Oder dafür, dass sein Kompliment ihr schmeichelte. »Kommen Sie«, sagte er.

Sie gehorchte und nahm ihre Tasche auf, während er mit seinem schweren Rucksack und der Aktentasche herumhantierte und gleichzeitig versuchte, weiterhin mit der Waffe auf sie zu zielen. Ein paar Minuten lang beobachtete sie ihn und machte dann einen Schritt auf ihn zu. »Mir gefällt Ihre Solodarstellung der *Drei Stooges*, aber wenn Sie nicht damit aufhören, wird versehentlich noch jemand erschossen.« Sie ergriff seine Aktentasche. »Wir beide wissen doch, dass Sie mich nicht umbringen werden. Ich werde Sie an einem öffentlichen Platz absetzen, und dann sind wir beide fertig miteinander. Schönes Leben noch.«

Er erwiderte nichts darauf und schob die Waffe in eine Seitentasche seines Rucksacks.

Das Frühstück, das er ihr besorgte, stammte aus einem Drive-in-Restaurant – aber es gab wenigstens heißen Kaffee, also war es ihr egal. Die Wahrheit war, dass die Nacht vorüber war und er Wort gehalten hatte. Sie fühlte sich nicht länger ausgeliefert und verletzbar. Im Moment war sie eher neugierig. Es waren vermutlich ihre unstillbare Neugier und ihre Leidenschaft, Rätsel zu lösen, die sie überhaupt zu diesem Beruf gebracht hatten.

Sie war nicht dumm. Sie hatte Nachforschungen über Stone und Fisk angestellt, bevor sie den Fall übernommen hatte. Stone war ein Erdölingenieur und Fisk ein prominenter Scheidungsanwalt in Houston. Sie hatte nicht darüber nachgedacht nachzuprüfen, ob Stone tatsächlich verheiratet war. Aber verheiratet hin oder her – wieso würde irgendjemand ihn umbringen wollen?

Als sie sich in den fließenden Verkehr eingefädelt hatten, sagte er: »Also gut. Dann fahren wir jetzt in Ihr Büro.«

Die Hälfte ihres Honorars hatte sie bereits im Voraus

bekommen. Wenn ihr Klient schon keine eindeutigen Fotos von Stone und einer Frau bekommen würde – sofern diese Frau nicht gerade *sie* war –, sollte sie wenigstens versuchen, Diskretion zu bewahren. »Ich kann nicht …«

»Gretchen, es ist sehr wichtig.« Die Art, wie er ihren Namen sagte, fast so, als wären sie ein Team, rüttelte sie auf.

Und ihr wurde klar, dass sie ihm glaubte. Gut, sie war ein wenig skeptisch, was das »um sein Leben fürchten« betraf, aber offensichtlich hatte er sich nicht mit einer Frau getroffen, um ein wildes Wochenende zu genießen. Sie war ein gerechter Mensch – wenn sie ihr das Foto unter falschem Vorwand geschickt hatten, dann hatte er das Recht, es zu sehen.

»Also gut«, sagte sie. »Aber ich kann nicht in mein Büro fahren, solange ich nicht geduscht habe.« Sie warf einen Blick auf ihre Uhr. Es war ein paar Minuten nach acht. »Ich lebe in einem Gebäude mit Wachschutz. Sie werden draußen im Wagen warten. Verstanden?«

Offenbar wollte er frustriert aufstöhnen, verkniff sich das jedoch. *Kluger Junge.* Sie war fast zu Tode erschreckt worden, hatte kaum geschlafen und nur einen Kaffee aus einem Fast-Food-Restaurant im Magen. Sie brauchte eine Dusche, frische Kleider und ein Deo.

»Nettes Haus«, sagte er, als sie langsamer wurde und vor dem Haus in der Ninth Avenue in der Nähe des Golden Gate Parks hielt. Er hatte ihr nichts getan, hatte eine sehr unbequeme Nacht auf einem Sessel verbracht und würde in ein paar Minuten aus ihrem Leben verschwunden sein. Diese Aussicht stimmte sie so milde, dass sie fast schon freundlich war.

»Es war einmal ein Einfamilienhaus, aber mittlerweile haben sie es in Apartments umgewandelt. Ich liebe dieses

Haus.« Sie blickte hinauf zu ihrem Erkerfenster im zweiten Stock und runzelte die Stirn, als ganz kurz ein Mann am Fenster auftauchte. »Das ist seltsam«, murmelte sie. »Der Hausmeister muss in meiner Wohnung sein. Ich frage mich nur, wieso?«

Sie blickte ihren Begleiter an und sah, wie er nach seinem Rucksack griff – der nette Kerl, der ihr gerade noch ein Frühstück besorgt hatte, war innerhalb einer Sekunde verschwunden. »Sie haben Bescheid gesagt, oder?«

Ihre Miene verriet sie.

»Fahren Sie! Na, machen Sie schon. Wir müssen hier verschwinden.«

»Es ist vielleicht nur ein Leck oder irgendwas, und der Hausmeister ist in meinem Apartment ...« Dennoch fädelte sie sich in den Verkehr ein und musste sich zusammenreißen, um nicht Vollgas zu geben. Adams Angst war ansteckend.

»Sie können ihn vom anderen Ende der Stadt aus anrufen.« Er sah sie an. »Zu Ihrem Büro.«

Sie nickte. Eine seltsame Anspannung erfasste sie, während sie fuhr. Sosehr sie sich auch einzureden versuchte, dass es eine harmlose Erklärung für die Silhouette des Mannes gab, die sie gesehen hatte, hatte sie doch eine Gänsehaut. Sie umklammerte das Lenkrad so fest, dass ihre Knöchel weiß hervortraten.

Sobald sie in ihrem Büro wären, würde sie den Hauswart anrufen und herausfinden, was mit ihrem Apartment nicht stimmte. Dann würde sie Mr. Stone seine E-Mail geben und anschließend ihr gewohntes Leben wiederaufnehmen – und hoffen, dass dieser Tag besser werden würde als der vergangene.

Doch sie war noch fast einen Häuserblock von ihrem Büro entfernt, als ihr klarwurde, dass ihr Tag sich schlimmer entwickeln würde als erwartet.

Zuerst machten die Sirenen sie stutzig. Sie musste sich zusammennehmen, um dem Drang zu widerstehen, um die Ecke zu biegen und dorthin zu rasen, wo die Löschfahrzeuge der Feuerwehr vor den Trümmern ihres Büros standen. Die Straße war abgesperrt, doch ein Blick reichte, um zu wissen, was geschehen war.

Das Feuer war beinahe gelöscht. Ein paar schmutzig graue Rauchsäulen stiegen noch aus dem Dach auf. Wasser tropfte überall herunter, und ein Schlauch war noch immer auf ein zerborstenes Fenster gerichtet – das Glas war entweder durch die Hitze gesprungen oder zerschlagen worden.

»Ist das das Fenster zu Ihrem Büro?«

»Ja.«

Adam kurbelte das Autofenster hinunter und rief einer Gruppe von Gaffern zu: »Was ist passiert?«

»Heute Nacht ist das Gebäude abgebrannt.«

»Wurde irgendjemand verletzt?«, fragte Gretchen. Ihre Lippen fühlten sich taub an.

»War jemand in dem Gebäude?«, gab Adam die Frage an seinen Informanten weiter.

»Glaube nicht.«

»Danke.« Er kurbelte das Fenster wieder hoch. »Lassen Sie uns hier verschwinden.«

Sie fügte sich. Ihre Beinmuskeln taten weh, weil sie dem Impuls widerstehen musste, so schnell es ging vom Ort des Geschehens zu verschwinden. Aber das hätte natürlich nur unnötig die Aufmerksamkeit auf sie gelenkt. Also ließ sie das zerstörte Bürogebäude in normaler Geschwindigkeit hinter sich.

Adam nahm sich seine Waffe und blickte sich um. »Ich glaube nicht, dass wir verfolgt werden«, erklärte er, doch sie wusste, dass es noch zu früh war, um das mit Sicherheit sagen zu können.

»Tja«, begann sie mit einem zitternden Seufzen, »ich glaube Ihnen jetzt, dass Killer hinter Ihnen her sind.«

»Gretchen, ich bin nicht gern derjenige, der Ihnen das sagt, aber die Killer sind nicht mehr nur hinter mir her. Sie sind hinter uns beiden her.«

»Klar.« Sie war nicht dumm, sie hatte das schon selbst herausgefunden. Doch ihn diese Worte laut aussprechen zu hören war schlimmer, als sie vermutet hätte. »Also, was jetzt?«

»Jetzt setzen Sie mich bei einer Autovermietung ab und verbringen die nächste Zeit bei jemandem, dem Sie vertrauen können. Tauchen Sie für ein paar Tage unter.«

Ihre Finger trommelten im selben Takt auf das Lenkrad, wie der Zorn durch ihren Körper jagte. »Verstecken? Sie erwarten von mir, dass ich mich verstecke? Menschen, die ich nicht einmal kenne, haben mich benutzt, um Sie zu finden, haben meine Firma zerstört, haben weiß Gott was mit meiner Wohnung angestellt, und Sie wollen, dass ich mich verstecke? Das glaube ich nicht.«

»Hey, ich weiß, wie Sie sich fühlen. Aber ich will nicht dafür verantwortlich sein, dass Ihnen etwas passiert. Fahren Sie auf diesen Parkplatz und halten Sie in der Nähe des Briefkastens, bitte.«

Sie kam seinem Wunsch nach und stellte ihr Auto neben einen Lieferwagen, aus dem gerade Paletten mit Mineralwasser zu dem kleinen Laden an der Ecke gebracht wurden. Sie fuhr weit genug nach vorn, so dass man ihr Fahrzeug von der Straße aus nicht sofort sehen konnte.

Aus seiner Tasche zog Adam eine Handvoll Hotel-Flyer, die man überall in Empfangshallen und Busstationen finden konnte. Es schien beinahe, als spielte er »Ene, mene, miste ...« mit den Flyern, als er durch die Broschüren der großen Hotels am Las Vegas Strip blätterte.

Schließlich hatte er seine Wahl getroffen und holte einen großen braunen Umschlag aus seinem Rucksack. Er hatte einen schwarzen Stift in der Innentasche seiner Jacke, und sie beobachtete, wie er den Umschlag an sich selbst in dem Hotel in Las Vegas adressierte.

»Ich nehme nicht an, dass Sie zufällig Briefmarken haben?«, fragte er.

»Nicht bei mir.«

Er wühlte noch ein bisschen in seinem Rucksack herum, holte jedoch keine Briefmarken heraus, wie sie angenommen hatte, sondern eine Baseballkappe. Er setzte sie auf und zog sie tief über die Augen. Dann stieg er aus dem Wagen und verschwand in dem Laden an der Ecke.

Sie nahm ihr Handy und wählte Fisks Nummer. Sie wollte ihrem Klienten erklären, dass ihr ein Irrtum unterlaufen und der Mann, den sie verfolgt hätte, doch nicht Adam Stone gewesen sei. Es war vielleicht schon ein bisschen zu spät dazu, doch sie hatte das Gefühl, es wenigstens probieren zu müssen.

Als sie die Ansage hörte, dass die Nummer nicht länger vergeben war, war sie nicht besonders überrascht. Ohne Zweifel würde der echte Mr. Fisk, wenn sie ihn fand, nicht wissen, wer sie war, und auch seine Stimme würde ganz anders klingen als die des Mannes, der sie engagiert hatte. Des Mannes, auf den sie hereingefallen war.

Das Handy war wieder in ihrer Tasche, als Adam aus dem Laden trat und die Briefmarken auf den Umschlag klebte. Den Brief warf er anschließend in den Postkasten.

Er stieg wieder in den Wagen ein und wandte sich ihr zu.

»Adam? Was tun Sie da?«

Er starrte sie an und betrachtete ihren Mund. Die Intensität seines Blickes ließ ihr den Atem stocken.

»Was ich schon machen wollte, seit ich dich zum ersten Mal am Flughafen gesehen habe«, erwiderte er und presste seinen Mund auf ihre Lippen.

Er hatte ihr die Möglichkeit gegeben, sich seinem Kuss zu entziehen, musste sie zugeben – doch das Komische war, dass sie das gar nicht wollte. Tatsächlich war sie ihm sogar entgegengekommen.

Vielleicht war es die Mischung aus Adrenalin, das ihr Körper durch die Angst und die Anspannung ausgeschüttet hatte, dem Schlafmangel und der erschreckenden Erkenntnis, dass Fremde in ihren persönlichen und beruflichen Bereich eingedrungen waren und ihr Büro zerstört hatten – aber all die angestaute Spannung schien sich mit einem Mal in Verlangen umzuwandeln.

Sie nahm an, dass es ganz natürlich war, auf ihrer Flucht vor dem Tod das Leben auf die ursprünglichste Art und Weise zu feiern. Nur deshalb erwiderte sie seinen hungrigen Kuss mit einer Leidenschaft, die sie selbst überraschte.

Sie spürte, wie er seine Hände in ihr Haar schob und ganz sacht daran zog, so dass sie den Kopf in den Nacken legte. Mit einem Seufzen öffnete sie ihren Mund und ließ zu, dass er sie erforschte – heiß und fordernd.

4. Kapitel

Oh, dieser Mann konnte küssen. Er tauchte mit seiner Zunge tief in sie ein, streichelnd, aufreizend und gleichzeitig auch tröstlich und beruhigend. Im Grunde, schoss es ihr durch den Kopf, ist es doch schwierig, irgendetwas ernst zu nehmen, wenn man auf einem Parkplatz mit einem Mann rumknutscht, den man noch nicht einmal vierundzwanzig Stunden kennt.

Sie schlang die Arme um seinen Nacken und schmiegte sich an ihn. Im Augenblick brauchte sie seine Stärke, musste seine Wärme spüren.

Mit einem Aufstöhnen löste er sich von ihr.

»Vergiss nicht, wo wir stehengeblieben sind«, sagte er mit einem schiefen Grinsen. »Ich komme wieder.«

Und noch bevor sie ihren Mund wieder geschlossen hatte, hatte er das Auto verlassen und ging mit dem Rucksack über der Schulter und dem Aktenkoffer in der anderen Hand davon.

Sie blinzelte verwundert, als er eilig weiterlief und sich nicht umblickte. Er hastete auf eine Seitenstraße zu. Was, um alles in der Welt, hatte er vor? Der Mann war verrückt und so auffällig, wie ein umwerfend aussehender Kerl am Straßenrand nun einmal war. Seine ganze Erscheinung – mit der Baseballkappe und dem schicken Aktenkoffer in der Hand – schrie geradezu nach einem zweiten Blick. Sie sollte ihn gehen lassen.

Sie sollte ihn einfach gehen lassen.

Rückwärts fuhr sie aus der Parklücke und folgte ihm.

Als sie auf seiner Höhe war, betätigte sie den elektrischen Fensterheber und ließ das Fenster auf der Beifahrerseite herunter. »Hey. Du hast dein restliches Gepäck vergessen.«

»Das hole ich später ab«, stieß er hervor, ohne die Lippen zu bewegen, und blickte stur geradeaus. »Verschwinde hier.«

»Du wirst es nicht holen können, wenn du tot bist.«

»Hör auf, so viel Aufsehen zu erregen. Dann könnte ich die Sache überleben.«

Hinter ihr hupte jemand und überholte sie. Der Fahrer zeigte ihr den Mittelfinger. »Las Vegas liegt aber in der anderen Richtung«, fuhr sie fort.

Er ging weiter.

»Du wirst ein Auto benötigen, um dorthin zu kommen.«

»Ich miete mir eines.«

»Ich werde aber nicht verschwinden.«

Erst nach fast einem halben Kilometer und weiteren unzähligen Mittelfingern wandte Adam sich zu ihr um und warf ihr einen bösen Blick zu – sie wusste, dass sie gewonnen hatte. Zufrieden hielt sie vor ihm auf dem Bürgersteig, und er stieg ein.

»Bist du vollkommen verrückt geworden?«, schrie er sie an.

»Nein, ich bin wütend. Und wenn ich wütend werde, verstecke ich mich nicht. Das ist nicht meine Art.«

Sie war nicht die Einzige, die wütend war. Er war so zornig, dass sie glaubte, die Hitze zu spüren, die von ihm ausging. »Sie werden dich umbringen, wenn sie dich finden.«

Ja, ja. Wenn sie Angst vor der Gefahr hätte, hätte sie vermutlich nicht ausgerechnet diesen Job gewählt. Übrigens … »Mir hat der Kuss so gut gefallen, dass ich mehr davon will.«

Die Art, wie er die Kiefer aufeinanderpresste, zeigte ihr, dass Küssen im Augenblick wohl nicht ganz oben auf seiner To-do-Liste stand.

Sie seufzte. »Ich habe meinem Auftraggeber Bescheid gesagt. Direkt nachdem du aus dem Flugzeug gestiegen bist. Mr. Fisk hat mich gebeten, ihn wieder anzurufen, wenn du in dein Hotel eingecheckt hättest, aber ich wollte dich erst zusammen mit deiner Geliebten sehen, bevor ich Bericht erstatte.« Ihr war bewusst, dass sie ihn in große Gefahr gebracht hatte, aber sie wusste nicht, wie groß die Gefahr tatsächlich war. Sie erinnerte sich daran, dass Mr. Fisk am Telefon gefragt hatte: »Flughafen?«, und sie konnte sich selbst antworten hören: »Ja, San Francisco Airport.«

»Sie wussten nicht einmal, in welcher Stadt du dich aufhältst, bis ich angerufen habe, stimmt's?«, fragte sie beklommen. Einen Moment lang schwieg er, doch dann schüttelte er den Kopf.

»Es tut mir leid.«

»Du konntest es ja nicht wissen.«

»Lass mich dich wenigstens nach Las Vegas fahren. Ich sollte vielleicht auch die Stadt verlassen. Das ist vermutlich sicherer.«

Sein Lachen klang freudlos. »Nicht mit mir.«

Sie zitterte und stellte fest, wie sehr sie sich danach sehnte, bei ihm zu sein – auf der Flucht und auch sonst. Sein Kuss hatte die erstaunliche körperliche Anziehung, die zwischen ihnen herrschte, nur bestätigt. Irgendwie hatte sie es gewusst, als ihre Blicke sich zum ersten Mal getroffen hatten.

»Wir fahren auf die I-5 und sind in ungefähr zehn Stunden in Las Vegas«, versprach sie und sah sich nach einer Möglichkeit zum Wenden um.

»Wenn dein Freund Fisk der Kerl ist, von dem ich annehme, dass er es ist, wird er sich denken können, dass ich zum FBI will.«

Sie trat die Bremse beinahe durch. »Wir haben doch ein FBI-Büro in der Stadt.«

»Wir würden niemals lebendig ankommen. Es ist der erste Ort, wo sie uns erwarten. Ich kenne einen Typen in Las Vegas. Wir werden ihn dort aufsuchen.«

Ihr wurde klar, dass er ihr eine Menge Informationen verschwieg. Wenn sie ihn schon begleiten und ihr Leben an seiner Seite riskieren würde, dann würde sie das als Erstes ändern. Aber im Moment war sie zu sehr damit beschäftigt, zu fahren und sich aufmerksam nach verdächtigen Fahrzeugen umzuschauen.

Adam nahm seine Sonnenbrille aus seinem Rucksack, setzte sie auf und rutschte auf dem Beifahrersitz tiefer.

»Reich mir den Schal und die Sonnenbrille aus dem Handschuhfach«, sagte sie.

Er öffnete das Handschuhfach und nahm die beiden Dinge heraus, um die sie ihn gebeten hatte, und den Autoatlas, den er sich auf den Schoß legte.

Er hielt das Lenkrad fest, während sie sich den Schal wie die berühmten Schauspielerinnen in den fünfziger Jahren um den Kopf schlang und die dunkle Sonnenbrille aufsetzte.

Es herrschte Schweigen, als sie den Wagen aus der Stadt lenkte. Sie schaltete das Radio ein, und schon bald hörten sie in den Nachrichten über den Brand in dem Bürogebäude. Glücklicherweise war das Feuer in den frühen Morgenstunden ausgebrochen, so dass sich noch niemand in dem Gebäude befunden hatte. Obwohl es noch zu früh für einen Bericht der Feuerwehr war, wurde ein Kurzschluss vermutet, der den Brand ausgelöst hatte. Das Wort »Brandstiftung« fiel kein einziges Mal.

»Ich wette, dein Computer ist mysteriöserweise in den Flammen zerstört worden«, sagte Adam, als die Nachrichten zu Ende waren und der Wetterbericht kam.

»Die haben das ganze Gebäude niedergebrannt, um eine E-Mail loszuwerden? Ist das nicht ein bisschen übertrieben?«

»Die E-Mail, Notizen, Telefonnummern. Sie haben gedacht, du würdest nach Hause kommen und sie könnten bei der Gelegenheit auch noch den Rest erledigen.«

Ihr schauderte bei seinem sachlichen Tonfall.

Typisch für einen Samstagvormittag, war der Verkehr erträglich. Adam blickte genauso oft in den Seiten- wie sie in den Rückspiegel, doch wenn sie jemand verfolgte, hatten sie ihn bisher noch nicht entdeckt.

Nachdem er durch den Autoatlas geblättert hatte, sagte er: »Nimm die I-580 nach Osten und … halte dich einfach eine Zeitlang in östlicher Richtung.«

»Aber wir kommen viel schneller nach Las Vegas, wenn wir …«

»Auf dem direkten Weg über die Hauptverkehrsstraßen werden sie uns suchen. Wir nehmen besser kleinere Landstraßen durch Dörfer und Städte und folgen einer Route, auf der niemand uns vermuten würde.«

»Aber wenn wir nach Osten fahren, erreichen wir Las Vegas bis heute Abend auf keinen Fall.«

»Es wäre sowieso sinnlos, vor dem Brief anzukommen.«

»Dann müssen wir irgendwo übernachten.«

»Ja.« Und dieses »Ja« implizierte jede Menge nächtlicher

Aktivitäten. Sie erschauerte und fragte sich, warum dieser praktisch Fremde sie so sehr anzog. Na gut, er war umwerfend und sexy, und ein Hauch von Gefahr umgab ihn. Also eigentlich der ideale Mann für sie …

Und so fuhr sie Richtung Osten. Sie durchquerten Yosemite. Sie öffnete das Fenster, um die klare, kühle Luft einzuatmen und die Gelbkiefern und die großen, wildwachsenden Zedern zu betrachten. Der Herbst ging langsam zu Ende, weshalb sie nur wenige Urlauber trafen. Niemand folgte ihnen. Einige Diademhäher stießen auf sie herab und hofften offenbar, dass sie ein Picknick machen würden und dass dabei etwas für sie abfiel.

»Tut mir leid, Jungs«, sagte sie und sah zu den Vögeln. Sie sprach leise, um Adam nicht aufzuwecken, der mittlerweile auf dem Beifahrersitz schlummerte.

Ihre geflüsterten Worte schienen ihn trotzdem geweckt zu haben, denn er richtete sich abrupt auf und blickte sich um, als erwartete er einen Angriff durchgeknallter texanischer Killer.

»Ich muss zugeben, dass es ziemlich unwahrscheinlich ist, dass uns die Killer hier auflauern. Weil es nämlich *absolut verrückt* ist!« Bei den letzten Worten hatte sie die Stimme erhoben, aber es war ihr egal. Diese ganze Geschichte war absolut verrückt! Ihre Schultern schmerzten von der langen Fahrt, und ihr Begleiter hatte die letzten beiden Stunden geschlafen.

»Hey, wir können uns jederzeit trennen.«

»Nicht bevor ich die Arschlöcher, die mein Büro abgefackelt haben und in meine Wohnung eingebrochen sind, hinter Gitter gebracht habe.«

»Dann fahr weiter.«

»Warum vertreiben wir uns die Zeit nicht damit, dass du mir erzählst, was genau hier eigentlich los ist?«

Ein langes Schweigen folgte. Es schien beinahe, als würde er mit sich selbst kämpfen. Schließlich sagte er: »Ich denke, ich schulde dir die Wahrheit.«

Dann hielt er wieder inne. »Ich bin Erdölingenieur.« Tja, sie hatte Recherchen über ihn angestellt und wusste das längst. So weit sagte er ihr also die Wahrheit. »Das Unternehmen, für das ich arbeite ... gearbeitet habe, ist in Houston ansässig. Die Firma fährt einen äußerst scharfen Kurs, expandiert schnell, und die Aktienpreise sind gigantisch. Das alles kam mir schon immer verdächtig vor. Nach dem *Enron*-Skandal wurde ich endgültig stutzig. Während andere Unternehmen an Wert verloren und die Preise der Wertpapiere ins Bodenlose stürzten, vergrößerten wir uns immer weiter. Ich weiß auch nicht ... es kam mir vor, als wäre es einfach zu schön, um wahr zu sein.«

Sie warf ihm einen Blick zu. Er hatte den Namen zwar nicht genannt, aber dank ihrer Nachforschungen wusste sie, dass es sich um eines der fünfhundert umsatzstärksten Unternehmen auf internationaler Ebene handelte. Tausende von Menschen arbeiteten weltweit für diese Firma.

»Aktienkurse sind nicht gerade mein Spezialgebiet, und deshalb habe ich auch lange nicht auf mein Bauchgefühl gehört. Doch dann habe ich etwas entdeckt. Ein Bericht über ein Ölfeld in Südamerika war offensichtlich gefälscht worden. Es war ein glücklicher Zufall, dass ich die Papiere überhaupt zu Gesicht bekommen habe. Der Bericht besagte, dass in einem Gebiet ein riesiges Ölvorkommen wäre, wo wir tatsächlich aber nichts gefunden haben. Ich weiß das so genau, weil ich den Originalbericht selbst geschrieben habe.«

Sie sah ihn an. »Wow. Was hast du getan?«

»Ich habe mich still verhalten und auf eigene Faust recherchiert. Ein alter Freund von mir arbeitet beim FBI in Las Vegas. Ich rief ihn an. Ende der Geschichte.«

»Warum bist du dann nicht umgehend nach Las Vegas geflogen?«

»Keine Flüge. Ich habe alles im letzten Moment gebucht. Im Übrigen wollte ich die Hunde auf eine falsche Fährte locken.«

Es war nicht das Ende der Geschichte – und zwar noch längst nicht. Die Art, wie er sich zur Seite neigte und mit aufeinandergepressten Kiefern aus dem Fenster starrte, ließ keinen Zweifel daran. Das Unternehmen war bekannt. Eine seltene Erfolgsgeschichte in wirtschaftlich schwierigen Zeiten. Wenn es ein Kartenhaus war, das nun Gefahr lief, einzustürzen ... Sie dachte über die Folgen für die Wirtschaft und die unzähligen Anleger nach. »Wow.«

»Ja. Weck mich, wenn ich mal das Steuer übernehmen soll«, sagte er, zog sich die Mütze tief ins Gesicht, schloss die Augen und machte es sich auf dem Beifahrersitz bequem.

Sie fuhr, bis ihr Rücken schmerzte und ihr Magen knurrte. Sie waren in einer kleinen Stadt am Rande der I-395, deren Namen sie noch nie gehört hatte. Es gab eine Reihe Motels, ein Einkaufszentrum mit einem *Wal-Mart*, ein paar Fast-Food-Restaurants und einige Tankstellen.

Sie parkte den Wagen vor dem *Wal-Mart*. »Ich muss mir eine Zahnbürste und so etwas besorgen und mir die Beine vertreten. Außerdem brauche ich dringend etwas zu essen.«

Er nickte und sah sich um. »Wir können heute Nacht auch hierbleiben. Ich hole etwas zu essen, und wir treffen uns wieder hier beim Wagen.«

Zwanzig Minuten später waren sie in einen Streit vertieft. Adam hatte nicht nur Burger und Pommes frites besorgt, sondern ihnen auch ein Zimmer im *Cockerel Motel* gemietet.

»Dieses Loch sollte besser *Kakerlaken-Motel* heißen«, jammerte Gretchen, als sie sich im Zimmer umsah. Es roch streng nach Desinfektionsmittel, und auf dem Teppich entdeckte sie ein paar Flecke, die sie das Schlimmste befürchten ließen. Die beige gestrichenen Wände hatten auch schon bessere Tage gesehen – Zigarettenqualm hatte sie gelb gefärbt.

Dass das Bett in der Mitte schon völlig durchgelegen war, konnte sie von der Tür aus sehen. Und am Betthaupt, das eine billige Holzimitation aus Plastik war, befand sich ein Münzeinwurf.

»Ich habe das Motel ausgewählt, weil der Parkplatz direkt zum Highway führt. Falls nötig, können wir also schnell verschwinden.«

»Du wirst langsam paranoid.« Er hatte sie sogar gebeten, den Wagen am entgegengesetzten Ende des Parkplatzes abzustellen.

Sie beschrieb mit dem Kopf kreisende Bewegungen, da ihr Nacken vom Fahren – immerhin hatte sie acht oder neun Stunden hinterm Steuer gesessen – ganz steif war. Zwar hatte Adam einige Male angeboten, auch mal zu fahren, doch sie wusste, dass sie sich als Beifahrer nur noch mehr gelangweilt hätte.

»Komm und iss was«, sagte er. »Danach fühlst du dich bestimmt besser.«

Kurze Zeit später stellte sie beim Essen zu ihrer eigenen Überraschung fest, dass sie sich tatsächlich besser fühlte. Als sie an dem kleinen, wackeligen Tisch in der Ecke des Zimmers saßen, wurde ihr bewusst, dass es nur ein Bett gab.

Und so durchgelegen, wie die Matratze war, würden sie und Adam sich sehr nahe kommen – ob es ihnen nun gefiel oder nicht.

Allerdings hatte sie das Gefühl, dass es ihr durchaus gefallen könnte.

Nachdem sie ihren Burger und die Hälfte ihrer Pommes frites verputzt hatte – den Rest konnte Adam essen –, trank sie ihre Cola aus und sagte dann: »Ich geh unter die Dusche.«

Sie holte die Tüte mit den neuen Sachen und den Make-up-Utensilien aus dem Kofferraum und ging in das winzige Badezimmer. Wenigstens war es sauber. Und das Wasser war heiß und rann über ihre nackte Haut, bis sie prickelte. Sie dachte an Adams Kuss zurück und spürte, wie das Prickeln stärker wurde.

Sorgfältig seifte sie sich ein und schaffte es sogar, sich mit dem kleinen rosafarbenen Einwegrasierer, den sie besorgt hatte, die Beine zu rasieren. Anschließend trocknete sie sich ab, cremte sich mit Bodylotion ein und zog das blaue Schlafshirt über, das sie gekauft hatte. Sie starrte sich selbst in dem angelaufenen Spiegel an und zuckte die Schultern. Für gewöhnlich standen ihr ein paar wirkungsvollere Waffen zur Verfügung, wenn sie einen Mann verführen wollte.

Als sie aus dem Bad kam, bemerkte sie, wie Adams Blick sich veränderte. Verlangen stand in seinen Augen, und sie fühlte sich so sexy, als würde sie ihre teuren Dessous tragen und das französische Parfüm, das sie nur auflegte, wenn sie Sex wollte.

Er griff nach seinem eigenen Kulturbeutel und rannte beinahe ins Badezimmer. »Ich beeile mich«, sagte er.

»Oh, das will ich nicht hoffen«, murmelte sie zu sich selbst.

5. Kapitel

Unter der Dusche versuchte Adam, seine Erektion unter Kontrolle zu behalten, doch das verdammte Ding hatte seinen eigenen Kopf. Er glaubte beinahe zu spüren, wie es ihn ins Schlafzimmer zurückzog, wo Gretchen wartete, die – wenn er ihren verschleierten Blick richtig gedeutet hatte – mehr als nur schlafen im Sinn hatte.

Blitzschnell wusch er sich, trocknete sich so hastig ab, dass er stellenweise noch nass war, und musste sich dazu zwingen, sich die Zeit zum Rasieren zu nehmen. Er wollte schließlich nicht, dass Gretchens zarte Haut durch seine Bartstoppeln wund wurde.

Mit freiem Oberkörper öffnete er kurz darauf die Tür und hielt lässig das Handtuch vor seine ausgebeulten Boxershorts. Abrupt stoppte er, als er ein seltsames Geräusch hörte. Es klang wie eine handelsübliche Waschmaschine im Schleudergang.

»Hey, schau dir das an!«, rief Gretchen.

Lachend saß sie im Schneidersitz auf dem Bett und zeigte viel von ihren sonnengebräunten Beinen. Sie und das Bett ruckelten fröhlich vor sich hin.

Wenn es überhaupt möglich war, erregte ihn dieser Anblick noch mehr. Ihr langes T-Shirt schmiegte sich aufreizend an ihre Kurven, und die Art, wie ihre Brüste leicht auf und ab hüpften, zeigte ihm, dass sie keinen BH trug.

Während er zu ihr ging, verklang das schleifende Surren,

und das Bett kam ächzend zum Stehen. »Oh, mein Ritt ist vorbei.«

»Wohl kaum.« Er durchsuchte sein Kleingeld, das er auf den Tisch gelegt hatte, und schob noch ein paar 25-Cent-Stücke in den Münzschlitz am Bett. Sie lachte überrascht, als das Bett sich rumpelnd wieder in Bewegung setzte.

Er beobachtete das Wackeln und Schaukeln eine Weile und erkannte, dass ein Normalsterblicher nur eine gewisse Belastung ertragen konnte, bis er an seine Grenzen stieß.

Hastig schlüpfte er aus seinen Boxershorts, kletterte aufs Bett, setzte sich hinter Gretchen und legte seine Beine neben ihre. Mit einem Aufseufzen schmiegte er sich an sie.

»Was machst du da?«, fragte sie etwas atemlos.

»Vibrieren.«

Sie lachte leise. Doch ihr Lachen ging in ein Stöhnen über, als er ihr nasses Haar zur Seite schob und ihren Hals küsste. Nicht einmal der Geruch der billigen, minderwertigen Motel-Seife konnte ihren würzigsüßen Duft verfälschen. Er nahm ihn in ihrem Haar, auf ihrer Schulter wahr. Tief atmete er diesen Duft ein, als er seine Hände unter ihre Brust legte und Gretchen näher zu sich heranzog.

Sein Schwanz, der schon hart war und sich nach ihr verzehrte, drängte sich gegen ihren vibrierenden Po, während er mit seinen Händen ihre Brüste streichelte. Sie stöhnte und legte ihren Kopf an seine Schulter, als er sie drückte und reizte, sie berührte und mit den Nippeln spielte, die er noch nie gesehen hatte. Er fragte sich, welche Farbe ihre Brustspitzen haben mochten, und konnte es kaum erwarten, es herauszufinden.

Aber jetzt noch nicht.

Er legte seine Hände auf ihre zitternden Knie und strich langsam über ihren gespreizten Schenkel.

Fast keuchte er vor Freude auf, als seine suchenden Finger kein Höschen ertasteten, sondern warme, feuchte Löckchen. Sacht streichelte er sie, während Gretchen seufzte und sich wand. Und dann fuhr er mit seinen Fingerspitzen weiter nach unten, wo sie sich ihm geöffnet hatte und heiß und feucht vor Erregung war. Behutsam drang er mit seinem Mittelfinger in sie ein und spürte, wie sein Schwanz sich ungeduldig gegen sie presste. *Gleich, mein Freund,* versprach er ihm stumm.

Er zog sich aus ihr zurück, öffnete sie leicht und strich mit seinem feuchten Finger über ihre heiße Lustperle. Er hätte so verharren und das Bett den Rest der Arbeit erledigen lassen können, doch das wäre zu einfach gewesen. Und ihrem Keuchen nach zu urteilen, wäre es auch zu schnell gegangen. Also fuhr er bedächtig, in trägen Kreisen über ihre Lustperle. Langsam herum und wieder herum.

Sie hob die Arme hoch und legte die Hände hinter sich in seinen Nacken. Dann drehte sie den Kopf, um ihn voller Verlangen zu küssen.

Sogar ihre Lippen vibrierten.

Das Bett war lächerlich: billig, laut und grell. Es war, als hätte man Sex auf einem Kirmeskarussell.

Er war so scharf, dass er jeden Moment explodieren würde.

Hastig nahm er sich eines der Kondome, die er unter seiner Geldbörse auf dem Nachttisch versteckt hatte, streifte es sich über und hob Gretchen an.

Einen Moment lang war sie noch ein Stückchen über ihm, wollte die Vereinigung noch nicht, hielt ihn mit ihren

Händen umschlossen und presste ihn gegen ihre Lustperle. »Du bist wie ein menschlicher Vibrator«, sagte sie mit einer dunklen, heiseren Stimme.

»Gleich werde ich ein menschlicher Vulkan sein. Los, komm jetzt.«

Sie tat es mit dem Rücken zu ihm, ließ sich hart und schnell auf ihn sinken und nahm ihn in sich auf. Der Winkel war anders als für gewöhnlich, und sie fühlte sich eng und wundervoll an. Er zog ihr das T-Shirt aus, um ihren langen, anmutigen Rücken zu bewundern und um sie ganz ungehindert erreichen zu können.

Sie waren beide so erregt, dass sie ihn nicht ritt, sondern sich nur zurücklehnte, seine Hand wieder zu ihrer Lustperle führte und das Bett den Rest übernehmen ließ.

Alles wackelte, war heiß, feucht, eng, wurde durch die rauhe Reibung noch enger. Kleine hilflose Schreie entrangen sich ihr, und die Schauer, die sie durchzuckten, hatten nichts mit dem Bett zu tun.

Als der Höhepunkt sie mit sich riss, schlossen sich ihre Muskeln um ihn und nahmen ihn mit auf den Gipfel. Keinen Moment länger konnte er die Explosion zurückhalten, die ihm die Erlösung brachte.

Das Getöse des Bettes verstummte, und sein Schrei klang laut in die plötzliche Stille hinein. Doch es war ihm egal. Und auch sie schrie.

Sie drehte den Kopf, um ihn anzusehen, und schlug sich die Hand vor den Mund – aber zu spät. Beide brachen in Lachen aus, ließen sich aufs Bett fallen und lachten wie wahnsinnig.

»Kein schlechter Ritt für ein paar 25-Cent-Stücke«, flüsterte er ihr ins Ohr, bevor er dieses Ohr küsste, dann ihre

Wange, dann ihren Hals. Er hätte sie auch auf den Mund geküsst, doch sie beide waren vollkommen atemlos.

»Sie sind pink«, sagte Adam.

»Hm?« Sie hatte noch immer das Gefühl zu schweben, fühlte sich viel zu gut für eine Frau, die in einem schäbigen Motel übernachten musste und deren Büro am Morgen Opfer eines Feuers geworden war.

»Deine Nippel. Ich habe mich gefragt, welche Farbe sie haben.«

»Oh.« Wenn das Prickeln ein Indiz war, wurden sie in diesem Moment noch eine Spur pinker. Und spitzer. »Was hast du dich noch gefragt?«

»Wie sie schmecken.« Er beugte sich vor, nahm sie nacheinander in den Mund und tat Dinge mit seiner Zunge, die die Lust in ihr wieder zum Leben erweckten.

»Dieses Mal«, sagte er und richtete sich auf, bis seine Lippen nur noch einen Hauch von ihrem Mund entfernt waren, »will ich dir ins Gesicht sehen, wenn ich dich liebe, damit ich zuschauen kann, wie du kommst.«

Der Laut, den sie machte, war halb Keuchen, halb Stöhnen und wurde gedämpft, als er seinen Mund auf ihre Lippen presste.

Ohne den Lärm und das Wackeln der Maschine hier nackt nebeneinanderzuliegen und sich tief in die Augen zu blicken war das Intimste, was sie je erlebt hatte. Sie hatten das Licht brennen lassen, und sie konnte sehen, dass sein Brusthaar so schwarz war wie das Haar auf seinem Kopf und dass er ein paar Sommersprossen auf den Schultern hatte. Es waren schöne Schultern, fest, zuverlässig. Als würde er Verantwortung mit Leichtigkeit tragen können. Ein Mann, auf den man sich verlassen kann, dachte sie.

Dieses Mal nahmen sie sich die Zeit, um mit dem Körper des anderen zu spielen, ihn zu erforschen. Sie fand heraus, dass er kitzelig war, wenn sie mit der Zunge über seinen Bauch leckte, und dass die Haut über seinen Rippen seidenweich war.

Und sie entdeckte, dass sein Schwanz perfekt in ihre Faust passte. Als sie über die Spitze strich, erschien ein Lusttropfen. Zärtlich verstrich sie ihn, und Adam stöhnte hilflos auf.

Da er im Augenblick auch ihren Körper so intensiv erkundete, als müsste er ihn später aus dem Gedächtnis nachzeichnen, war sie selbst so scharf, dass sie nur wenig Mitleid mit ihm hatte.

Dennoch wollte sie, dass er erst kam, wenn er tief in ihr war. Und so griff sie sich ein neues Kondom und nahm sich viel Zeit dafür, es ihm überzustreifen.

Sie fühlte sich gerade als Herrin der Lage, als sie ganz plötzlich schnell und heftig auf den Rücken geworfen wurde. Unweigerlich musste sie an ihre erste Begegnung denken, als er sie aufs Bett geschmissen und sich auf sie gelegt hatte. Damals hatte sie Angst gehabt, nun hatte sie … keine Angst.

»Genug gespielt. Ich brauche dich. Jetzt.«

Sie blinzelte ihn an und versuchte, sich nicht unter ihm zu bewegen. »Okay.«

Mit seinen wahnsinnig blauen Augen erwiderte er ihren Blick und drang dann in sie ein, als würde er eine Kathedrale betreten, ruhig und beinahe ehrfurchtsvoll.

Okay, jetzt hatte sie Angst. Keine Frau sollte eine so innige Verbindung zu einem Mann verspüren, den sie gerade erst kennengelernt hatte. Das bedeutete Gefahr.

Sie sollte ihm nicht in die Augen schauen, während er

sie so süß liebte – das war noch gefährlicher. Sie sollte einen Witz reißen, die Stellung ändern, sie sollte … Mit einem leisen Aufseufzen bog sie sich ihm entgegen, um ihn noch tiefer in sich aufzunehmen und die Bindung zwischen ihnen noch zu verstärken.

Sie rang nach Luft, als sie das Feuer spürte, das zwischen ihnen loderte. Mit jedem langsamen, bedächtigen Stoß entstand etwas Höheres, etwas Intensiveres zwischen ihnen, das sie so noch nie erlebt hatte. Er spürte es auch, da war sie sich sicher. In seinem Blick stand mehr als nur Lust.

»Adam, ich …«

Doch was sie ihm eigentlich sagen wollte, wusste sie selbst nicht. Nach einem kurzen Schweigen packte er ihre Hüften und zog sie noch enger an sich. Sie griff nach unten, zwischen seine Beine und streichelte ihn mit sanftem Druck.

»Oh, mein Gott«, schrie er. »Ich kann nicht …« Sein Schrei ging in ein Stöhnen über, als sein gesamter Körper sich anspannte und erschauerte.

Seine wilden, leidenschaftlichen Stöße brachten auch sie zum Höhepunkt. Sie erwiderte seine Bewegungen und erzitterte, bis sie schließlich vor Freude aufschluchzte.

Und trotz der Schauer, die sie beide durchzuckten, und trotz des Erzitterns unterbrach keiner von ihnen den Augenkontakt.

Es kam Adam vor, als hätte er nur ein paar Minuten geschlafen, als eine Stimme ihn weckte.

»Steh auf. Adam, steh auf.« Gretchen klang angespannt und drängend. Sowohl ihr Tonfall als auch die Worte sorgten dafür, dass er sofort hellwach war.

Sie stand neben dem Bett und rüttelte ihn an der Schulter. Ihre Hand war eiskalt.

»Was ist?«

»Zwei Männer. Sie lungern bei meinem Wagen herum.«

Er sagte kein Wort, sondern kletterte aus dem Bett und lief zum Fenster. Durch die Lamellen des Rollos hindurch konnte er sie trotz der Dunkelheit sehen. Sie gingen um das Auto herum, einer von ihnen hatte sich gebückt und blickte durch die Scheiben – und es sah nicht so aus, als seien sie nur interessiert daran, weil sie sich ein neues Auto kaufen wollten. »Scheiße.«

»Es könnten Autodiebe sein«, mutmaßte sie. Doch er erkannte an ihrer Stimme, dass sie selbst nicht daran glaubte.

Auf dem Parkplatz befanden sich weit lohnendere Objekte.

»Pack deine Sachen«, sagte sie knapp.

»Was hast du vor?«

Sie hielt den Telefonhörer in der Hand. »Ich werde die Polizei rufen. Das Auftauchen der Cops sollte die beiden Typen eine Weile beschäftigen, so dass wir uns inzwischen davonschleichen können.«

Er nickte und war erleichtert, dass sie ihr Köpfchen benutzte und nicht vor Angst durchdrehte und nicht mehr wusste, was sie tat. Ein paar Klamotten, seine Toilettenartikel, sein Portemonnaie und seine Waffe stopfte er in seinen Rucksack. Wohl wissend, dass er den Rest seiner Sachen zurücklassen müsste, griff er sich noch den Aktenkoffer – darin befanden sich Kopien der Unterlagen, die er nach Vegas geschickt hatte, sowie die kompletten Berichte über Südamerika und ein paar Fotos, die er selbst in Venezuela gemacht hatte.

Indes erledigte Gretchen den Telefonanruf und legte auf, ohne irgendwelche persönlichen Angaben hinterlassen zu haben. Eilig schlüpfte sie in ihre Jeans, zog sich ein T-Shirt an und stopfte ebenfalls ein paar Sachen in ihre Tasche.

»Was machen sie gerade?«, fragte sie Adam, der nun wieder durch einen Spalt in den Jalousien den Parkplatz beobachtete.

»Entweder brechen sie in dein Auto ein oder sie präparieren es, um es in die Luft zu jagen. Ich kann es nicht genau sagen.«

»Oh, großartig. Sie sind in meine Wohnung eingedrungen, haben mein Büro angezündet, und jetzt ist mein Auto dran«, murmelte sie und holte ihre Zahnbürste und ihren Kulturbeutel aus dem Badezimmer. »Was kommt als Nächstes?«

»Sie bringen uns um.«

»Das war eigentlich eine rhetorische Frage.«

»Da kommt die Polizei. Los, komm.«

Die Tür zu ihrem Zimmer ging zum Parkplatz hinaus, und das Letzte, was Gretchen wollte, war, unbedacht hinauszustürmen und auf die bezahlten Schlägertypen zu treffen. Aber sie konnten sich auch nicht in dem Zimmer verstecken. Sie mussten raus.

Adam zog die Tür einen kleinen Spaltbreit auf, und sie bückte sich, um unter seinem Arm hindurch ebenfalls einen Blick hinauszuwerfen. Sie konnte erkennen, dass die beiden dunklen, plumpen Gestalten sich tatsächlich an ihrem Wagen zu schaffen machten. Das Polizeiauto bog auf den Parkplatz, und als das Licht der Scheinwerfer die Dunkelheit durchbrach, konnte man kurz die beiden Männer erkennen, die nicht aussahen wie gewöhnliche Autodiebe. Sie trugen dunkle Anzüge und hatten ihr Werkzeug in einem großen Aktenkoffer dabei.

Als die Polizisten die beiden mitten in ihrer Arbeit unterbrachen und aufscheuchten, flüsterte Adam: »Los!«

Er schob die Tür auf, und Gretchen schlüpfte hinaus. Sie konnte nur hoffen, dass weder die Polizisten noch die Gauner einen Blick über die Schulter warfen und sie so vollkommen ohne Schutz entdeckten.

Adam ergriff ihre Hand, und sie rannten am Motel entlang in die andere Richtung, weg von dem kleinen Aufruhr auf dem Parkplatz.

Sie liefen um die Ecke und pressten sich atemlos gegen die grau verschmutzte Fassade des Motels. Vor ihnen erstreckte sich der Highway, hell erleuchtet und um zwei Uhr nachts ziemlich ruhig und wenig befahren. »Wir könnten per Anhalter fahren«, sagte Adam und deutete in Richtung Highway.

»Wir könnten geschnappt werden«, erwiderte sie und zog ihn wieder in die Schatten an der Hauswand zurück, als eine schwarze Limousine auf sie zukam.

Magenschmerzen bereitete Gretchen nicht nur die Tatsache, dass die Limousine selbst aussah, als wäre sie eine Requisite aus *Der Pate*. Nein, auch der Fahrer wirkte wie ein Komparse aus diesem Gangsterfilm. Im Licht der Straßenlaternen konnte sie einen großen Kopf, bullige Schultern und einen kurzen, stämmigen Hals ausmachen. Der Wagen wurde langsamer, und obwohl der Fahrer sich nicht die Mühe machte zu blinken, war klar, dass er auf den Parkplatz fahren wollte.

Beim Anblick des leuchtenden Blaulichts der Polizei änderte der Fahrer jedoch offensichtlich seine Meinung.

Er lenkte den Wagen auf die Straße zurück – und während er das tat, wurden Gretchen und Adam für einen Moment direkt vom Lichtkegel der Scheinwerfer erfasst. Es gab keinen Zweifel daran, dass er sie gesehen hatte.

Konnte es noch schlimmer kommen?

Der Fahrer riss das Steuer herum und hielt auf sie zu. Einen Moment lang war Gretchen wie erstarrt. Plötzlich spürte sie, wie ihr der Arm beinahe ausgerissen wurde, als Adam sie mit sich zog und wegrannte.

Seit sie ihre Ausbildung begonnen hatte, hatte sie sich gefragt, wie es sich anfühlen mochte, wenn man um sein Leben rennen musste.

Jetzt wusste sie es.

Es fühlte sich an wie ein Alptraum, in dem man von einem gesichtslosen Monster gejagt wurde und rannte und rannte und doch nicht schnell genug war.

Sie sprinteten hinter das Motel auf den verkommenen asphaltierten Platz, wo die Müllcontainer standen. Sie fühlte sich wie ein Fuchs, der von zwei Rudeln bellender Hunde eingekeilt war. Zu ihrer Linken erkannte sie den finsteren Schatten der Limousine mit Stiernacken, der sie verfolgte. Zur Rechten jagten die Polizisten gerade die beiden Kerle, die sich an ihrem Auto zu schaffen gemacht hatten.

Adam kletterte auf einen der übel riechenden Müllcontainer und streckte den Arm nach ihr aus. Sie ergriff seine Hand, und er zog sie hoch. Von dort aus konnten sie auf eine Betonmauer steigen, die das Motel von einer Tankstelle trennte.

Gerade beugte er die Knie, wollte springen, als sie ihn zurückhielt. »Da hinten sind Polizisten. Sie können uns helfen.«

Er schüttelte den Kopf. »Keine Zeit. Ich muss nach Las Vegas. Wenn du willst, kannst du zu den Polizisten gehen. Und dein altes Leben wiederaufnehmen.«

Doch nichts war mehr so, wie sie es gekannt hatte: Man hatte ihr Büro niedergebrannt, war in ihre Wohnung eingebrochen und hatte ihren Wagen manipulieren wollen. Keine besonders verlockende Vorstellung, in dieses Leben zurückzukehren. Und im Übrigen steckte sie schon zu tief in der Sache drin, als dass sie einfach hätte aufgeben können. Der Gedanke, dass Adam sich ohne sie weiter durchschlagen müsste, gefiel ihr ganz und gar nicht.

»Ich zieh das jetzt durch«, entschied sie und stieß sich von der Mauer ab. Sie landete hart auf dem Grundstück der Tankstelle. Gerade noch so war es ihr gelungen, nicht in einen Haufen von verstreut herumliegenden zerbeulten, rostigen Bierdosen, zerknüllten, leeren Zigarettenschachteln und Bonbonpapieren zu stürzen.

»Vielleicht können wir in den Mini-Markt gehen und ...«

»Gute Idee. Los.«

Die schwarze Limousine bog auf den Hof der Tankstelle ein, als sie gerade den ersten Schritt in Richtung des hell erleuchteten niedrigen Gebäudes machte. Adam blieb stehen.

»Komm! Spiel nicht den Helden!«, schrie sie.

»Ich werde ihn aufhalten.« Adam wollte in seine Tasche greifen, und sie wusste genau, dass er nach seiner Waffe suchte. In diesem Moment wurde die Fahrertür der schwarzen Limousine geöffnet.

»Nein.« Sie ergriff seinen Arm und deutete mit der freien Hand in eine Richtung. »Schau!«

Ein Wohnmobil von der Größe eines Öltankers kam von

der anderen Seite auf die Tankstelle gefahren und bog in die Haltebucht gegenüber der Limousine. Ein älteres Paar war zu sehen. Vorn an der Kühlerhaube prangte ein abgedecktes Reserverad mit der Aufschrift *Ich liebe Opa*.

Und Gott schütze Opa, dachte Gretchen, als Stiernacken hastig seine Schusswaffe wieder einsteckte. Dieses Mal zog Gretchen an Adams Arm und zerrte ihn mit sich. Die beiden rannten einige hundert Meter bis zu dem Wohnmobil und hasteten um das Fahrzeug herum.

Gretchen suchte die nähere Umgebung ab, doch der Verfolger war ihnen so dicht auf den Fersen, dass nur noch eine Möglichkeit blieb. Noch immer Adams Hand haltend, lief sie auf den Highway.

Obwohl mitten in der Nacht nur schwacher Verkehr herrschte, setzten sie ihr Leben aufs Spiel. Sie wusste, dass das Risiko hoch war, überfahren zu werden und bei einem Autounfall zu sterben. Trotzdem, dachte sie, ist es immer noch besser als die Aussicht auf den sicheren Tod, wenn wir unseren Verfolgern in die Hände fallen. So blieb ihnen wenigstens der Hauch einer Chance.

Tatsächlich schafften sie es auf die andere Seite des Highways, und Gretchen blickte sich um, doch das gewaltige Wohnmobil versperrte ihr die Sicht auf die schwarze Limousine.

»Du musst wirklich sehr wichtig sein«, murmelte sie, als er sie die Böschung hinunterzog und sie auf einem kümmerlichen Busch landeten. Sie duckten sich und rannten im Schutze der Dunkelheit weiter, bis das Geräusch einer Sirene erklang. Beide krabbelten wieder zur Straße hinauf, um einen Blick auf das Geschehen zu bekommen.

»Der Anblick gefällt mir«, sagte Adam, als die schwarze

Limousine an ihnen vorbeiraste. Der kraftvolle Motor schnurrte leise. Eine der hinteren Türen war noch offen, und sie konnte sehen, dass auf der Rückbank zwei dunkle Gestalten lagen. Eine Hand ragte aus der offenen Tür und versuchte, den Griff zu erreichen. »Er muss die beiden anderen Kerle herausgeholt haben.«

Der Wagen jagte an ihnen vorbei, gefolgt von zwei Polizeiautos mit heulenden Sirenen. »Ich hoffe, sie erwischen sie.«

»Ich auch. Aber mach dir keine allzu großen Hoffnungen.«

Es war eine Atempause, wenn auch nur eine kurze. Sie fühlte sich so glücklich, dass sie erst einmal tief Luft holte. Doch schon im nächsten Moment raubte Adam ihr den Atem, als er sie packte und leidenschaftlich küsste.

Sie reagierte, vergrub ihre Finger in seinem Haar, strich über seine Schultern, seinen Rücken, streichelte seinen Po und zog ihn fest an sich. Es war so gut zu spüren, dass er am Leben war und unversehrt.

Nur widerwillig löste sie sich von ihm.

»Komm schon«, sagte er. »Wir müssen hier verschwinden.«

»Wie konnten sie uns folgen, ohne dass wir auch nur das Geringste bemerkt haben?« Während der gesamten Fahrt hatte sie sich aufmerksam umgeschaut und hätte schwören können, dass sie nicht verfolgt worden waren.

»Ich glaube nicht, dass sie uns direkt gefolgt sind. Hast du deine Kreditkarte benutzt, als du in dem Geschäft deine Sachen bezahlt hast?«

»Ich habe bar bezahlt.«

Er schwieg, und sie stöhnte auf. »Sie müssen im Büro

meine Wagenpapiere und Aufzeichnungen gefunden haben. Scheiße!«

»Hey.« Er zog sie an sich. »Wir werden sie schlagen. Wir werden gewinnen. Komm. Wir laufen los. Vielleicht können wir in der nächsten Stadt ein Auto klauen.«

»Guter Plan.«

Es war ein beschissener Plan, und sie beide wussten es, aber sie hatten keine andere Wahl.

Also liefen sie los.

Es war gar nicht so schlimm. Ihre Tasche mit dem Nötigsten war nicht allzu schwer. Es war Halbmond, so dass sie auch zwischen den Straßenlaternen gut sehen konnten, und Adam wirkte so sicher und normal, dass sie gar nicht glauben konnte, dass sie in Gefahr schwebten. Für eine Privatdetektivin war sie allerdings ausgesprochen selten in solchen Situationen gewesen und wusste dementsprechend wenig darüber.

Sie sprachen nicht. Beide waren zu beschäftigt damit, auf Motorengeräusche zu achten. Doch die einzigen Geräusche kamen von ihren Schuhsohlen auf dem Asphalt und dem Wind, der durch die uralten Kiefern wehte. Ab und an hörte sie ein nachtaktives Tier im Unterholz rascheln oder den Ruf einer Eule. Und einmal jagte ein Tier, ein Kojote oder ein Vielfraß, über die Straße.

Vielleicht war es die Angst, aber alle ihre Sinne schienen geschärft zu sein. Sehr bewusst nahm sie alles wahr: den Geruch von Staub und Öl, den Asphalt unter ihren Füßen, die Brise, die über ihre Wangen und durch ihr Haar strich, Adams Hand, die so sicher und warm die ihre hielt.

Sie wollte ihn auf den Boden werfen und mit ihm schlafen, genau hier, genau jetzt – nur um das Gefühl zu genießen, ihn mit jedem einzelnen supersensiblen Nerv in ihrem Körper zu erleben.

Das ging natürlich nicht. Im Augenblick mussten sie sich viel zu sehr darauf konzentrieren, am Leben zu bleiben. Aber wenn sie das alles überstanden hätten, würde sie Dinge mit ihm machen, für die Adam ihr auf Knien danken würde.

Während sie weiterliefen, stellte sie sich die verschiedensten Szenarien vor – es war nämlich eindeutig angenehmer, über Sex nachzudenken, als sich auszumalen, was geschehen würde, wenn sie geschnappt werden würden.

Adams Hand wurde wärmer, fast so, als würden ihre Gedanken und Phantasien sich ihm wortlos mitteilen. Es war erstaunlich, aber zwischen ihren verschlungenen Händen fand schon so etwas wie Sex statt, und sie wurde vor Vorfreude feucht.

Zweimal mussten sie in Deckung gehen, und ihr Herz schlug jedes Mal bis an den Hals hinauf, wenn ein Wagen vorbeifuhr. Einer der Wagen war ein staubiger alter Pick-up, der andere ein kleiner, schneller Sportwagen.

Nachdem sie eine Stunde gelaufen waren, entdeckten sie eine Tankstelle, und sie atmete erleichtert auf. Sie musste dringend zur Toilette und sehnte sich nach einem heißen Kaffee.

Zwei Sattelschlepper standen nebeneinander, um die Nacht über hier zu rasten, und ein Reisebus tankte gerade.

»Da macht offensichtlich eine ganze Reisegruppe halt«, sagte sie für den Fall, dass es ihm entgangen war. »Deswegen sollte es sicher sein, den Waschraum zu benutzen und etwas zu essen zu besorgen. Wir haben schließlich noch einen weiten Weg vor uns.«

»Es ist gefährlich ...«

»Es ist weitaus gefährlicher, wenn du mich dazu zwingst, mich zum Pinkeln in die Büsche zu setzen. Glaub mir, die Folgen davon willst du nicht erleben.«

Ein Lächeln huschte über sein Gesicht. »Also gut. Aber halte Augen und Ohren offen. Wenn ich etwas sehe, das mir nicht gefällt, schreie ich wie eine Eule, und wir treffen uns hinter dem Gebäude, bei den Mülltonnen.«

»Du kommst nicht mit rein?«

Er schüttelte den Kopf. »Wenn sie uns auf den Fersen sind und uns hinterherspionieren – und das werden sie –, werden sie sich nach einem Pärchen erkundigen und nicht nach einer einzelnen Frau.«

Ein Schauder jagte ihr über den Rücken. »Ich beeile mich.«

Doch das gestaltete sich nicht so einfach, wie sie gedacht hatte. Als sie den Wegweisern bis zur Damentoilette gefolgt war, traf sie auf eine Schlange vor dem Waschraum. Ungläubig blinzelte sie und fragte sich, ob sie sich die wartenden Frauen nur einbildete. Es war drei Uhr morgens an einem Rastplatz am Fuße der Sierra Nevada. Wie konnte hier eine Warteschlange sein?

Sie schüttelte den Kopf, aber das Meer von pastellfarbenen Jacken und Polyesterhosen verschwand nicht.

Ihre Verwirrung nahm noch zu, als eine der Frauen, die sie entfernt an ihre Großmutter erinnerte, sich mit einem Lächeln zu ihr umdrehte und sagte: »Ich hoffe, ich habe Glück in Las Vegas.«

6. Kapitel

Es war hoffnungslos. Adam spürte es tief in seinem Bauch. Er würde sterben – schmachvoll erschossen auf einem zweispurigen Highway – und vermutlich in irgendeiner Statistik als Opfer eines Raubüberfalls auftauchen.

Das war schlimm genug, aber die Wahrheit brannte sich wie Säure durch sein Innerstes. Sie würden sich nicht damit zufriedengeben, ihn zum Schweigen zu bringen. Sie würden Gretchen auch töten.

Das Leben zweier Unschuldiger wäre verwirkt, und diese Mistkerle würden mit einer der größten Aktienbetrügereien aller Zeiten durchkommen. Wenn kein Wunder geschah, wären Gretchen und er erledigt.

Ohne einen fahrbaren Untersatz bestand nicht die geringste Hoffnung darauf, ihnen zu entkommen.

Einen Moment mal. Er schüttelte den Kopf. Die Müdigkeit machte ihm zu schaffen und schränkte seine geistige Beweglichkeit doch erheblich ein. Es standen schließlich einige Fahrzeuge herum. Und er hatte eine Pistole. Sie konnten einen der riesigen Sattelschlepper in ihre Gewalt bringen.

Betont lässig schlenderte er auf die beiden Transporter zu. Dabei kam er an dem Reisebus vorbei.

»Ein lauer Abend, nicht wahr?« Unwillkürlich zuckte Adam zusammen. Er blickte auf und sah den Fahrer am Bus lehnen und eine Zigarette rauchen. Bei dem Geruch des

Tabaks hätte ihm eigentlich klar sein müssen, dass er nicht allein war, doch er war zu beschäftigt damit gewesen, sich auf die Sattelschlepper zu konzentrieren.

»Ja«, antwortete er und blieb stehen. Das war eine gute Gelegenheit herauszufinden, wann der Bus weiterfahren würde und er seinen Plan, den Truck zu »borgen«, in die Tat umsetzen könnte.

»Fahren Sie die ganze Nacht durch?« Was so viel heißen sollte wie: »Wie lange zur Hölle bleiben Sie noch hier?«

»Ja. Ich mache diesen Trip viermal im Monat. Die meisten Gäste sind Rentner. Eine Reise, die die landschaftlichen Schönheiten zeigen soll. Von hier aus fahren wir direkt durch bis nach Las Vegas.«

»Las Vegas?«, wiederholte Adam. Er hatte nicht so überrascht klingen wollen, aber die Vorstellung, dass jemand außer ihm und Gretchen gerade nach Vegas unterwegs war, kam ihm seltsam vor. »Wann fahren Sie los?«

Der Fahrer warf einen Blick auf seine Uhr. Adam sah das schwache grünliche Leuchten der Ziffern. »In ungefähr einer halben Stunde.«

»Wir wollen auch nach Las Vegas.« Langsam. Langsam, mahnte er sich und dachte fieberhaft nach. Per Anhalter in einem Reisebus voller Senioren mitzufahren war nicht nur leichter, als einen Sattelzug zu stehlen, nein, es würde auch niemand auf die Idee kommen, sie ausgerechnet dort zu suchen. »Unser Auto ist ein paar Kilometer von hier liegengeblieben.«

»Wollten Sie die ganze Nacht hindurch fahren?«

Bildete er sich das nur ein, oder hörte er tatsächlich eine Spur von Misstrauen in der Stimme seines Gegenübers?

Er lachte auf. »Meine Freundin hat spontan beschlossen, dass sie heiraten möchte. Und zwar auf der Stelle. Also haben wir ein paar Sachen ins Auto gepackt und sind losgefahren. Wir wollen morgen heiraten.« Als wäre ihm der Kragen plötzlich zu eng geworden, nestelte er am Halsausschnitt seines T-Shirts. Diese Geste war nicht nur für den Fahrer gedacht, war nicht nur Show – nein, er konnte nicht anders, denn schließlich steckte er bis zum Hals in echten Schwierigkeiten …

Die Glut der Zigarette leuchtete rot, und der Fahrer lachte leise, als er den Qualm ausstieß. »In Las Vegas sind solche Pärchen keine Seltenheit. Einhundertundfünfzigtausend Hochzeiten pro Jahr. Sie kommen von überall her.« Er warf den Zigarettenstummel auf den Boden, und Adam beobachtete, wie er die Glut austrat. »Ist Ihr Mädchen schwanger?«

Adam dachte einen Moment lang an Gretchen und stellte sich vor, wie diese toughe, ehrgeizige Frau während der Schwangerschaft runder und runder wurde. Bei diesem Gedanken musste er lächeln. »Ja. Sie haben nicht zufällig noch zwei freie Plätze in Ihrem Bus, oder?«

Der Fahrer zögerte. Ohne Zweifel verstieß es gegen die Regeln des Unternehmens.

»Ich würde auch bar bezahlen«, fügte Adam hinzu. »Ich habe etwas Geld bei der Bank abgehoben. Ich dachte, ich bräuchte ein paar Scheine, um in Vegas zu spielen.« Er warf ihm ein vertrauliches Grinsen zu, von Mann zu Mann. »Ich hoffe, ich gewinne. Meine Freundin will für das Kind ein Sparkonto eröffnen, um später das College finanzieren zu können.«

»Tja-ja, normalerweise nehme ich keine Anhalter mit, aber da Sie liegengeblieben sind …« Der Fahrer streckte die Hand aus. »Einhundert Dollar pro Person.«

»Großartig. Danke, Mann, Sie helfen uns wirklich aus der Patsche.«

Adam konnte es kaum erwarten, Gretchens Miene zu sehen, wenn sie herausfand, dass sie sich in den letzten Minuten verlobt hatten und er sie geschwängert hatte.

Das unbehagliche Prickeln in seinem Nacken ignorierte er, während die Minuten verrannen. Er reichte dem Fahrer das Geld – von Tickets oder einer Quittung war nicht die Rede gewesen – und wollte dann nur noch in den verdammten Bus einsteigen und hier verschwinden.

Nach einer Viertelstunde Small Talk kam ein älteres Paar aus dem Gebäude. Sekunden später folgten drei alte Damen.

Innerhalb der nächsten fünf Minuten wirkte es, als würden unzählige – weißhaarige – Bienen zurück in den Bienenstock schwärmen, als die Senioren sich an der offenen Tür versammelten und dann einer nach dem anderen in den Bus kletterten, einige agil, andere arthritisch.

Gerade wollte Adam auf das Gebäude zugehen, um nach Gretchen zu suchen, als sie in Begleitung von zwei älteren Damen aus der Tür trat. Eine der Frauen mit einem Gehstock hatte sich bei Gretchen untergehakt, als wären sie miteinander verwandt oder sehr alte Freunde. Er blinzelte verwirrt, als sie ihn entdeckte. In der freien Hand hielt sie ein Tablett mit zwei Bechern Kaffee und Plundergebäck.

Mit einem bedeutungsvollen Blick sagte sie: »Oh, schauen Sie nur, Sadie und Verna. Da ist er. Hi, *Schatz!*«

Offensichtlich hatte sie dieselbe Idee gehabt wie er. »Hey, Liebling«, erwiderte er.

»Ich habe diesen beiden Ladys gerade erzählt, dass wir auf dem Weg nach Las Vegas sind.« Sie schlug die Augen nieder und mied seinen Blick. »Um zu heiraten.«

»Das stimmt«, entgegnete er vergnügt. »Ich hoffe, wir können den King persönlich dazu überreden, uns zu trauen.«

»Oh, Elvis. Wie romantisch.«

»Sind Sie schwanger, Herzchen?«, fragte ihre neue Freundin Sadie.

»Natürlich ...«

»Natürlich ist sie schwanger«, unterbrach Adam sie laut und deutlich und bemerkte erfreut, wie Gretchen rot wurde und ihn anfunkelte.

»Wie kannst du es wagen zu behaupten, ich wäre schwanger!«, zischte Gretchen wütend, als sie sich im hinteren Teil des Busses in zwei gepolsterte Sessel mit hohen Rückenlehnen sinken ließen.

Es waren offenbar keine beliebten Sitzplätze, denn sie lagen gegenüber vom hinteren Ausgang, und deshalb zog es ein wenig, wie eine ihrer neuen Freundinnen Gretchen gewarnt hatte. Doch nahe an einem Ausgang zu sitzen hatte auch unbestreitbare Vorteile, so dass man selbst einen Hurrikan, der durch die Tür kam, getrost in Kauf nehmen konnte.

Innerhalb weniger Minuten, nachdem sie an Bord des Busses gekommen waren, hatte ihre Geschichte unter den Senioren die Runde gemacht. Köpfe wurden ihnen zugewandt, und sie wurden gemustert – zurückhaltend von den einen, mit Kopfnicken und einem Grinsen von den anderen.

Adam war der Meinung, dass sie nun zumindest so tun müssten, als würde die Geschichte, die er über sie in Umlauf gebracht hatte, stimmen und als wären sie ein verliebtes Pärchen. Im Übrigen würde es noch einige Stunden dauern, bis sie in Las Vegas ankommen würden, und die Haut an Gretchens Hals war verlockend zart. Als er sie genau dort küsste, seufzte sie, und ihre Locken kitzelten ihn im Gesicht.

Trotz der Anzahl von Hörgeräten in unmittelbarer Nähe und des lauten Motorengeräusches des Busses wollte Adam nicht das Risiko eingehen, dass jemand sie belauschte.

Mit seinen Lippen strich er an ihrem Hals hinauf und knabberte zärtlich an Gretchens Ohrläppchen. Er bemühte sich, ihr Erschauern zu ignorieren und sich davon nicht erregen zu lassen, als er nun seinen Mund an ihr Ohr presste und flüsterte: »Diese Leute übernachten alle in demselben Hotel. Wenn der Bus vor dem Hotel hält, steig mit ihnen zusammen aus und nimm dir ein Zimmer. Benutz einen falschen Namen. Und bezahl in bar.« Er schob ein paar Geldscheine in die Tasche ihrer Jeanshose.

Sie hauchte selbst eine Spur von Küssen auf seine Wange. »Und was wirst du tun?«, wisperte sie genauso leise wie er.

»Ich hole die Unterlagen und mache mich auf den Weg zum FBI.«

»Es ist Sonntag. Das Büro wird wohl kaum offen sein.«

»Ich habe Wilks' private Telefonnummer. Er wird mich dort treffen.«

»Ist er derjenige, den du aus dem College kennst?«

»Ja.«

»Vertraust du ihm?«

Er nickte. »Deshalb habe ich mich für ihn entschieden.«

Nach einer Weile ließen die Blicke und das Geflüster der alten Leute nach. Gestrickte Hausschuhe wurden angezogen und Schlafmasken aufgesetzt, wie die Stars sie trugen.

Er lächelte. Diese Leutchen waren offensichtlich erfahrene Busreisende.

»Du solltest ein bisschen schlafen«, sagte er zu Gretchen. »Ich halte so lange Wache.«

Sie nickte, doch sie schloss die Augen nicht. Schließlich fragte sie leise: »Warum hast du niemandem in Houston von deinem Verdacht erzählt? Zum Beispiel den Behörden?«

»Ich habe es der Vizepräsidentin des Unternehmens erzählt, der ich vertraut habe.« Seine Stimme klang komisch, und er ließ den Kopf hängen, als er mit dem Knopf ihres Pullovers spielte.

»Und die Vizepräsidentin hat dir nicht geglaubt?«

»Ich denke, sie hat mir genug geglaubt, um jemanden zu informieren, den sie besser nicht informiert hätte. Sie ist tot.«

Gretchen riss die Augen auf. »Was?«

»Autounfall. Mit Fahrerflucht. Eine furchtbare Tragödie. Solche Dinge passieren. Und da wusste ich, dass ich dort verschwinden muss – und zwar schnell.«

»Du glaubst nicht, dass es ein Unfall war?«

»Ich kannte sie. Barbara hat begonnen, Nachforschungen anzustellen. Sie hat vermutlich Fragen gestellt. Vielleicht hat sie etwas herausgefunden. Ich weiß nur, dass sie zwei Tage nach unserem Treffen, bei dem ich ihr von meinem Verdacht erzählt habe, tot war. Wenn sie ihnen von ihrem Informanten erzählt hat, so hat sie ganz sicher meinen Namen nicht fallenlassen, denn sonst wäre ich schon längst tot. Aber ich wusste, dass es nur eine Frage der Zeit war, bis sie auf mich kommen würden. Und deshalb beschloss ich, ihnen zuvorzukommen und zu verschwinden.«

Ihr waren die Schuldgefühle und der Schmerz in seiner

Stimme offenbar nicht entgangen, und sie schloss ihn wie eine Mutter, die ihr Kind tröstete, in die Arme. »Adam, es tut mir so leid.«

»Das Einzige, was ich noch für sie tun kann, ist es, diese Mistkerle zur Strecke zu bringen.«

Eine ihrer blonden Locken kitzelte ihn an der Nase, und er schob die Strähne zur Seite. Nur mit Mühe konnte er dem Drang widerstehen, sein Gesicht in ihrem weichen Haar zu vergraben. Vielleicht wollte er nur den Erinnerungen entkommen, vielleicht ahnte er, dass ihm und Gretchen nicht viel Zeit zusammen blieb, doch er wollte sie in diesem Moment so sehr, dass er sich auf dem Sitz unwillkürlich näher an sie schmiegte.

Während sie einander in den Armen hielten, küsste er ihr Ohr, ihr Haar, ihren Hals. An ihrem Atem, der stoßweise ging, und an ihrem Pulsschlag, den er unter seinen Lippen spüren konnte, merkte er, wie erregend auch sie die Situation fand.

»Ich bleibe nicht allein in dem Hotel«, flüsterte sie. »Ich werde mit dir kommen und dir den Rücken freihalten. Vier Augen sehen ...«

»Nein.« Seine Stimme klang schärfer, als er es beabsichtigt hatte, und ein paar der Senioren drehten sich zu ihnen um. »Nein«, wiederholte er etwas sanfter. Er strich ihr mit der Hand übers Haar und genoss das Gefühl der wilden Locken unter seinen Fingern – ihr Haar passte zu ihr. Es hatte Persönlichkeit, Leben und vor allem hatte es seinen ganz eigenen Willen.

Er hatte sie in diesen Schlamassel hineingezogen und hatte ihr schon mehr als genug Schwierigkeiten bereitet. Jetzt musste er dafür sorgen, dass sie in Sicherheit war. Nicht nur, weil er wegen Barbara unter Schuldgefühlen litt – obwohl das sicher dazu beitrug. Sondern vielmehr, weil er wusste, dass er sich nur schwer darauf konzentrieren könnte, am Leben zu bleiben, wenn er sich gleichzeitig Sorgen um Gretchen machen müsste. Er blickte tief in ihre wunderschönen grünen Augen, und ihm wurde mit einem Mal klar, dass er den liebeskranken Kerl nicht länger spielte.

Sie kannten einander noch nicht länger als achtundvierzig Stunden, und doch hatten sie eine Vertrautheit erlangt, die er noch bei keiner anderen Frau gespürt hatte. Er nahm an, dass es den Kennenlernprozess schon erheblich beschleunigen konnte, wenn man wie sie auf der Flucht vor Killern gemeinsam um sein Leben rannte.

Er blickte zur Seite, aus dem Fenster, wo kurz vor Tagesanbruch die Sterne am Himmel funkelten.

Sie hatten noch ein paar Stunden, bevor sie Las Vegas erreichen würden. Und dann? Wer wusste das schon … Er wollte etwas, das er mitnehmen konnte – so wie ein Ritter, der auf dem Weg zum Turnierplatz seine angebetete Lady um ein Zeichen ihrer Zuneigung bat, das er am Herzen tragen konnte. »Erzähl mir ein Geheimnis«, sagte er.

»Ein Geheimnis?«

Am anderen Ende des Busses schnarchte jemand. Adam blickte auf und bemerkte, wie viele der Senioren sich Schlafmasken aufgesetzt, sich Hausschuhe angezogen, sich in die Decken eingekuschelt hatten, die zur Verfügung gestellt worden waren, und nun fest schliefen.

Er hatte den Eindruck, dass jeder außer ihm selbst, Gretchen und hoffentlich dem Fahrer schlief.

»Etwas, das du noch nie jemandem erzählt hast.«

»Hm.« Sie ergriff seine Hand und spielte mit seinen Fin-

ihn an. Er erwiderte ihr Lächeln und beugte sich vor, um sie tief und süß zu küssen.

Nur widerwillig löste er sich von ihr, machte sich kurz fertig und schlüpfte schnell in das winzige Bad, um das Kondom zu entsorgen.

Als er zurückkam, war sie eingeschlafen. Er legte einen Arm um sie, und sie kuschelte sich an seine Brust. »Ich liebe dich«, murmelte sie.

Er betrachtete die zerzausten blonden Locken und hauchte einen Kuss auf ihr Haar. Sie schlief und wusste natürlich nicht, was sie sagte, doch trotzdem gefielen ihm ihre Worte.

Er lehnte sich zurück, seinen Rucksack mit der Pistole in Reichweite und den Aktenkoffer zwischen seinen Füßen. Die Chance, dass die *Drei Stooges* in einem Reisebus voller Senioren nach ihnen suchen würden, war sehr gering. Trotzdem konnte er es sich nicht leisten, zu schlafen.

7. Kapitel

Gretchen schreckte aus dem Schlaf auf. Sie hatte von Adam geträumt, was vermutlich daran lag, dass ihr Kopf an ihm lehnte und dass sie sich irgendwann im Schlaf so gedreht hatte, dass ihre Nase direkt an seiner Brust lag. Sie atmete ihn buchstäblich ein. Kein Wunder, dass sie von ihm geträumt hatte. Natürlich erklärte das nicht, warum ihr Traum so erotisch gewesen war – oder vielleicht war auch gerade das die Erklärung dafür.

Er war ihr auf die intimste Art und Weise nähergekommen.

Verschlafen blinzelnd blickte sie auf und stellte fest, dass er sie ebenfalls ansah – so dunkel und sexy wie in ihren Träumen.

Im ganzen Bus herrschte rege Betriebsamkeit. »Was ist los?«, fragte sie, löste sich aus der wohligen Wärme und sah sich mit wachsendem Argwohn um.

»Letzter Stopp vor Las Vegas.«

Sie blinzelte und warf einen Blick auf ihre Uhr. »Es ist sechs Uhr früh.«

»Ja.«

»Woher haben diese alten Leute nur das Durchhaltevermögen?«

»Tja, wenn ich das wüsste«, erwiderte er und reckte sich. »Komm. Wir sollten uns einen Kaffee besorgen.«

Sie drehte sich zur Seite, um aus dem Fenster zu sehen.

Sie hatten an einer Raststätte haltgemacht, wo es eine Tankstelle, Restaurants und ein paar Geschäfte gab. Beklommen blickte sie sich auf dem Parkplatz nach der schwarzen Limousine um, doch sie konnte sie nicht entdecken. Das bedeutete jedoch nicht, dass die Gangster nicht noch auftauchen konnten. »Denkst du, dass es sicher ist?«

»Es ist auf jeden Fall sicherer, als drinnen sitzen zu bleiben. Hier geben wir ein zu leichtes Ziel ab.«

»Richtig.« Ihre Augen brannten, weil sie zu wenig Schlaf bekommen hatte, und sie hatte Schwierigkeiten, einen klaren Gedanken zu fassen. *Kaffee.* »Ich brauche Kaffee.«

Schwerfällig kamen sie auf die Beine und wankten dann zusammen mit den alten Leutchen aus dem Bus. Sie kuschelte sich in ihre Jacke und hoffte, dass die Baseballkappe, die sie aufgesetzt hatte, ihr Gesicht verdeckte, falls sie doch jemand beobachtete.

Sie spürte Adams Anspannung, als er von hinten gegen sie stolperte. Aber es waren keine furchteinflößenden Typen in der Nähe, und auch im Café, in das ihre Mitreisenden nun drängten, war keine verdächtige Person auszumachen. Der Morgenhimmel war bewölkt. *Verdammt.* Sie hatte die Dämmerung verschlafen. Es war bestimmt ein beeindruckender Anblick gewesen.

Das Café war fast menschenleer. Die Senioren begannen, mit routinierter Leichtigkeit ein paar Tische zusammenzuschieben, als hätten sie das schon unzählige Male getan. Gretchen blickte Adam an, und er zuckte die Schultern. Wenn sie und Adam sich in eine Ecke geschlichen hätten, hätte das vermutlich das Misstrauen der Senioren heraufbeschworen – ganz zu schweigen davon, dass sie die freundlichen alten Herrschaften verletzt hätten.

Adam half dabei, einige Tische in eine lange Reihe zu stellen, und schon bald saßen sie alle zusammen, und eine fröhliche Kellnerin mit unwahrscheinlich rotem Haar schenkte ihnen dampfenden Kaffee ein.

»Was ist Ihr Frühstücks-Spezial für Senioren?«, fragte Norm, der inoffizielle Anführer der Gruppe, und Gretchen wurde bewusst, wie hungrig sie war. Bevor sie überhaupt wusste, wie ihr geschah, stand ihr erstes Senioren-Frühstücks-Spezial vor ihr auf dem Tisch.

Kaum hatte sie den ersten Bissen vom Rührei auf ihre Gabel geladen, rief Norm quer über den Tisch: »Ich habe gehört, ihr jungen Leute wollt in Vegas heiraten?«

Jede Wette, dass Norm früher in der Army war, dachte Gretchen – wenn sie sich irrte, wollte sie auf der Stelle ihre »Ich liebe Nevada«-Baseballkappe verspeisen.

Adam hatte offensichtlich denselben Gedanken gehabt, denn er antwortete: »Jawohl, Sir.«

Angespannt legte Gretchen die Gabel zurück auf den Teller. Falls Adam jetzt vor allen Anwesenden herausposaunte, dass sie schwanger war und sie sich deshalb für eine Blitzhochzeit entschieden hatten, würde sie ihm seinen Kaffee über die Hose schütten. Und als hätte er ihre stumme Drohung verstanden, sagte Adam mit einem flüchtigen Blick in ihre Richtung: »Wir beide sind eben große Fans von Elvis.«

Norm nickte und biss in eine Frikadelle. »Wollen Sie das ›Love Me Tender‹-Paket buchen?«

»Ich dachte eher an das ›Jailhouse Rock‹-Paket«, entgegnete Adam mit einem dümmlichen, liebeskranken Grinsen und legte einen Arm um Gretchen. »Wenn ich mir schon den alten Klotz ans Bein binde …«

»Mach weiter so, und du bekommst eine ›Heartbreak-

Hotel‹-Scheidung«, warnte sie ihn und schüttelte seinen Arm ab.

»Oh, Sie sind so goldig!«, rief Sadie, die alte Dame, die Gretchen in der Warteschlange vor den Toiletten adoptiert hatte und die in Las Vegas an den Spieltischen ihr Glück versuchen wollte. »Ich liebe Hochzeiten. Wann findet die Zeremonie statt?«

Gretchen schluckte, bevor sie noch an ihrem Rührei erstickte. »Wir haben bisher noch kein Angebot, äh, gebucht«, ergriff Adam das Wort.

»Echt? Aber die Elvis-Hochzeiten sind sehr beliebt. Was ist, wenn alle Termine ausgebucht sind?«

»Wir mögen es spontan«, entgegnete Adam, der sich am Hals kratzte, als hätte er einen juckenden Ausschlag. »Ich sehe das so: Wenn es so sein soll, haben sie noch einen Termin für uns.«

Norm lachte leise. »Ich habe selbst in Las Vegas geheiratet. Und ich hatte siebenunddreißig glückliche Jahre mit meiner Frau.« Traurig schüttelte er den Kopf.

Ein Moment verging, und Gretchen spürte, wie ihr Herz sich zusammenkrampfte.

»Was werden Sie bei der Hochzeit tragen, Herzchen?«, fragte eine ältere Dame ein paar Plätze weiter.

Da Gretchen nur die Kleider hatte, die sie am Körper trug, sowie ein blaues Nachthemd, ein zusätzliches T-Shirt und zwei neue Höschen aus dem Dreierpack, das sie sich gekauft hatte, gab es nur eine Antwort. »Ich werde mir etwas besorgen, wenn wir da sind«, sagte sie und zwang sich zu einem Lächeln.

»Tja, dann vergessen Sie nicht, dass Sie etwas Altes, etwas Neues – das wird natürlich Ihr Hochzeitskleid sein –, etwas

Geborgtes und etwas Blaues brauchen.« Als Gretchen die helle melodiöse Stimme der Frau hörte, rutschte sie unruhig auf dem harten Holzstuhl herum. Zum Teufel mit Adam, der sie in die Lage gebracht hatte, einen ganzen Bus voller netter Omas und Opas zu belügen.

»Ich glaube, die beiden haben nicht viel Geld«, flüsterte eine Frau mit einem Hörgerät in der Größe einer Zitrone so laut zu dem Mann, der ihr auf der anderen Seite des Tisches gegenübersaß, dass alle es hören konnten.

Einige der Senioren nickten. Gretchen merkte, wie sie rot wurde. Sie fühlte sich, als wären Adam und sie die nutzlosen, enttäuschenden Kinder, die diese alten Leutchen nie gehabt und auch nicht verdient hatten.

»Nein, wirklich …«

»Wo bleiben Sie heute Nacht? Ich hoffe, Sie haben sich ein schönes Hotel für Ihre Flitterwochen ausgesucht«, sagte Norm und blickte Adam an, als würde er ihn, wenn er jetzt das Falsche sagte, sofort dazu zwingen, sich auf den Boden zu legen und fünfzig Liegestütze zu machen.

»Ja, Sir. Wir wohnen im … Ich habe den Namen des Hotels vergessen. Mir gefielen die Wasserfontänen vor dem Gebäude.«

»Arme Dinger. Ich sehe ihnen an, dass sie kein Geld haben. Und ich habe gehört, dass sie schwanger ist«, bellte die Frau mit der Hörhilfe und deutete mit der Hand auf ihren Bauch, als ob ihre Worte noch nicht eindeutig genug gewesen wären.

»Vermutlich haben sie vergessen, ein Kondom zu benutzen!«, rief der Mann ihr zu.

»Du hast wieder Probleme mit deinem Kolon? Du hättest mir von deinen Darmproblemen erzählen sollen!«

»Kondom!«, schrie der Mann so laut, dass man ihn vermutlich noch in Kanada hören konnte. »Ich wette, sie haben vergessen, ein *Kondom* zu benutzen!«

Gretchen hielt es keine Sekunde länger aus. Sie fühlte sich, als würde die Hitze, die sie vor Scham verspürte, sie jeden Moment zum Schmelzen bringen. »Entschuldigen Sie mich bitte«, murmelte sie und stand hastig auf. »Ich muss mich kurz frisch machen.«

»Das ist bestimmt die morgendliche Übelkeit«, sagte die Frau mit dem Hörgerät zu ihrem noch tauberen Freund. »Bei meiner Ersten, Ernestine, ging es mir genauso. Essen, übergeben, essen, übergeben. Mein Ehemann hat mir damals gesagt, ich solle das Frühstück gleich die Toilette runterspülen und meine Zeit nicht damit vergeuden, es vorher noch zu kauen.« Sie gluckste vergnügt.

»Haben Sie einen Job, mein Junge?«, fragte Norm.

An der Tür zum Waschraum hörte Gretchen Adam antworten: »Im Augenblick nicht, Sir.«

Als sie schließlich zurück im Bus waren, war Gretchen drauf und dran, sich lieber den Killern zu stellen, als an noch einem gemeinsamen Essen mit ihren wohlmeinenden Mitreisenden teilzunehmen.

»Mir gefällt das Getuschel hier nicht«, sagte Adam zu Gretchen, nachdem sie eine halbe Stunde gefahren waren.

Sie wusste, was er damit meinte. Eine Gruppe von Reisenden hatte sich um Norm versammelt. Es schien, als wäre mittlerweile jeder im Bus wach und bereit für den Tag. Sie hätte dem Grüppchen keine Beachtung geschenkt, wenn sie nicht die Blicke bemerkt hätte, die man ihr und Adam ab und an zuwarf, so als würde sich das Gespräch um sie drehen.

»Ich wette, er wird mir – von Mann zu Mann – einen Vortrag über die Verantwortung halten, die ich als zukünftiger Familienvater tragen muss.«

»Oder er hält dir einen Vortrag über Verhütung.«

Er stöhnte. »Dieses Gespräch konnte ich nicht einmal mit meinem eigenen Vater in Würde zu Ende führen. Und mit Norm, der mir die medizinischen Details des menschlichen Fortpflanzungssystems ins Ohr brüllt, werde ich das erst recht nicht durchstehen.«

Sie bemühte sich, nicht zu lachen, scheiterte jedoch kläglich. »Das ist deine eigene Schuld. Tut es dir jetzt leid, mich geschwängert zu haben?«

Mit einem seltsamen Ausdruck in den Augen blickte er sie an und entgegnete: »Ich denke, ich werde einen Vortrag schon überleben.«

Als sie sich Las Vegas näherten, spürte sie die Anspannung wie einen Knoten zwischen ihren Schulterblättern und in ihrem Nacken.

Das war es also.

Der Bus hielt vor einem Dreisternehotel am Strip, wo die Gruppe übernachten würde. Offenbar waren sie ziemlich aufgeregt wegen des Glücksspiels und der Shows, denn im vorderen Teil wurde gelacht und geflüstert wie in einem Schulbus.

Die Gruppe ging durch die vordere Tür hinaus. Da Gretchen und Adam die Einzigen waren, die hinten im Bus gesessen hatten, standen sie auch als Letzte auf.

»Ich mach mich auf den Weg«, sagte Adam, als sie zum Ausgang gingen. »Du nimmst dir ein Zimmer. Sobald ich kann, rufe ich dich auf dem Handy an.«

Sie traten hinaus auf den Parkplatz, auf dem es nach

Hitze und Staub roch. Gretchen wusste, dass Adam nicht zulassen würde, dass sie ihn begleitete. Es würde keine leichte Aufgabe werden, ihn zu überreden. Aber sie war wild entschlossen, sich nicht abweisen zu lassen.

Während sie sich in Gedanken noch ihre Argumente zurechtlegte, wurde sie von dem Gelächter und dem aufgeregten Winken der alten Leute abgelenkt.

»Überraschung!«, schrien ihre Mitfahrer wie aus einem Munde.

Verwirrt blinzelnd sah sie in die Richtung, in die die Senioren deuteten, und erblickte eine quietschgelbe Limousine. Sie war verdutzt, bis sie den Namen las, der auf der Tür stand: *Die Elvis-Kapelle.*

Und die hintere Tür stand offen. Daneben wartete, dem echten Elvis verdammt ähnlich sehend – wenn Elvis einhundert Pfund schwerer und Grieche gewesen wäre –, der Fahrer.

8. Kapitel

»Wir haben zusammengelegt und Ihnen das Love-Me-Tender-Paket gebucht«, sagte Sadie und strahlte vor Stolz und Aufregung. »Sie müssen sich um nichts kümmern. Und es wird Sie keinen Cent kosten. Wir haben uns entschieden, Ihnen beiden – und dem Baby, das unterwegs ist – einen guten Start ins Leben zu ermöglichen.«

»Oh … Ja, also, danke«, murmelte Gretchen und fühlte sich furchtbar, »aber wir können …«

»Was Gretchen zu sagen versucht, ist: danke! Sie haben uns aus der Klemme geholfen«, unterbrach Adam sie und schob sie so unsanft auf die Limousine zu, dass sie kurzzeitig ins Straucheln geriet und beinahe gefallen wäre.

Überrascht drehte sie sich um und sah Adam an. Sie fragte sich, ob er sich in den zwei Minuten auf diesem heißen Parkplatz bereits einen Sonnenstich eingehandelt hatte. Unmerklich deutete er mit einem Kopfnicken zur Seite. Als sie sich ebenso unauffällig umwandte, erblickte sie eine schwarze Limousine, die hinter dem Bus hielt.

O nein.

Hastig sprang sie in den leuchtend gelben Wagen. Adam folgte ihr, und bevor sie sie davon abhalten konnten, waren auch Norm, Sadie und Verna eingestiegen.

Die Tür wurde geschlossen, der Fahrer stieg ein, und sie fuhren los. Falls jemand angezweifelt hatte, dass sie selbst im funkelnden und lauten Las Vegas noch auffallen könnten, so wurde dieser Zweifel restlos ausgeräumt, als der Fahrer den Motor anließ: Aus den Lautsprechern im Wageninneren ertönte »Viva Las Vegas« – und als wäre das nicht schon genug, plärrte der Song auch aus einem riesigen Lautsprecher auf dem Dach des Fahrzeuges.

»Sieht der Fahrer nicht genauso aus wie Elvis?«, schrie Sadie gegen die dröhnende Musik an.

»Die Koteletten sind super«, brachte Gretchen abwesend hervor und wünschte sich, dass ihre Waffe geladen wäre. Wenn die schwarze Limousine sie einholte, hätte sie so wenigstens die drei Senioren beschützen können. Wie, um alles in der Welt, hatten die drei angeheuerten Schlägertypen sie überhaupt aufgespürt? Sie sah Adam an, bemerkte sein Stirnrunzeln und wusste, dass er sich gerade dieselbe Frage stellte.

»Zuerst fahren wir zum Standesamt von Clark County an der Third, um eine Lizenz zum Heiraten zu besorgen. Norm hat uns daran erinnert, dass man diese Formalitäten als Erstes erledigen muss. Die Zeremonie soll dann um zwei stattfinden. Norm hat alles per Handy organisiert. Und ich sehe Ihnen an, dass Sie keine Ahnung hatten!«

»Nein«, gelang es Gretchen zu sagen. »Wir hatten keine Ahnung.« Beim Militär war Norm sicherlich ein einflussreicher Mann gewesen. Sie wollte wetten, dass er auch einen Einmarsch auf die Beine stellen konnte, wenn man ihm nur fünfzehn Minuten Zeit und ein Handy gab.

»Anschließend werden Sie Ihre Flitterwochen beginnen, und wir werden es noch rechtzeitig zur Happy Hour zurück ins Hotel schaffen.«

Während Sadie weiterredete, blickte Gretchen angsterfüllt aus den getönten Scheiben des Wagens, doch seltsamerweise blieb die schwarze Limousine hinter dem Bus stehen. Sie nahm an, dass es für die Schlägertypen einfach zu absurd war anzunehmen, dass irgendjemand auf die Idee kam, in einer osterglockengelben Stretchlimo zu fliehen, aus deren Lautsprechern »Viva Las Vegas« dröhnte.

»Danke, Elvis!«, rief Adam und sprach damit ihre Gedanken aus. Verstohlen zog er seine Hand wieder aus seinem Rucksack hervor. Norm warf ihm einen aufmerksamen Blick zu, sagte jedoch nichts.

»Und vielen Dank an Sie alle«, wandte Gretchen sich an ihre neuen Freunde. Die Herzlichkeit der Leute rührte sie, und zugleich machte die gefährliche Situation, in der sie sich nun befand, ihr furchtbare Angst. »Es ist, als hätte man eine ganze Busladung guter Feen und Zauberer.«

»Oh, tja, uns allen gefiel die Vorstellung, dass wir Ihnen einen Start in eine gemeinsame Zukunft ermöglichen können. Und außerdem ist es eine aufregende Geschichte. Ich hoffe, es macht Ihnen nichts aus, wenn wir alle mit zur Hochzeit kommen?«

Gretchens Lächeln bekam mit einem Mal etwas von Leichenstarre. Sie und Adam hatten eigentlich vor, die Limousine schon lange vor der Zeremonie zu verlassen, auch wenn ihr die Vorstellung, die Gefühle all dieser netten Menschen zu verletzen, überhaupt nicht behagte.

Was sollten sie nur tun? Sie blickte Adam an, doch er war keine große Hilfe und sah so verwirrt aus, wie sie sich gerade fühlte.

»Ja … danke schön«, sagte sie. »Das ist sehr nett. Aber vielleicht sollten Sie zuerst im Hotel einchecken, falls wir doch noch kalte Füße bekommen. Ich meine …«, sie lachte leicht hysterisch auf, »… diese ganze Idee mit der Hochzeit kam doch ziemlich plötzlich.«

»Ich habe dir doch gesagt, dass du zu impulsiv bist, nicht wahr, Schatzilein?«, schaltete Adam sich ein und tätschelte ihr Knie. Sie wusste, dass er nur schauspielerte, doch trotzdem wollte sie ihm am liebsten eine runterhauen. Niemand, aber auch wirklich niemand nannte sie *Schatzilein*.

Sadie schüttelte den Kopf. »Meine Jüngste war genau wie Sie«, sagte sie freundlich. »Sie hätte beinahe nicht geheiratet. An ihrem Hochzeitstag bin ich ihr keinen Zentimeter von der Seite gewichen, damit sie die Sache auch wirklich durchzieht. Und mit Ihnen werde ich dasselbe tun.« Sie tätschelte Adams Knie. »Machen Sie sich keine Sorgen. Ihre kleine Frau wird auf jeden Fall da sein.«

Gretchen warf Adam einen flehentlichen Blick zu. Wenn sie schon ohne die Chance zur Flucht zum Traualtar geschleift werden würde, dann würde er sich eben etwas einfallen lassen müssen, damit es nicht zu dieser Hochzeit kam.

Vorher hatte sie noch nie über die Angelegenheit nachgedacht und war nun erstaunt, wie unkompliziert es war zu heiraten. Ein gelangweilter Angestellter nahm ihre fünfunddreißig Dollar entgegen – die Norm bezahlt hätte, wenn ein aufgebrachter Adam nicht darauf bestanden hätte, dass er diese Summe aufbringen konnte – und reichte ihnen einen Antrag, den sie in weniger als zehn Minuten ausgefüllt hatten. Bevor sie wussten, wie ihnen geschah, hatten sie die Lizenz, die Norm in seine Tasche packte.

»Zur sicheren Aufbewahrung«, sagte er und zwinkerte ihnen vergnügt zu. Er kam bei dieser ganzen unsäglichen Heiratsgeschichte genauso auf seine Kosten wie Sadie.

Vom Standesamt aus brachte die gelbe Limousine sie mit »Blue Suede Shoes« zur Kapelle.

»Ich bin so aufgeregt, als wäre es meine eigene Hochzeit«, gestand Sadie.

»Es ist noch früh, also wird Elvis' Stimme klar und frisch klingen.« Gretchen stellte sich vor, wie die Zeremonie aussehen würde, wenn der griechische Elvis sie traute: »Love Me Tender« würde auf der Busuki gespielt, und zum Toast nach der Trauung würden sie mit Ouzo anstoßen. Sie schloss die Augen bei dieser Vision von »My Big Fat Greek *Elvis* Wedding«.

Der griechische Elvis öffnete die Tür, und Gretchen stellte fest, dass ihre Knie zitterten, als sie ausstieg.

Sie blickte ihren »Bräutigam« an, als er ihr die Tür zur Kapelle aufhielt, und bemerkte das vergnügte Funkeln in seinen Augen. Hielt er das hier für lustig? Beinahe unmerklich zwinkerte er ihr zu, und sie spürte, dass sie sich langsam entspannte. Offensichtlich hatte er einen Plan.

Er beugte sich vor, als wollte er sie küssen, und flüsterte: »Spiel einfach mit.« Dann küsste er sie tatsächlich. Trotz ihrer angespannten Nerven und des unwirklichen Nebels, der ihre müden Sinne umgab, spürte sie die überraschend starke Anziehung zwischen ihnen. Wenn sie ihn länger gekannt hätte, wenn er nicht auf der Flucht vor ein paar Killern wäre, wenn …

Was zum Teufel dachte sie sich eigentlich? Sie schüttelte den Kopf, und ihre Locken sprangen ihr ins Gesicht. *Reiß dich zusammen.* Natürlich würde sie Adam nicht heiraten, wenn eine Horde wohlmeinender und extrem sturköpfiger Senioren sie nicht gerade dazu zwingen würde.

Adam hielt den Rucksack mit seiner Waffe an seine Brust gedrückt, während er sich die nähere Umgebung genau ansah, und sie konnte sich ein leicht hysterisches Lachen nur mühsam verkneifen. So viel zum Thema »Shotgun Wedding«.

Im Foyer standen zwei Reihen Glücksspielautomaten, und ein frisch verheiratetes Pärchen warf seine 25-Cent-Münzen schneller in die Maschine, als es sie verlieren konnte.

»Also«, sagte Sadie und lenkte die Aufmerksamkeit vom Blinken und Klingeln der Automaten auf sich. »Die Männer werden jetzt die Einzelheiten besprechen. Hier entlang geht es zum Ankleidezimmer der Braut.« Sie deutete auf ein Schild.

Die schwache Hoffnung, dass ihre neuen Freundinnen ihr ein bisschen Privatsphäre gönnen würden, löste sich schnell in Luft auf. Aufgekratzt und kichernd – wie es für Brautjungfern nun einmal typisch war – folgten sie ihr in den Raum. Gretchen war plötzlich sehr gerührt und umarmte die beiden liebevoll, als sie allein in dem Ankleidezimmer waren. Der Raum war nicht groß, aber es gab einen Schrank, ein verschnörkeltes Sofa, einen Schminktisch mit Beleuchtung und ein Badezimmer mit Dusche. Leider gab es kein Fenster, durch das sie hätte fliehen können.

»Wir haben noch eine halbe Stunde«, sagte Sadie. »Lasst uns anfangen.«

»Ich muss duschen«, erklärte Gretchen und hatte das Gefühl, besser mit diesem Alptraum zurechtzukommen, wenn sie wenigstens sauber wäre und sich frisch fühlte.

Während sie kurz darauf das heiße Wasser über ihren Körper rinnen ließ, wurde Gretchen bewusst, wie aufgeregt sie war. Sie war nervös wegen der angeheuerten Killer, die ihnen auf den Fersen waren, nervös, weil sie Norm und

Sadie und die anderen enttäuschen würde. Nervös wegen der verdammten Hochzeit.

Aus ihrer Tasche zog sie neue Unterwäsche – eine weiße Baumwollunterhose und einen weißen BH. Nicht gerade die Unterwäsche, die sie bei ihrer Hochzeit hatte tragen wollen. Na gut, zumindest war sie sauber. Abgesehen davon hatte sie sonst nur noch ein frisches T-Shirt, das sie zu ihrer Jeans würde tragen müssen.

Ihr nasses Haar begann sich zu locken, als sie schließlich aus dem Badezimmer trat. Sie dachte gerade darüber nach, dass sie sich schon ruhiger fühlte, als sie abrupt stehen blieb.

Ein Kleid lag auf dem weiß und golden verzierten Sofa. »Es tut uns leid, dass es kein echtes Hochzeitskleid ist, aber es gehört Verna und es ist ganz neu. Sie kleidet sich immer ein bisschen zu jugendlich für ihr Alter, aber sie hört ja nicht auf uns.« Sadie schüttelte den Kopf. »Das ist jedenfalls etwas Blaues.«

»Ich mag ja vielleicht alt sein, aber deshalb muss ich mich ja noch lange nicht so kleiden«, entgegnete Verna. Das waren die ersten Worte, die sie herausbrachte, seit sie den Bus verlassen hatten.

»Es ist ein wunderschönes Kleid«, sagte Gretchen. Und das war es. Es war zwar kein weißer Tüll, aber das weich fließende blaue Neckholder-Kleid aus Baumwolle, das mit großen roten und grünen Blüten verziert war, wirkte frisch und fröhlich.

»Kommen Sie und setzen Sie sich an den Frisiertisch, Herzchen. Verna hat früher als Friseurin gearbeitet. Sie wird Sie zurechtmachen.«

»Ich bin so aufgeregt. Wann habe ich zuletzt eine Braut

frisiert … Oh, das muss schon fünfzehn Jahre her sein.« Verna lachte vergnügt und kämmte Gretchens nasses Haar. Gretchen lächelte schwach, betrachtete im Spiegel ihr blasses Gesicht – und versuchte, nicht darüber nachzudenken, welche Frisuren vor fünfzehn Jahren modern gewesen sein mochten. Sie wurde das Gefühl nicht los, dass sie noch früh genug wieder daran erinnert werden würde.

»Oh, ich wünschte, ich hätte meine Heißwickler dabei. Ich mache eine ganz tolle Farrah-Fawcett-Frisur. Jedenfalls konnte ich das damals. Mit Ihrem Haar könnten Sie selbst einer von Charlies Engeln sein, ja, das könnten Sie.«

Oje.

Verna redete ununterbrochen, während sie Gretchens Haar und Make-up machte. Es war, als könnte sie, nachdem sie einmal die Erlaubnis zu sprechen erhalten hatte, nicht wieder damit aufhören. Das Resultat von Vernas Frisierkünsten war am Ende nicht so schlimm, wie Gretchen befürchtet hatte. Ohne ihre Heißwickler war die alte Dame gezwungen gewesen, Gretchens Haar nur zu föhnen und in natürliche Wellen zu legen. Die vorderen Strähnchen hatte sie zu guter Letzt zurückgenommen und mit einer Schleife zusammengebunden, die sie in ihrem Portemonnaie gefunden hatte.

Die beiden Frauen bestanden darauf, ihr auch beim Anziehen des Kleides zu helfen, das an der Taille nur ein bisschen zu locker saß. Als Gretchen schließlich noch ihren BH ausgezogen hatte, sah es wirklich ziemlich gut aus.

»Schuhe«, rief Sadie und blickte auf Gretchens bloße Füße. »Oh, du meine Güte. Wir haben nicht an die Schuhe gedacht.«

Gretchen warf einen Blick auf ihre ausgetretenen Turnschuhe – vermutlich nicht ganz angemessen für einen feierlichen Anlass. In ihrer besonderen Situation kamen ihr Laufschuhe allerdings nicht völlig verkehrt vor. »Es ist schon in Ordnung, echt«, winkte sie ab. »Sie sehen zu dem Kleid bestimmt abgefahren aus.«

»Nein, nein. Hier, probieren Sie meine Schuhe«, forderte Verna sie auf und schlüpfte aus ihren weißen Riemchensandalen aus Vinyl, die mit Kunststoffsteinen verziert waren.

»Oh, ich kann doch nicht Ihre Schuhe tragen.«

»Sie passen aber besser zu dem Kleid als Ihre alten Turnschuhe. An der linken Sandale fehlt ein Rubin, aber ich nehme nicht an, dass es jemandem auffallen wird.«

Verna war so beharrlich, dass Gretchen schließlich in die Sandalen schlüpfte, die von Vernas Füßen noch ganz warm waren. Sie waren ein paar Nummern zu groß, aber wenn sie ihre Zehen beim Laufen zusammenkrümmte, würde es schon gehen.

Sadie blickte auf ihre Uhr und nickte zufrieden. »Und wir haben sogar noch fünf Minuten Zeit.«

Es klopfte an der Tür, und Sadie machte auf. Sie schob ihren Kopf durch einen schmalen Spalt, so dass man nichts sehen konnte, doch Gretchen erkannte Norms gedämpfte Stimme. Kurz darauf schloss Sadie die Tür wieder und wandte sich zu Verna und Gretchen um. Sie hielt einen Strauß weißer Seidenrosen in der Hand. »Für die Braut.«

Gretchen spürte, wie Tränen in ihr aufstiegen. Sie wollte glauben, dass Schuldgefühle der Auslöser waren, doch es war schlicht und ergreifend tiefempfundene Dankbarkeit. »Sie sind meine guten Feen«, sagte sie und umarmte wieder beide.

»Unsinn«, erwiderte Sadie und schniefte. »Sie sind jetzt

startklar. Sie haben etwas Altes – das sind wir.« Sie lachte. »Etwas Neues, nämlich den Blumenstrauß, etwas Geborgtes«, sie wies auf die Schuhe, »und etwas Blaues.« Mit einer ausholenden Handbewegung deutete sie auf das Kleid.

»Fertig?«

Gretchen atmete tief durch und versuchte, den beiden ein breites, zuversichtliches Lächeln zuzuwerfen. Adam musste sich etwas einfallen lassen – und zwar schleunigst.

Die Angehörigen der Braut verließen die vergleichsweise Sicherheit und Abgeschlossenheit des Ankleidezimmers und gingen in die Kapelle.

Sadie ergriff Gretchens Hand, als sie in das Foyer mit den Glücksspielautomaten kamen. »Kommen Sie. Lassen Sie uns einen Dollar für Ihr Glück wagen. Vielleicht gewinnen Sie genug, um ein Sparbuch fürs Baby anzulegen, damit es später einmal aufs College kann.«

Gretchen wurde zu der Reihe Automaten gezogen, die alle das Thema Hochzeit hatten.

Sie schob die Dollarmünze, die Sadie ihr in die Hand gedrückt hatte, in einen Schlitz und zog am Griff.

Aus den Augenwinkeln sah sie eine schwarze Limousine, die draußen an der Kapelle vorbeifuhr. In Las Vegas muss es Hunderte, ja Tausende von schwarzen Limousinen geben, beruhigte sie sich. Sie wollte sich davon nicht verrückt machen lassen.

Trotzdem stöhnte sie auf.

»Halb so wild, Herzchen«, sagte Sadie und betrachtete über ihre Schulter hinweg die Abbildungen einer Braut, eines Blumenstraußes und einer Kirsche, die in den kleinen Fenstern des Glücksspielautomaten aufgetaucht waren. »Sie heiraten den Mann, den Sie lieben, und gründen mit ihm eine Familie. Das ist alles, was Sie zum Glücklichsein brauchen.«

Eine Gänsehaut lief über Gretchens Arme, als sie sah, wie die Limousine wieder um die Ecke bog. »Dank der Klimaanlage ist es hier ziemlich kühl. Ich glaube, ich gehe mal rein.«

»Okay. Ich habe übrigens auch verloren«, sagte Sadie.

Die alte Dame wusste noch nicht, dass sie und die anderen jeden Cent verlieren würden, den sie in das »Love Me Tender«-Paket investiert hatten. Gretchen nahm sich vor, ihnen später alles zurückzuzahlen. Doch sie ahnte, dass nichts ihnen die Freude würde ersetzen können, die sie empfunden hatten, als sie zwei abgebrannten jungen Fremden, die ein Kind erwarteten, eine Hochzeit ausgerichtet hatten, die sie niemals mehr vergessen sollten.

Sie ging den Flur entlang und dachte darüber nach, wie genau sie ihre eigene Hochzeit sabotieren sollte.

9. Kapitel

Als sie die Kapelle betraten, waren die Männer und alle anderen Fahrgäste aus dem Bus schon da.

Gretchen bemühte sich, die fünfzig Senioren, die ihr gratulierten und sie umarmten, anzulächeln, aber ihr Blick ging sofort zu Adam, und sie spürte, wie ihr Herz stockte.

Er trug eine Jeans, ein sauberes weißes T-Shirt, das, wie sie vermutete, ihm gehörte, und ein Jackett, das ganz sicher nicht seines war. Es war ein zweireihiger dunkelblauer Blazer, der aussah, als hätte er einmal einem Schiffskapitän oder einem Nachtklubsänger gehört. Doch irgendwie war die Wirkung des gesamten Outfits erstaunlich. Er war so groß, sein Haar so schwarz, seine Augen so wahnsinnig blau, und als er sie anlächelte, löste dieses leicht schiefe Schmunzeln eine Welle von Hitze und Verlangen in ihr aus.

»Gehen Sie zu Ihrem Mann, Herzchen«, sagte Sadie und schob sie sanft nach vorn.

Mein Mann. Tja, für diesen Augenblick, für heute und für die Zeit, die dieses verrückte Abenteuer noch dauern würde, war er ihr Mann. Sie machte einen Schritt auf ihn zu. Adam streckte ihr seine Hand entgegen, und sie nahm sie. Seine Hand war warm und gab ihr ein Gefühl von Sicherheit. Ganz leicht drückte er ihre Finger, und sie war sich nicht sicher, ob er es nur tat, damit sie sich besser fühlte, oder ob er einen Plan hatte und sie sich keine Sorgen machen musste. Inständig hoffte sie, dass Letzteres der Fall war.

Die Lieder, die gespielt wurden, waren ausschließlich Songs von Elvis. Der Teppich hatte die Farbe von Kaugummi, die Wände waren mit glänzendem, hellem Holz vertäfelt, und es gab Plastikpalmen und ein weißes Spalier mit Seidenrosen in verschiedenen Farben, die sich dekorativ an den Seiten hinaufrankten. Links davon befand sich eine Art Predigerpult, und daneben standen ein Mikrofon und eine weiße Gitarre.

Sie hatte die Umgebung noch nicht ganz in sich aufgenommen, als der King höchstpersönlich erschien. Diesmal war es nicht der griechische Elvis, sondern der Las-Vegas-Elvis. In dem weißen Hosenanzug mit den funkelnden Glitzersteinen stellte er jede Braut in den Schatten.

Dieser Mann ist zugegebenermaßen ein ziemlich guter Las-Vegas-Elvis, entschied sie. An ihm stimmte einfach alles: vom weißen Schal über die blauschwarzen Koteletten bis hin zu der Tolle schwarzen Haares, die ihm in die Stirn fiel. Als er aus der Tür hinter dem Predigerpult trat, begannen die Gäste zu applaudieren. Er sagte: »Danke. Danke vielmals.« Und Gretchen dachte: *Also schön.*

Für einen Elvis-Fan, der eine vorgetäuschte Hochzeit feiern musste, verlieh ein Elvis-Imitator, der die Zeremonie abhielt, der ganzen Angelegenheit doch den perfekten Hauch von Ironie.

»Würde das glückliche Paar bitte vortreten?«, begann er, ohne Zeit zu verlieren, und ihr wurde klar, dass es keine lange Vorrede geben würde. Es gab nicht einmal Bänke oder Stühle für die Gäste. Dies hier war die Hochzeits-Version eines Drive-in-Restaurants.

Norm reichte Elvis die Lizenz, während Adam Gretchen an einer Hand vor das Predigerpult führte. Sie drückte den

Brautstrauß so fest an die Brust, dass sie, wenn die Rosen echt gewesen wären und echte Dornen gehabt hätten, sicherlich vollkommen zerstochen gewesen wäre.

Hinter ihr erklang aus Sadies Richtung ein lautes Schniefen. Gretchen wusste, wie sie sich fühlte. Sie selbst verspürte auch das Bedürfnis, in Tränen auszubrechen.

»Geliebte im Herrn«, erklangen die vertrauten Worte, und Gretchens Hand, die Adam noch immer hielt, zuckte unwillkürlich. Wieder drückte er sie aufmunternd und machte einen kleinen Schritt zur Seite, damit ihre Körper sich berührten.

»Wollen Sie, Adam Ezra Stone, die hier anwesende Gretchen Louise Wiest zu Ihrer rechtmäßig angetrauten Ehefrau nehmen?«

Wow, Ezra, starker Name! Lebhaft konnte Gretchen sich vorstellen, wie seine echte Ehefrau ihn eines Tages bei seinem zweiten Vornamen nennen würde, wenn sie wütend auf ihn war. Während sie darüber nachdachte, wartete sie angespannt darauf, dass Adam Ezra Stone vor Elvis, Gott und allen Anwesenden nein sagte.

Adam wandte sich ihr zu, blickte sie mit einem sehr seltsamen Ausdruck in den Augen an und sagte: »Ja, ich will.«

Verwirrt blinzelte sie ihn an. *Was?* Tja, sie wollte ganz sicher nicht diejenige sein, die vor diesen netten Leuten wie ein Trottel dastand, also riss sie sich zusammen.

Jetzt war sie dran. »Wollen Sie, Gretchen Louise Wiest, den hier anwesenden Adam Ezra Stone zu Ihrem rechtmäßig angetrauten Ehemann nehmen?«

Es herrschte Stille, und sie hatte das Gefühl, dass ihre Zunge wie gelähmt war. Sie musste nein sagen, sie wollte ihre erste Hochzeit nicht zu einer Farce machen – aber das hier war Elvis, um Himmels willen! Man schlug Elvis keine Bitte ab und sagte nein. Und Norm und Sadie und dem Rest genauso wenig. Sie blickte auf und spürte, dass sie auch vor Adam nicht nein sagen konnte. Also erklärte sie mit zitternder Stimme: »Ja, ich will.« Sie holte Luft, als hätte jemand das Ventil an ihrem Luftschlauch abgeklemmt.

Ihre Hand prickelte, und sie war sich ziemlich sicher, dass ihre schwitzigen Handflächen daran schuld waren.

Oh, Himmel. Ursprünglich war sie einmal von zu Hause losgefahren, um einem betrügerischen Ehemann auf die Schliche zu kommen – nicht, um selbst zu heiraten! Elvis musste sich ein bisschen beeilen, denn der Raum begann sich plötzlich um sie zu drehen. Und sie hatte wirklich, wirklich den dringenden Wunsch, ihren Kopf in Schockhaltung zwischen ihre Knie zu stecken.

Dann kam die Frage, ob irgendjemand irgendeinen Hinderungsgrund kennen würde, warum dieses Paar nicht heiraten könnte. Gretchen holte beinahe erleichtert tief Luft, denn sie war sich ganz sicher, dass Adam jemanden unter die Gästeschar geschummelt hatte, der jetzt einschreiten würde. Doch das Schweigen wurde nur durch Sadies gelegentliches Schniefen und das Klingeln eines Glücksspielautomaten im Foyer durchbrochen. Es klang, als hätte jemand den Jackpot geknackt.

Dann fuhr Elvis mit der Zeremonie fort. Niemand hatte die Hochzeit verhindert. Wenn jetzt nicht jemand ganz schnell etwas unternahm, würde Elvis sagen …

»Und hiermit erkläre ich Sie zu Mann und Frau. Sie dürfen die Braut nun küssen.«

Während sie vor Schreck den Mund öffnete, beugte Adam sich vor und küsste sie. Es war eine kurze, plötzliche

Berührung ihrer Lippen. Dann umarmte er sie, zog sie an sich und flüsterte ihr etwas ins Ohr. Doch es waren keine liebevollen Worte, und es war auch keine Entschuldigung, weil er die Hochzeit nicht verhindert hatte. Es waren Worte, die Gretchen fast den Atem raubten. Sie wurde blass.

»Die *Drei Stooges* haben uns gefunden. Du fliehst durch die Tür, durch die Elvis hereingekommen ist, und ich kümmere mich um die Clowns. Los!«

Unsanft schob er sie in Richtung des Predigerpultes, während Elvis seine Gitarre in die Hand nahm und »Love Me Tender« anstimmte.

Gretchen war wie erstarrt. Die *Drei Stooges*? Dann waren es doch die Kerle gewesen, die sie in der schwarzen Limousine gesehen hatte. Aber wie hatten sie sie gefunden? Sie hatte im Augenblick nicht die Zeit, um darüber nachzudenken. Unmöglich konnte sie Adam mit den Killern alleinlassen. Im Übrigen war er derjenige, der abhauen musste, um die Beweise zu holen. Sie hatte gelernt, sich selbst zu verteidigen. Vielleicht gelang es ihr, die drei so lange zu beschäftigen, bis alle in Sicherheit waren.

Sie warf einen Blick auf die kräftigen Männer in ihren schwarzen Anzügen. Gefährlich aussehende Typen.

Okay, möglicherweise könnte sie die drei doch nicht allein aufhalten.

»Diese Männer sind vermutlich schon wegen der nächsten Hochzeit da«, murmelte Sadie, die neben Gretchen stand, nervös. »Wie unhöflich von ihnen, nicht zu warten.«

Hinter ihnen ging die erste Strophe von »Love Me Tender« in die zweite über. Gretchen sah, wie die drei brutalen Kerle sich aufteilten, und spürte, wie die kleinen Härchen in ihrem Nacken sich aufzurichten begannen. Sie konnte nicht zulassen, dass Sadie und Norm und die anderen in eine so schmutzige Geschichte hineingezogen wurden.

Sie fing an, die Damen unauffällig, aber bestimmt in Richtung der Tür hinter dem Predigerpult zu schieben. Der Sänger bemerkte das und beobachtete sie, aber fuhr mit seiner Performance fort.

Indes ging Norm auf die drei Typen zu und baute sich vor dem ungerührt wirkenden Kerl in der Mitte auf. »Was wollen Sie hier?«

»Wir wollen keinen Ärger, Sir.«

»Hier findet gerade eine Hochzeit statt«, sagte Norm in bester Feldwebel-Manier. »Sie werden draußen warten müssen.«

»Wir sind wegen Adam Stone hier. Er ist verhaftet.«

Norm wich weder zurück noch zuckte er mit der Wimper. »Was wird ihm zur Last gelegt?«

»Mord.«

»Wo ist Ihr Haftbefehl?«

»Der ist … äh … im Wagen.«

»Für welche Behörde arbeiten Sie?«

Der kräftige Mann in der Mitte ballte die Hände zu Fäusten und funkelte Norm an. »Hören Sie, Sir, das hier ist eine dienstliche Angelegenheit.«

Aller Augen waren auf das kleine Drama gerichtet, das sich hier abspielte – und sogar die anderen beiden *Stooges* schauten interessiert zu. Diesen kurzen Moment der Unaufmerksamkeit nutzte Adam aus und schob sich hinter den Kerl, der ihm am nächsten stand.

Unauffällig legte Gretchen ihren Brautstrauß ab und griff sich eine der Vasen mit einem Blumenarrangement. Das Gefäß war aus Plastik und nicht so schwer, wie Gretchen es sich erhofft hatte, doch das würde reichen müssen. Sie nahm an, dass Adam den ersten Schritt machen würde, doch sie irrte sich. Es war Norm. Sein Arm, dünn und knorrig, aber immer noch kräftig, schoss vor, und er zog die Waffe aus dem Pistolenhalfter des Chefs der *Drei Stooges*.

»Hey, Sie alter …« Als Stiernacken sich auf Norm stürzen wollte, wirbelte der alte Mann herum und vollführte ein paar kunstvolle Kampfsportschritte.

Und dann brach die Hölle los. Adam sprang von hinten den zweiten der *Stooges* an, und im selben Moment ließ Gretchen die Plastikvase so fest sie konnte auf den Kopf des dritten Kerls krachen. Seidenblumen purzelten heraus. Der riesige Typ grunzte und wandte sich dann mit einem hässlichen Gesichtsausdruck zu Gretchen um.

Sie versuchte, sich ihr Karatetraining wieder ins Gedächtnis zu rufen, und wünschte sich, sie hätte eine wirkungsvollere Waffe.

Aber schon bald stellte sie fest, dass sie sehr wohl über eine Waffe verfügte – und zwar eine äußerst schlagkräftige. Eine Busladung sehr, sehr wütender Senioren.

Sadie sprang dem riesigen Kerl auf den Rücken wie ein Floh auf einen Bernhardiner, schlang ihre Arme um seinen Nacken und drückte zu.

Während der Typ Sadies mit Altersflecken übersäten, aber erstaunlich kräftigen Arme festhielt, schlug Verna ihm mit ihrem Gehstock gegen die Knie. Gretchen ging mit einem durchdringenden Schrei auf ihn los und ließ ihn ihren besten Kick in den Bauch spüren. Er warf Sadie ab, taumelte und verfluchte den Gehstock, während Gretchens Tritt von seinem Bauch abfederte wie von einem Trampolin.

Er bückte sich, griff an seinen Knöchel und zog ein Messer hervor. Der tödliche Stahl blitzte auf, als der Kerl sich Gretchen näherte.

»Nein! Gretchen!«, schrie Adam. Er war zu weit entfernt, um ihr helfen zu können. Er rannte auf sie zu, doch es war klar, dass er es niemals rechtzeitig schaffen würde. Langsam wich sie rückwärts zurück. Ihre einzige Hoffnung bestand darin, etwas zu finden, hinter dem sie Schutz suchen konnte. Aus den Augenwinkeln sah sie plötzlich einen hellen Blitz und hörte dann ein disharmonisches Geräusch, als die schneeweiße Gitarre krachend auf dem Kopf des Typs landete – geschwungen von Elvis höchstpersönlich. Der Gangster verdrehte die Augen, bevor er ohnmächtig zu Boden ging.

Bescheiden wehrte Elvis die Beifallsbekundungen ab.

»Niemand vergreift sich an meiner Kapelle.«

Adam beobachtete Norm, der einen der Männer professionell fesselte. Alle drei Gangster waren noch immer bewusstlos, und da es keine Handschellen gab, mussten eben die goldenen Gardinenkordeln mit den kunstvollen Troddeln herhalten, um die drei Kerle festzubinden.

Der Mann, den Adam als den Fahrer der schwarzen Limousine erkannte, stöhnte, schlug die Augen auf, blickte sich um, murmelte eine Unverschämtheit und schloss die Augen wieder.

Sie waren in einer kleineren, im Moment unbenutzten Kapelle. Da nach Adams und Gretchens Hochzeit direkt die nächste Trauung angesetzt war, hatten die Männer die drei bewusstlosen Gangster hinausgeschleppt und die Frauen sich umgehend an die Arbeit gemacht, um den Raum wiederherzurichten.

Und während Elvis sich in sein privates Vorzimmer zurückgezogen hatte, um eine neue Gitarre zu holen, hatten die Frauen geputzt und aufgeräumt, bis die Kapelle ordentlicher aussah als bei ihrer Ankunft. Selbst die Blumen in den Plastikvasen waren hübscher arrangiert – dank einer der Damen im Bus, die pensionierte Floristin war.

»Sind Sie eigentlich in der Armee gewesen?«, erkundigte sich Adam nun bei Norm.

»Jawohl. Zwanzig Jahre bei der Marine, dann habe ich den Dienst quittiert. Anschließend bin ich zum FBI gegangen.«

Das erklärte einiges. »Wieso sind Sie sich so sicher, dass ich der Gute bin und diese Typen die Bösen?«

Norm blickte ihn vielsagend an. »Nur Gauner tragen so schlecht sitzende Anzüge.«

»Norm.«

Der alte Mann wippte auf seinen Füßen zurück. »Wenn man dort arbeitet, wo ich gearbeitet habe, bekommt man ein Gespür für Menschen und eine Nase für Ärger. Sie sind in den Bus gestiegen und haben eine Menge Probleme mitgebracht. Mir ist aufgefallen, wie Sie über Ihre Schulter geschaut und sich offensichtlich Sorgen um Ihr Mädchen gemacht haben. Ich war mir nicht sicher, wen Sie erwartet haben, bis diese Idioten aufgetaucht sind.«

Adam nickte. »Danke. Ich stehe in Kontakt zu Special Agent Wilks in Las Vegas. Ich muss einige Unterlagen holen, die ich zu meinen Händen in ein Hotel in der Stadt geschickt habe. Es handelt sich um belastendes Material über meinen ehemaligen Arbeitgeber, und ich muss die Papiere möglichst schnell zu Wilks bringen.«

Norm nickte. »Soll ich mit Ihnen kommen und Ihnen den Rücken freihalten?«

»Nein. Ich möchte sicherstellen, dass meine Frau wohlbehalten im Hotel ankommt. Rufen Sie Wilks an und bitten Sie ihn, jemanden vorbeizuschicken, der diese Typen abholt.« Er reichte Norm eine Karte mit sämtlichen Telefonnummern, unter denen Wilks zu erreichen war.

Als er von *meiner Frau* sprach, warf Norm ihm einen hintergründigen Blick zu, sagte jedoch nichts. Was gut war. Adam war nicht in der Stimmung für großartige Erklärungen.

Norm holte sein Handy hervor und begann, eine der Nummern einzugeben. In der anderen Hand hielt er die Waffe, die er zuvor an sich gebracht hatte. Er wirkte, als wartete er geradezu darauf, die Waffe gegen seine drei Schützlinge einzusetzen, wenn sie ihm auch nur den Hauch eines Anlasses dazu gaben.

Zufrieden öffnete Adam die Tür, um zu gehen, und prallte mit Gretchen zusammen, die gerade hereinkommen wollte. Es war das erste Mal, dass sie einander berührten, seit sie sich während der Trauung an den Händen gehalten hatten.

Jetzt machte er sich keine Gedanken über die ungefähr zwölf eifrigen Senioren, die sie beobachteten, und ließ sich von ihnen auch nicht abhalten, Gretchen in seine Arme zu schließen und sie lange und leidenschaftlich zu küssen.

Sie schmiegte sich an ihn, und er spürte die Konturen ihres Körpers, die zarte Haut ihres nackten Rückens, ihre vollen Brüste, die nicht in einem BH verborgen waren und sich unter dem dünnen Stoff des Kleides an seinen Oberkörper pressten. Und das Beste war, dass er ihr Herz schlagen spürte, beruhigend lebendig.

Er konnte sich vorstellen, dass er für den Rest seines Lebens Alpträume von dem furchtbaren Augenblick haben würde, als der Killer mit dem Messer auf sie zugegangen war und er gewusst hatte, dass er sie nicht mehr rechtzeitig erreichen könnte, um sie zu retten.

Er strich über ihre Schultern und ihre Arme hinunter, um schließlich ihre Hände zu ergreifen.

»Hey, was ist das für ein Ding?« Beim Klang von Norms Stimme drehten sie sich zu ihm um und sahen ein kleines Gerät in seiner Hand, das aussah wie ein elektronisches Kinderspielzeug. »Das habe ich in der Tasche von einem der Typen gefunden.«

»Oh, mein Gott«, rief Gretchen aus. »Das ist ein tragbarer GPS-Monitor. So haben sie uns immer und immer wieder aufgespürt. Sie haben dich geortet, Adam.«

»Geortet?«

»Sicher. Es ist total einfach, jemandem einen Sender zuzustecken. Ich selbst habe dir bei unserem ersten Zusammentreffen auch einen untergeschoben.«

Darum würde er sich später kümmern. War es tatsächlich möglich, dass sein Arbeitgeber ihn überwacht und verfolgt hatte? Langsam schüttelte er den Kopf. »Aber niemand in Houston wusste, wer der Informant war, bis ich Hals über Kopf abgehauen bin. Wenn sie es gewusst hätten, hätten sie sich nicht mit einem Sender aufgehalten. Dann wäre ich längst tot.«

Die drei – Norm, Gretchen und er selbst – blickten sich, die drei Kerle und das kleine Gerät an.

»Einen Augenblick«, sagte Gretchen und schnipste mit den Fingern. »Dein Aktenkoffer. *Der Aktenkoffer mit dem unaufdringlichen Firmenlogo.* Woher hast du ihn?«

»Es war ein Geschenk des Aufsichtsrates. Alle leitenden Angestellten haben vor ungefähr einem Jahr einen solchen

Aktenkoffer erhalten. Es ist ein echtes Statussymbol in Houston.« Er warf einen Blick auf das GPS-Gerät, das Norm noch immer in der Hand hielt, und dann auf seinen Aktenkoffer, den er nicht aus den Augen gelassen hatte, seit er aufgebrochen war. »Willst du damit sagen, dass in dem Koffer eine Art Sender versteckt ist?«

Gretchen nickte. »Sie orten ihre leitenden Angestellten offenbar wie manche Unternehmen ihre Firmenwagen – bis auf die Tatsache, dass die Angestellten keine Ahnung haben, dass sie überwacht werden. Es ist in höchstem Maße unmoralisch, aber ich wette, dass jeder Angestellte, der irgendwie wichtig ist, auch überwacht wird. Diese Dinger geben Auskunft darüber, wo du gewesen und wie lange du dort geblieben bist. Darum haben die Typen sich nicht die Mühe gemacht, die Elvis-Limousine zu verfolgen. Sie wussten, dass sie dich jederzeit ausfindig machen konnten.«

Adam fuhr sich mit dem Handrücken über die Stirn. »Wenn sie die ganze Zeit über wussten, wo ich war, warum haben sie dich dann engagiert, um mich zu verfolgen?«

»Vermutlich, um absolut sicherzugehen. Falls du den Aktenkoffer nicht ständig bei dir getragen hättest.«

»Was ich wahrscheinlich hätte tun sollen. Verdammt, ich war so sehr in Eile, dass ich nicht richtig nachgedacht habe.« Er funkelte den Aktenkoffer an, wegen dem er und Gretchen beinahe getötet worden wären. »Der Sender muss irgendwie ins Futter eingenäht sein. Ich besorge ein paar Werkzeuge, und dann holen wir das Ding da raus. Und zerstören es.«

»Nein, mein Junge, tun Sie das nicht«, meldete Norm sich zu Wort, der das Gerät in seiner Hand betrachtet hatte, als würde er überlegen, sich eines zu Weihnachten zu wünschen. »Händigen Sie Sender und Monitor Ihrem Freund vom FBI aus. Sie können den Aktenkoffer vielleicht benutzen, um noch ein paar Fische zu ködern und ins Netz zu locken.«

Der alte Mann lachte leise, offensichtlich froh darüber, wieder Teil des Spiels zu sein. »Ich sage Ihnen was: Nehmen Sie alles, was Sie brauchen, aus dem Koffer, und ich werde ihn zum Busbahnhof bringen und erst einmal in ein Schließfach legen. Wir wollen doch nicht, dass Ihre ehemaligen Kollegen wissen, dass Sie beim FBI vorsprechen.«

Adam schüttelte den Kopf. »Ich will Sie nicht unnötig in Gefahr bringen. Oder sollte ich besser sagen: nicht schon wieder. Ich werde es selbst tun.«

»Machen Sie Scherze? Diese Kerle stellen keine Gefahr mehr dar – sie werden ihrem Boss nicht Bescheid sagen, dass sie überwältigt worden sind, damit Ersatz geschickt wird.« Norm deutete mit einem Kopfnicken auf das gefesselte Trio auf dem Fußboden. »Ich werde den Koffer zur Busstation bringen und dann ins FBI-Büro kommen, um Sie dort zu treffen.« Er rieb sich die Hände. »Seit ich pensioniert wurde, hatte ich nicht mehr so viel Spaß.«

Adam warf Gretchen einen fragenden Blick zu. Sie nickte. »Norm hat recht, Adam. Sein Plan könnte funktionieren.«

»Okay«, sagte er, wohl wissend, dass die Gerechtigkeit schneller siegen würde, je eher sie nun handelten. »Du gehst mit den anderen ins Hotel. Ich komme dann später auch dorthin.«

Er wollte an ihr vorbeigehen, doch sie stellte sich ihm in den Weg. »O nein, das wirst du nicht.«

»Aber …«

»Ich bin engagiert worden, um dir zu folgen – und dieser Auftrag ist noch lange nicht erledigt.«

10. Kapitel

»Es ist beruhigend, dass das hier endlich in die richtigen Hände gerät«, sagte Adam, als er Special Agent Chet Wilks den dicken braunen Umschlag reichte. Mit seinem braunen Anzug von der Stange und der Brille war Wilks ein unauffällig aussehender Mann. Er hatte eine ausdruckslose Miene aufgesetzt. Nur der hoffnungsvolle Glanz in seinen Augen strafte diese scheinbare Ungerührtheit Lügen.

Er öffnete den Umschlag und nahm den Inhalt heraus. Endlich sah Gretchen das, wofür sie und Adam beinahe umgebracht worden wären. Ein Stapel Dokumente, zwei Festplatten, ein Fotofilm und ein kleines Band, wie man es aus Videokameras kannte, purzelten auf den Schreibtisch.

»Hast du alles bekommen, worum ich dich gebeten hatte?«

»Ziemlich. Ich habe mir selbst die Originale zugeschickt«, entgegnete Adam und deutete auf das fotokopierte Dokument. »Sie sollten morgen hier sein.«

Wilks nickte, noch immer scheinbar ruhig. Doch er trommelte mit den Fingerspitzen auf den Papierstapel auf seinem Schreibtisch, als könnte er es kaum erwarten, sich in die Unterlagen zu vertiefen. »Ich würde dich gern heute befragen, Adam«, sagte er und warf einen Blick auf seine Uhr. »Sagen wir ein oder zwei Stunden lang, um das Wesentliche zu besprechen. Wir werden uns den einzelnen Beweisen hier widmen«, erklärte er und wies auf die Dinge, die auf seinem Schreibtisch verstreut lagen. »Und morgen reden wir dann weiter.«

»Was ist mit Gretchen?«

»Ms. Wiest, ein anderer Agent wird Sie über die Ereignisse der letzten paar Tage befragen.«

Sie nickte. »Alles klar.«

Gretchen und Adam wurden in unterschiedliche Vernehmungszimmer geführt, und sie versuchte, so gut es ging, alles zu rekonstruieren, was geschehen war, seit der Mann, der sich als Mrs. Stones Anwalt ausgegeben hatte, sie angerufen hatte.

Selbstverständlich verschwieg sie die intimen Momente zwischen Adam und sich, auch wenn sie nicht davon ausging, dass diese Details lange privat bleiben würden.

Am Ende der Befragung wurde sie zurück in Wilks' Büro gebracht, um auf Adam zu warten. Sie hätte einfach gehen können, doch sie musste noch mit ihm über die Scheidung sprechen. Ein Lächeln huschte über ihr Gesicht. In Las Vegas hatte es mit Sicherheit schon einige überstürzte Hochzeiten und anschließende Scheidungen gegeben, aber das hier war ein Rekord.

Adam kam einige Zeit später ins Büro. Bei seinem Anblick schlug ihr Herz Purzelbäume. Er sah müde aus, und ihr wurde klar, dass sie ein tiefes Verlangen verspürte, seine verspannten Schultern zu massieren und all seine Sorgen fortzuküssen.

O Mann, sie sollten sich besser schnell scheiden lassen, bevor sie noch auf dumme Gedanken kam.

»Wie mir zu Ohren gekommen ist, sind Glückwünsche angebracht, Mrs. Stone«, sagte Wilks und streckte seine Hand aus.

»Oh, tja, ich bin nicht …«

»Sie hat meinen Namen nicht angenommen, Wilks. Die Zeiten ändern sich.«

»Klar. Dann überlasse ich euch beide jetzt wieder euren …« Er räusperte sich. »Ich sehe euch dann morgen. Ist zwölf Uhr zu früh?«

»Wir werden da sein«, erwiderte Adam und reichte Gretchen die Hand. Sie war so schockiert darüber, dass er Wilks nichts über ihre Scheinheirat erzählt hatte, dass sie sie wortlos nahm.

Ein Agent brachte sie zu ihrem Hotel – nicht in das, in dem die restliche Reisegruppe übernachtete, sondern in eines der neuen, großen Hotels am Strip. Sie betraten die Lobby mit den Glücksspielautomaten, dem hauseigenen Theater, den Restaurants, Bars und knapp bekleideten Kellnerinnen überall. Sie war so damit beschäftigt, sich umzusehen und alle Eindrücke in sich aufzunehmen, dass sie bereits vor dem Lift standen, als ihr auffiel, dass sie an der Rezeption vorbeigegangen waren.

»Müssen wir nicht einchecken?« Was würde geschehen – jetzt, da sie nicht mehr dazu gezwungen waren, sich ein Zimmer zu teilen? Jetzt, da sie nicht mehr um ihr Leben bangen mussten? Würde er sie noch immer wollen?

Würde sie ihn noch immer wollen? Unter ihren Wimpern hervor warf sie ihm einen verstohlenen Blick zu, und dieses geradezu poetische irische Aussehen zog sie in seinen Bann. Die tiefblaue Farbe seiner Augen faszinierte sie. Die Antwort war offensichtlich. Ja. Sie wollte ihn.

»Wilks hat alles arrangiert.«

Sie würde nicht fragen, ob er ein oder zwei Zimmer gebucht hatte. Sie würde keine Staatsaffäre daraus machen –

egal, was sie erwartete. Sie würde sich einfach entspannen und es nehmen, wie es kam.

Jep. Entspannen. Sie war so entspannt, dass ihre Knie ganz steif waren und ihre Schulterblätter sich anfühlten, als wären sie an der Wirbelsäule festgetackert.

Adam vertrieb sich die Zeit im Aufzug damit, an einem Knopf des albernen Blazers herumzuspielen, den er noch immer trug. Es war keine lange Fahrt, aber unausgesprochene Gedanken erfüllten die Luft zwischen ihnen. Wenig später verließen sie den Lift, und sie folgte ihm.

Er öffnete eine Tür und hielt sie auf, damit Gretchen als Erste hineingehen konnte. Ihr gefielen seine guten Manieren. Tatsächlich war das nicht das Einzige, was sie an Adam Stone liebte – da gab es einiges. Als sie im Zimmer waren, musste sie ein paarmal blinzeln. Es war ein riesiger Raum, in dem das größte Himmelbett stand, das sie je gesehen hatte. Im Kamin in der Ecke prasselte ein Feuer, und auf dem Balkon stand ein dampfender Whirlpool, bei dem ihr sofort ein paar Ideen kamen, die sie, Adam und eine Menge heißes, schäumendes Wasser beinhalteten.

Ein großer Korb mit Früchten und Snacks befand sich auf einem niedrigen Tisch am Bett. Daneben standen eine Flasche Champagner in einem Eiskühler und zwei Champagnerflöten.

»Das ist … das muss …«

»Die Hochzeitssuite.«

Sie legte sich die Hand an die Stirn. »O nein. Diese süßen alten Leute. Sie haben uns sogar die Hochzeitssuite gebucht.«

Adam drehte sich um und legte ihr die Hände auf die Schultern. »Nein. Ich habe sie gebucht. Man heiratet schließlich nicht jeden Tag. Ich dachte, wir sollten unsere Hochzeitsnacht in einem angemessenen, stilvollen Ambiente verbringen.«

»Du hast sie gebucht? Aber ... aber ... wir werden uns doch scheiden lassen, oder?«

Seine Augen glühten, blau und mysteriös. »Das hier ist immer noch unsere Hochzeitsnacht«, erwiderte er. »Und ich habe vor, die Braut zu küssen.« Er fand das Band, das ihr Neckholder-Kleid zusammenhielt, und zog daran. Leise glitt der weiche Baumwollstoff zu Boden, und sie stand in nichts weiter vor ihm als einem weißen Höschen und den mit Plastikjuwelen verzierten Sandalen.

»Ich habe vor, die Braut *überall* zu küssen«, flüsterte er.

Er fing bei ihren Lippen an. Es war ein tiefer, berauschender Kuss, und sie hielt sich an ihm fest, Kapitänsjacke hin oder her. Sie schob ihre Hände darunter, spürte seine warme, straffe Haut und strich seinen Rücken hinauf und wieder hinunter.

Er zog sich den Blazer aus und warf ihn in Richtung eines Stuhls. Hastig schlüpfte er aus seinem T-Shirt. Oh, er fühlte sich so gut an. So absolut richtig. Sie schmiegte sich an ihn, legte ihr Gesicht an seine Brust und sog seinen Duft ein, streckte die Zungenspitze heraus und schmeckte ihn. Sie spürte, wie sein Herz unter ihren Lippen schlug, liebte seinen Geschmack, seinen Duft, sein Wesen. Sie liebte es, ihn lebendig und sicher zu wissen, und sie wusste, dass er – zumindest für heute Nacht – ihr gehören würde.

Mit den Fingern fuhr sie über seine Brust und seinen Bauch bis hin zu seiner Jeans und öffnete den Gürtel. Sacht strich sie über seine Hose und hatte das Gefühl, sich bei-

war noch nicht lange her, doch wenn man Gefühle wie Zeit messen könnte, fühlte es sich an wie eine Ewigkeit.

Mit ihrer ersten Einschätzung hatte sie richtiggelegen. Er hatte die Augen eines Poeten, die Nase eines Kämpfers und die Lippen eines Liebhabers. All diese Seiten hatte sie in den vergangenen Tagen an ihm kennengelernt – und noch so viel mehr. Er war ein Held, obwohl sie gar nicht mehr daran geglaubt hatte, dass es noch Helden gab.

Es kam ihr seltsam vor, dass sie ihn zuerst für einen treulosen Ehemann gehalten hatte, denn mittlerweile wusste sie, dass er einer der wenigen Männer war, denen Integrität über alles ging. Natürlich hatte ihn diese Redlichkeit beinahe umgebracht – und sie auch –, aber sie war auch der Grund, warum Gretchen sich in ihn verliebt hatte. Er war ein Mann, dem sie bedingungslos ihr Leben und ihr Herz anvertrauen konnte.

Aber er war kein Mann, der heucheln konnte. Wenn er liebte, war es für immer, das wusste sie. Bis das geschah, konnte keine Frau Anspruch auf ihn erheben – genauso wenig, wie sie den goldenen Siegelring, den er ihr als Ehering an den Finger gesteckt hatte, als echten Ehering verstehen konnte.

Sie beobachtete, wie seine Lider zu flattern begannen, und verwehrte sich selbst nicht das Vergnügen, ihn aufwachen zu sehen.

Er blinzelte, und die hinreißenden schwarzen Wimpern hoben sich wie ein Vorhang, um den dunkelblauen Schein seiner Augen preiszugeben. Wieder blinzelte er. Sein Blick fiel auf ihr Gesicht, und er fing an zu lächeln. »Morgen.«

Obwohl ihr Herz brach, konnte sie nicht anders, als sein Lächeln zu erwidern. »Morgen.«

Er reckte sich, und sie wünschte sich, sie könnte die Zeiger der Uhr zurückdrehen, um die letzte Nacht noch einmal zu erleben. Sie hatten sich bis zum Morgengrauen geliebt und im Whirlpool sitzend beobachtet, wie die Sonne aufging. Und der Sonnenaufgang war spektakulär gewesen. Kein Wunder, dass sie nun so lange geschlafen hatten.

»Wie wäre es mit einem Frühstück im Bett?«, fragte er.

»Dazu haben wir keine Zeit. Wir müssen uns um zwölf mit Special Agent Wilks treffen, und vorher müssen wir uns noch um die Scheidung kümmern.« Es fiel ihr so schwer, diese Worte zu sagen, doch sie wollte Adam deutlich machen, dass sie ihn nicht an ein Versprechen binden wollte, das sie sich unter Druck gegeben hatten.

Er verschränkte die Hände hinter dem Kopf und betrachtete sie. »Oder wir könnten verheiratet bleiben.«

»Warum sollten wir das tun?«, platzte sie schockiert heraus.

»Tja, mal nachdenken.« Er kratzte sich an der Brust und schien zu grübeln. »Wenn wir die Scheidung sausen lassen würden, hätten wir noch Zeit für ein Frühstück im Bett. Ich liebe dich. Und diese netten alten Leutchen haben uns die Hochzeit geschenkt. Es erscheint mir doch sehr unhöflich, dieses Geschenk abzulehnen.«

Ihr Herz klopfte schmerzhaft in ihrer Brust. »Wie lautete der Mittelteil noch mal?«

Er grinste sie an, und sie fragte sich, ob es etwas Besseres gab, als diejenige zu sein, der dieses Lächeln galt. »Ich liebe dich. Ich weiß, dass es verrückt ist. Solche Dinge sollten nicht so schnell passieren, aber bevor ich wusste, wie mir geschah, hatte ich mich schon in dich verliebt.«

Tränen schossen ihr in die Augen, und sie konnte nicht

verhindern, dass sie ihr über die Wangen rannen. »Ich liebe dich auch, aber es *ist* verrückt. Liebe kann nicht so schnell wachsen.«

»Wir haben einander schon unser Leben anvertraut. Und geht es in einer Ehe nicht darum?« Er legte eine Hand an ihre Wange und küsste sie sacht. »Ich dachte, wir geben hier im Hotel einen kleinen Hochzeitsempfang und laden die Reisegesellschaft ein. Das würde ihnen ganz sicher gefallen.«

»Ich weiß nicht, ich … Es geht alles so furchtbar schnell.«

Er lächelte herausfordernd. »Das hier ist Las Vegas. Lass uns die Chance nutzen und in diesem Spiel unsere Einsätze machen.«

»Tja, die Hochzeitsnacht war ziemlich spektakulär«, sagte sie und lachte trotz ihrer Tränen. »Ich denke, ich bin bereit, den Rest meines Lebens einzusetzen.«

Und sie legte sich auf ihn und fing damit an.

Noch mal so wie letzte Nacht

1. Kapitel

»Einen Caffè Latte, bitte«, sagte Brenda Spencer am Flughafen von Sydney zu dem jungen Mann am Kaffeestand. Sich einen Kaffee zu organisieren und gleichzeitig ein Gähnen zu unterdrücken erforderte alle Energie, die sie so früh am Morgen aufbringen konnte.

An einem *Samstagmorgen* wohlgemerkt, den sie eigentlich am liebsten im Bett verbrachte und jetzt opfern musste, um für einen stocksteifen Ami den Babysitter zu spielen.

Jeden anderen, der sie darum gebeten hätte, auf ihren wohlverdienten Samstag zu verzichten, um einen langweiligen Schlipsträger zu betreuen, hätte sie vermutlich ausgelacht – aber es war Cam, der sie gefragt hatte. Cameron Crane war ihr älterer Halbbruder. Und obwohl er sie in den Wahnsinn trieb, sie herumkommandierte, ihr Vorträge über ihr ausschweifendes Leben und ihren jämmerlichen Männergeschmack hielt und sich ständig in Angelegenheiten einmischte, die ihn nichts angingen, vergötterte sie ihn.

Nichts und niemand sonst hätte sie dazu bringen können, zu dieser unmenschlich frühen Stunde hier zu sein. Nicht nach der Party vergangene Nacht.

Bren war jung, gesund und attraktiv, und sie glaubte fest daran, dass man feiern musste, solange man jung war. Ein Motto, das sie in der letzten Nacht auch kräftig beherzigt hatte, bis ihr Hunger sie im Morgengrauen in *Harry's Café de Wheels* getrieben hatte, um ein Stück Kuchen zu essen.

Erst danach war sie widerwillig nach Hause gegangen, um noch ein paar Stündchen zu schlafen, bevor sie ihren Babysitterjob antrat.

Sie zog das Foto des Mannes hervor, den sie die nächsten vierzehn Tage lang betreuen sollte. Mark Forsythe. Sogar sein Name klang langweilig. Er kannte sich offenbar mit Finanzen aus und reiste an, um *Cranes* Bilanzen zu prüfen und zu erklären, wie das amerikanische Steuersystem funktionierte und was zu beachten war. Sie wusste, dass es wichtig war, doch sie konnte sich nichts Öderes vorstellen.

Irgendwann einmal hatte sie versucht, ihr Konto auszugleichen und ihre Geldangelegenheiten in den Griff zu bekommen. Aber sie hatte schnell eingesehen, dass es zwecklos war, und aufgegeben. Stattdessen hatte sie die wunderbare Erfindung des Überziehungskredites für sich entdeckt.

Und wenn auch der Überziehungskredit ausgeschöpft war, konnte sie im absoluten Notfall Cam um Hilfe bitten. Nur, dass er gerade jetzt nicht da war. Er war natürlich mit seinem neuen Schätzchen unterwegs, wenn Brenda ihn wirklich am meisten brauchte.

Warum musste der Überziehungskredit auch ausgerechnet dann erschöpft sein, wenn die wöchentliche Miete fällig war? Tja, glücklicherweise war sie eine erfindungsreiche Frau und hatte Cam erlaubt, ihr wieder einmal aus der Patsche zu helfen – auch wenn der Gute davon noch nichts wusste. Was selbstverständlich nicht ihre Schuld war. Schließlich war er nicht da, so dass sie ihn hätte fragen können …

Bren schlenderte durch die Ankunftshalle und ließ sich auf einen der Plastikstühle sinken. Sie hatte nicht vor, wie ein Idiot in der Gegend herumzustehen und ein Schild mit Mark Forsythes Namen darauf hochzuhalten. Also würde sie den Mann erkennen müssen. Während sie an ihrem Kaffee nippte, betrachtete sie das offizielle Foto von ihm.

Mark Forsythe blickte ihr von dem Bild entgegen, ernst und langweilig. Er hatte schwarzes Haar, das besser ausgesehen hätte, wenn es ein bisschen länger und nicht so ordentlich gekämmt gewesen wäre, und ernste blaue Augen in einem ernsten, schmalen Gesicht. Aufeinandergepresste Lippen, die wirkten, als würde dieser Mann niemals über einen Witz lachen, geschweige denn einen erzählen.

Bren schürzte die Lippen. Es würden zwei sehr lange Wochen werden, so viel stand fest. Und sie war bereits genervt von diesem Mann, weil sie pünktlich war und sein Flug nicht. Wenn sie das gewusst hätte, wäre sie noch etwas länger im Bett geblieben. Ihre Füße schmerzten noch vom vielen Tanzen in der letzten Nacht. Seufzend streckte sie sie aus und bemerkte, dass der korallenrote Nagellack abblätterte.

Sie lachte leise, als ihr wieder einfiel, dass Fiona noch länger auf der Party geblieben war als sie. Ihre Freundin war ziemlich scharf auf einen blonden Surfer aus Brisbane gewesen, der ein T-Shirt in einem derart grässlichen Grünton getragen hatte, dass man es eigentlich auf der Stelle hätte verbrennen müssen. Brenda fragte sich, wie es Fi ergangen war, und angelte das Handy aus ihrer Tasche. Einen Augenblick zögerte sie, aber dann zuckte sie die Schultern. Wenn sie an einem Samstagmorgen um neun schon wach und funktionsfähig sein musste, konnte sie von ihrer besten Freundin doch wohl dasselbe erwarten.

Sie tippte die Nummer ein, und nachdem es ein paarmal geklingelt hatte, meldete Fiona sich. »Wehe, wenn es jetzt nicht um Leben und Tod geht …«

»Bist du mit deinem Surferboy nach Hause gegangen?«

Am anderen Ende erklang ein lautes Aufstöhnen. »Was zur Hölle denkst du dir dabei, mich um diese Zeit anzurufen?«

»Also? Bist du?«

Die ersten Passagiere des Fluges von Kalifornien nach Sydney betraten die Ankunftshalle. Beiläufig beobachtete Bren die Menschen, die müde blinzelten oder sich streckten. Kein Wunder, waren sie doch länger, als Brenda es sich vorstellen mochte, in einer Blechbüchse zehntausend Meter über der Erde eingepfercht gewesen. Sie schüttelte den Kopf. Wenn Gott gewollt hätte, dass die Menschen fliegen, hätte er Surfbretter mit Flügeln erschaffen – daran gab es für sie keinen Zweifel.

Sie warf einen Blick auf den schwarzhaarigen, ernst und beherrscht wirkenden Mann auf dem Foto und behielt die Augen offen, während Fiona gähnte und gequält stöhnte.

»Nein«, brummte Fi schließlich. »Ich bin nicht mit ihm nach Hause gegangen. Und würdest du mich jetzt endlich verdammt noch mal in Ruhe lassen?«

Ein Mann kam allein durch die Glastür in die Ankunftshalle. Er war im richtigen Alter und hatte schwarze Haare, aber er sah überhaupt nicht aus wie auf dem Bild. Sein Haar war das reinste Durcheinander. Vermutlich hatte er sich irgendwo angelehnt und war dann eingeschlafen, denn es stand zu einer Seite hoch. Ein Bartschatten zierte sein Kinn und gab ihm ein verwegenes Aussehen. Er trug ein kurzärmeliges blaues Hemd, das furchtbar zerknittert war, und eine Kakihose. Obwohl er langsam ging, gefiel ihr die Art, wie er sich bewegte – etwas breitbeinig, so als wäre er von einem Schiff gekommen und nicht aus einem Flugzeug gestiegen. Er stand mitten in der Halle und sah aus, als würde er jeden Moment im Stehen einschlafen. Müde ließ er auf der Suche nach jemandem seinen Blick schweifen. Als ihre Blicke sich schließlich trafen, hatte Brenda das Gefühl, ihr Herz würde einen Schlag lang aussetzen.

Kein Foto der Welt hätte auch nur annähernd die Farbe dieser Augen einfangen können. Als sie das dunkle, rauchige Blau sah, musste Brenda unwillkürlich an eine kleine Bar morgens um drei denken, an ein einsames Saxophon, ein halbleeres Whiskyglas und eine glimmende Zigarette. Diese Augen wirkten so erschöpft und auf bittere Art und Weise einsam, dass sie das Bedürfnis verspürte, alles für ihn in Ordnung zu bringen und seinen Kummer fortzuküssen. Es war eine vollkommen untypische Reaktion für sie, zumal er ein Fremder war.

Obwohl er eigentlich nicht wie ein Fremder aussieht, dachte sie plötzlich.

In einer Hand hielt er eine Aktentasche, in der anderen einen schwarzen Koffer. Sie warf einen Blick auf das Bild, sah dann wieder zu ihm, und sämtliche Hormone in ihrem Körper führten einen Freudentanz auf.

»Oh, mein Gott«, flüsterte sie ins Telefon. »Er ist umwerfend.«

»Weiß nicht«, erwiderte Fiona am anderen Ende. »Er sah ganz okay aus, denke ich. Aber das T-Shirt! Ich dachte, er würde …«

»Wovon redest du? Du kannst ihn doch gar nicht sehen.« Für die Zukunft sollte sie sich merken, Fiona nie wieder am frühen Samstagmorgen aus dem Schlaf zu klingeln. »Ich muss Schluss machen.« Und noch während Fiona etwas erwiderte, beendete Brenda damit das Gespräch.

Mark Forsythe hatte sie nur kurz angesehen und suchte

inzwischen weiter, aber *wow*, was dieser Blick mit ihrem Puls veranstaltet hatte …

Langsam erhob sie sich und näherte sich ihm. Sollte sie tatsächlich das Glück haben, den vermutlich süßesten Sexgott betreuen zu müssen, den sie je gesehen hatte? Mit einem letzten tiefen Atemzug straffte sie die Schultern und sagte: »Mark Forsythe?«

Einen Moment lang starrte er sie an, und zwischen seinen Augen bildete sich eine Falte, als wäre er sich nicht ganz sicher, wie sein Name lautete. Sie wollte dieses Stirnrunzeln, wollte seine Fragen und Zweifel fortküssen.

»Ja, ich bin Mark Forsythe. Und Sie müssen Brenda … Tut mir leid. Ich habe Ihren Nachnamen vergessen.« Seine Stimme klang nett. Sanft, aber irgendwie eindrucksvoll, mit diesem amerikanischen Akzent, den sie sonst nur aus dem Fernsehen oder aus Kinofilmen kannte.

Sie lächelte. »Das ist schon in Ordnung. Mein Name ist Spencer. Ich arbeite für *Crane Enterprises*. Und ich soll Sie hier abholen.«

»Ich hatte jemand … Älteren erwartet.«

»Dann müssen Sie sich noch eine ganze Weile gedulden«, erwiderte sie vergnügt, und er blinzelte, bevor er leicht über ihren Witz lächelte.

»Sie sehen müde aus«, stellte sie fest und wünschte sich nichts sehnlicher, als sein zerzaust vom Kopf abstehendes Haar glattzustreichen.

»In meinem ganzen Leben bin ich noch nie so müde gewesen«, gab er zu.

»Haben Sie denn nicht im Flugzeug geschlafen?«

»Ich schlafe nie im Flugzeug.«

»Oje«, entgegnete sie und konnte nur schwer dem Drang

widerstehen, liebevoll seine Wange zu tätscheln. »Kommen Sie. Zu meinem Wagen geht es hier entlang.«

Er wirkte beinahe verstört. Sein Gang war steif, was vermutlich daher rührte, dass er stundenlang eingezwängt in seinem Sitz ausgeharrt hatte. Im Gegensatz zu dem perfekt gekleideten und ordentlichen Mann auf dem offiziellen Foto wirkte er so ungepflegt, dass sie das Gefühl hatte, ihm ungewollt ganz nahegekommen zu sein – so als würde man aus Versehen einen Fremden nackt sehen.

Sie traten aus dem Flughafengebäude in den gleißenden Sonnenschein hinaus, und Mark zuckte unwillkürlich zusammen. »Willkommen in Sydney«, sagte sie fröhlich und wartete geduldig, bis er in seiner Tasche seine Sonnenbrille gefunden und sie aufgesetzt hatte.

»Danke.«

Sie sprachen nicht, bis sie ihren Ford mit Fließheck erreicht hatten. Bren öffnete den Kofferraum und schob eilig ein hellgrünes Kneeboard und ihren schwarzroten Neoprenanzug zur Seite, damit er seinen Koffer hineinpacken konnte.

»Tut mir leid, es ist ein bisschen schmutzig da drin.«

Bei dem Gedanken daran, seinen makellosen Koffer auf die sandige Ablage zu stellen, wirkte er entsetzt. Doch schließlich zuckte er die Schultern und hob seinen Koffer behutsam hinein. Seine Aktentasche jedoch hielt er fest, als würde sie irgendwelche geheimen Staatsverträge enthalten.

Dabei konnte es sich bei den Unterlagen darin doch nur um langweilige Steuerpapiere handeln. Der Mann musste sich ein bisschen entspannen. Er hätte sich kein besseres Land dafür aussuchen können, dachte sie bei sich. Und keine bessere Frau, die ihm dabei half.

Sie schloss die Fahrertür auf und stieß mit Mark zusammen, als sie sie öffnete, um einzusteigen. Er war kräftiger, als er aussah, und Brenda spürte, wie sie ein kleiner Schauer durchzuckte, als sie sich so unverhofft berührten. Und sie war davon überzeugt, dass er dasselbe empfunden hatte. Hastig wich er einen Schritt zurück. »Wollen Sie fahren?«, fragte sie schmunzelnd.

»Ich vergaß. Sie fahren ja links. Tut mir leid«, entgegnete er, während er um den Wagen herum zur Beifahrertür ging.

»Ist das Ihr erster Besuch in Australien?«, erkundigte sie sich, als sie kurz darauf über die am Samstagmorgen noch relativ ruhigen Straßen Sydneys fuhren.

»Ja.« Er starrte aus dem Fenster und sprach nicht viel. Also erzählte sie ihm etwas über die Stadtviertel, die sie durchquerten, bezweifelte jedoch, dass er viel davon mitbekam.

»Es ist nicht allzu weit«, sagte sie. »Machen Sie ruhig ein Nickerchen, wenn Sie wollen.«

»Nein. Die einzige Möglichkeit, dem Jetlag zu entkommen, ist es, wach zu bleiben, bis es am Reiseziel Zeit zum Schlafengehen ist.«

»Wie Sie möchten.« In Brens Ohren klang das nach einer sehr seltsamen Idee. Wenn man hungrig war, sollte man essen. Wenn man müde war, sollte man schlafen. Und wenn man sich zu einem Mann hingezogen fühlte – so stark wie sie zu diesem Mann –, sollte man der Natur ihren Lauf lassen.

Statt Cam dafür zu verfluchen, dass er ihr diesen Ami auf den Hals gehetzt hatte, dankte sie ihm nun lautlos dafür.

Da ihrem Beifahrer offensichtlich nicht nach Unterhaltung zumute war, schob sie eine Kylie-Minogue-CD in ihren Player, fuhr weiter und vertrieb sich die Zeit damit, sich vorzustellen, wie der Mann neben ihr im Bett sein mochte.

Sie hatte eine so blühende Phantasie, dass ihr ziemlich warm war, als sie schließlich vor dem firmeneigenen Gästehaus hielten. Der bekannte *Bronte Beach* lag direkt auf der anderen Straßenseite. »Da wären wir«, sagte sie fröhlich.

Er blinzelte verwirrt. »Das ist kein Hotel.«

»Nein. Das ist ein firmeneigenes Gästehaus. Cameron hasst Hotels. Und da er so viele Häuser besitzt, dass er nicht weiß, was er damit anfangen soll, stellt er unseren von weit her angereisten Gästen gern ein eigenes kleines Zuhause zur Verfügung«, plapperte sie nach, was zu sagen man ihr aufgetragen hatte. »Es ist voll ausgestattet. Ein Mädchen kommt jeden Tag vorbei und kümmert sich um alles. Außerdem gibt es einen Koch auf Abruf.«

»Dann bietet es mehr Komfort als meine eigene Wohnung«, erwiderte Mark und ließ seinen Blick über das in einem blassen Cremeton verputzte Haus gleiten. Er wirkte, als würde er der ganzen Sache nicht trauen. Brenda biss sich auf die Unterlippe und dachte bei sich, dass seine Ahnung ihn nicht betrog.

Obwohl Cam es liebte, Häuser zu erwerben, hatte er seiner Schwester nie eines gekauft. Er wollte, dass sie unabhängig war, hatte er ihr erklärt. Natürlich hatte er ihr einen Job verschafft – so viel musste sie zugeben. Andererseits war sie darin aber auch richtig gut. Und sicher, er bezahlte sie anständig, doch ihr Lebensstil war einfach kostspielig, und irgendwie geriet sie immer wieder in die finanzielle Schieflage. Cam schien dafür nicht besonders viel Verständnis zu haben. Er hatte ihr gesagt, sie sei verwöhnt. Aber es waren ja nicht nur Kleider und Schuhe, für die sie Geld ausgab und die sie ruinierten. Es gab auch noch ihre Freunde. Und wer half einem Freund nicht von Zeit zu Zeit aus?

Ehrlich – wenn sie nicht immer wieder diese freundlichen Angebote für neue Kreditkarten bekommen würde, wäre sie aufgeschmissen. Obwohl, wenn sie darüber nachdachte, hatte sie schon lange keine neue Karte mehr angeboten bekommen.

Tja, Cameron war nicht da – aus den Augen, aus dem Sinn –, und in seiner Abwesenheit war er großzügiger als normalerweise.

Sie griff sich Mark Forsythes Koffer, bevor er ihn nehmen konnte, und ging ihm voran in Richtung Haus. »Kommen Sie. Ich werde Ihnen alles zeigen.«

Sie führte ihn den Weg hinauf zu dem zweigeschossigen modernen Gebäude. Es hatte riesige Fenster und einen Balkon, von dem aus man einen phantastischen Ausblick auf den Strand hatte. Für ihren Geschmack war das Haus ein wenig steril eingerichtet und nicht so nah am Geschehen, wie sie es gern hatte, aber in der Not fraß der Teufel Fliegen. Und als Hausbesetzerin hatte sie wohl kaum das Recht, auch noch Ansprüche zu stellen.

»Das ist großartig. Danke«, sagte er, als sie mit ihrem Rundgang fertig waren. Ganz automatisch langte er in seine Tasche und hielt abrupt inne. Sie war sich ziemlich sicher, dass er ihr gerade ein Trinkgeld in die Hand hatte drücken wollen, als wäre sie ein Hotelpage.

Doch weil er so hinreißend verwirrt aussah, lächelte sie ihn an. »Hier in Australien ist es nicht so verbreitet, Trinkgelder zu geben. Und außerdem arbeite ich für *Crane*. Ich helfe also unentgeltlich.«

»Tja, vielen Dank für das Abholen und die Hausführung«, sagte er und blickte sie an. Offensichtlich wartete er darauf, dass sie verschwand.

»Also, was wollen Sie an Ihrem ersten Tag machen?«, fragte sie aufgeräumt.

»Auspacken, duschen und meinen Computer aufbauen.«

»Gut, dann mache ich inzwischen Kaffee«, entgegnete sie und ging Richtung Küche.

»Eigentlich möchte ich keinen Kaffee«, erwiderte er leicht gereizt.

»Der soll auch für mich sein«, versetzte sie. »So früh am Morgen ist das das Einzige, was mich wach hält.«

»Es ist Viertel nach zehn – Ortszeit«, bemerkte er mit einem Blick auf die Uhr.

»Genau.« Anscheinend gehörte er zu diesen organisierten Menschen, die ihre Uhr direkt nach der Ankunft sofort auf die lokale Zeit umstellten. Irgendwie überraschte sie das nicht im Geringsten.

Wortlos verschwand er im Badezimmer, und sie wurde den Eindruck nicht los, dass er sie vermutlich mühelos hinauskomplimentiert hätte, wenn er nicht so müde und vom Jetlag mitgenommen gewesen wäre. Das Problem war allerdings, dass sie im Augenblick auf keinen Fall gehen konnte. Es gab da eine Kleinigkeit, die sie ihm noch erklären musste.

Sie würde es ihm schonend bei einer Tasse Kaffee mitteilen.

Als Mark aus dem Badezimmer zurückkehrte, wirkten seine Augen noch blauer, und ein Hauch Verärgerung schwang in seiner Stimme mit. »Im Badezimmer stehen Kosmetika.«

Verdammt. So hatte sie ihm ihre Neuigkeiten nicht beibringen wollen. »Wie ich schon sagte: Das Haus bietet allen Komfort, den man von zu Hause kennt.«

»Benutzte Kosmetika. Für Damen. Und eine Schublade mit Unterwäsche.« Anklagend hielt er einen Stringtanga aus Glitzerstoff in die Höhe, den Bren zu besonderen Anlässen trug.

»Richtig. Das wollte ich Ihnen noch sagen. Beim Kaffee.«

Sie wandte sich um. Im selben Moment machte er einen Schritt nach vorn und packte mit erstaunlicher Kraft ihren Arm. »Warum erzählen Sie mir nicht jetzt darüber?«, entgegnete er freundlich, aber ohne den Griff um ihren Arm zu lockern.

»Gut. Also … irgendwie teilen wir uns die Räumlichkeiten.«

»Sind Sie die Köchin oder die Putzfrau?«

»Weder noch. Wir teilen einfach.«

»Teilen?« Ungläubig blinzelte er. »So wie Mitbewohner?«

»Ich nehme an, das könnte man so sagen«, erwiderte sie und schob sich das Haar über die Schulter. »Ja.«

Noch bevor sie zu Ende gesprochen hatte, schüttelte er bereits den Kopf. »Nein. Das tun wir nicht. Bringen Sie mich in die Stadt. Ich werde mir ein Hotelzimmer nehmen.«

»Nein! Das können Sie nicht machen. Cameron …« Cam würde durchdrehen, wenn er von ihrer letzten Eskapade erfuhr. »Cam hat mich extra gebeten, Sie herumzuführen und mich um Sie zu kümmern. Ich kann doch nicht schon am ersten Tag versagen.« Sie bemühte sich, ihn verführerisch anzusehen, aber gleichzeitig auch ernst, ehrlich *und* hoffentlich ein bisschen ängstlich wegen ihres großen Bruders und Bosses zu wirken.

Sie konnte nicht genau sagen, ob Mark ihr das abkaufte.

Seine Miene wirkte undurchdringlich – und unversöhnlich –, und in seinen Augen konnte sie nicht erkennen, was er dachte.

»Das Haus ist groß genug«, fuhr sie fort. »Zwei Schlafzimmer, drei Badezimmer, und Sie hätten einen eigenen Fahrer und Stadtführer. Können wir es nicht wenigstens versuchen?«

»Sagen Sie Crane, dass ich dankend ablehne«, entgegnete er knapp. Er packte seinen Koffer und seine Aktentasche, hob sie hoch und ging Richtung Tür.

»Warten Sie! Wohin wollen Sie?«

»Ich nehme mir ein Taxi.«

»Nein. Tun Sie das nicht. Ich fahre Sie, wohin auch immer Sie wollen.« Sie fühlte sich furchtbar. Der arme Mann schwankte schon vor Müdigkeit und versuchte dennoch verzweifelt, ihr zu entkommen. »Trinken Sie erst mal eine Tasse Kaffee. Bitte.«

Er drehte sich um, blickte sie argwöhnisch an und nickte schließlich.

»Setzen Sie sich ins Wohnzimmer und genießen Sie die Aussicht. Ich bin in einer Sekunde wieder da.«

Sie brühte Kaffee auf, gab ihn in zwei weiße Porzellantassen, füllte das passende Milchkännchen und den Zucker auf, richtete ein paar Kekse auf einem Teller an und vergaß nicht einmal die blauen Leinenservietten. Wie konnte ein Mann sie nicht um sich haben wollen?

Mark überschlug sich nicht gerade vor Begeisterung, als sie das Tablett vor ihn stellte, sondern gab nur einen Schuss Milch in seinen Kaffee und rührte um.

Als sie ihre Tasse nahm und daran nippte, sagte er: »Warum erzählen Sie mir nicht, was wirklich los ist?«

Sie biss sich auf die Unterlippe, blickte ihn an und fragte sich, wie sie jemals hatte annehmen können, dass das hier funktionieren könnte. »Sie müssen versprechen, dass Sie Cam nichts verraten.«

»Der Mann hat mir meine Verlobte ausgespannt. Glauben Sie mir, ich verspüre nicht das Bedürfnis, *irgendetwas* mit ihm zu besprechen.« Seine knappen Worte klangen kühl, doch trotzdem hörte sie die Bitterkeit, die in ihnen mitschwang. Jeder Mitarbeiter bei *Crane* kannte die Geschichte: Jen hatte ihre Verlobung mit Mark Forsythe Hals über Kopf gelöst, um mit Cam zusammenzuziehen. Und alle waren gelinde gesagt überrascht gewesen herauszufinden, dass ausgerechnet Jens Ex kommen würde, um einen Auftrag für die Firma zu erledigen.

Da Mark *Crane Surf and Boogie Boards* helfen wollte, hatte Bren angenommen, dass er keinen Groll gegen den Mann hegte, der jetzt mit seiner ehemaligen Verlobten zusammen war. Vielleicht wollte er, dass jeder das annahm. Doch es schien, als lägen sie damit falsch. Trotzdem – ein Mann, der wütend auf Cam war, konnte ihr Geheimnis bestimmt für sich behalten. Er hatte genügend eigene Probleme. Möglicherweise empfand er sogar so etwas wie Mitgefühl oder Verständnis für sie.

»Ich bin aus meinem Apartment geschmissen worden.«

Blau. Seine Augen waren so blau. In diesem ruhigen, ernsten Gesicht wirkten sie enorm sexy, auch wenn er sie jetzt undurchdringlich ansah. »Wollen Sie mir erzählen, warum?«

»Ich hatte ein paar Freunde zu Besuch. Es wurde ein bisschen lauter, und die Nachbarn haben sich beschwert. Also hat der Vermieter mich rausgeworfen.«

»Scheint mir ein bisschen drastisch zu sein. Ich denke, eine Verwarnung hätte es auch getan.«

»Tja, wahrscheinlich war der Vorfall ein willkommener Anlass für ihn. Ich war mit der Miete ein wenig im Rückstand.«

»Aha.« Er sagte das Wort mit der ruhigen Zuversicht eines Menschen, der noch nie irgendwo rausgeworfen worden war.

Versonnen nahm er einen Schluck Kaffee. Sie spürte, dass er über ihre Worte nachdachte. Auf dem Foto hatte er älter gewirkt, aber als sie ihn nun vor sich sitzen sah, schätzte sie ihn trotz seiner Müdigkeit auf nicht älter als dreißig. Warum also war er, obwohl nur vier Jahre älter als sie, doch so viel reifer?

Einen Moment lang blickte sie aus dem Fenster, wobei sie das glitzernde Wasser und die Segelboote, die auf den Wellen tanzten, kaum wahrnahm.

»Ich verspreche Ihnen, dass Sie gar nicht merken werden, dass ich da bin – außer natürlich im positiven Sinne ... Ich würde zum Beispiel morgens frischen Kaffee aufbrühen«, wofür sie dann extra früh aufstehen müsste, »und für das Frühstück sorgen. Außerdem würde ich das Abendessen kochen.«

Noch immer schien er nicht besonders beeindruckt zu sein, also warf sie alles in die Waagschale. »Ich würde sogar selbst putzen.«

»Verstehen Sie mich nicht falsch, Brenda, aber die Antwort lautet noch immer: nein.«

»Aber ich ...«

»Hören Sie, da Sie so freundlich waren, Ihre persönlichen Absichten mit mir zu teilen, will ich auch offen und ehrlich zu Ihnen sein. Ich bin seit kurzem wieder Single, da meine Verlobte mich für Cameron Crane hat sitzenlassen. Diese Reise habe ich aus zwei Gründen angetreten. Erstens«, er beugte sich leicht vor und legte die Fingerspitzen aneinander. Mit dem Haar, das noch immer wie bei einem Baby nach dem Mittagsschlaf zu einer Seite hochstand, sah er einfach reizend aus. »Ich bin ein Profi, und niemand wäre besser für den Job geeignet als ich. Zweitens: Ich will mir die Hörner abstoßen, mich austoben. Ich habe viel über die australischen Frauen gehört. Sie sollen frei und locker sein und gern Partys feiern. Und deshalb habe ich beschlossen, dass das der schnellste und einfachste Weg ist, um über meine ehemalige Freundin hinwegzukommen.«

Wow. Er konnte noch nicht einmal Jennifer Talbots Namen aussprechen. Er war wirklich tief verletzt. »Sie sind nach Australien gekommen, um sie zu vergessen?« Das war ein merkwürdiger Plan, zumal Jen und Cam in einigen Tagen wieder zurückkehren würden. Die drei würden sich also mit Sicherheit bei der Arbeit über den Weg laufen.

»Das ist richtig. Ich habe vor, während ich hier bin, jeden Abend mit einer anderen Frau zu schlafen. Deshalb hoffe ich, dass Sie verstehen, dass es ein bisschen … unangenehm wäre, wenn Sie hier im Haus wären.«

Das Gefühl von Enttäuschung, das sie durchzuckte, überraschte sie. Auf sie hatte er wie ein Mann gewirkt, der in allen Lebensbereichen ausgesprochen wählerisch war. Wie einer der letzten guten Kerle – doch offenbar war er, genau wie die meisten anderen, nur darauf aus, möglichst schnell Beute zu machen.

Da sie stolz auf ihre Fähigkeit war, in solchen Momenten sachlich zu bleiben, unterdrückte sie ihre Enttäuschung.

Und zufällig war sie dem Beutemachen auch nicht ganz abgeneigt. Wenn er so versessen darauf war, eine australische Frau in sein Bett zu locken, wieso nahm er dann nicht sie? Wenn er ein australisches Partygirl kennenlernen wollte, konnte er kein besseres finden. »Also, ich …«

Aber sie unterbrach sich. Irgendwie war sie sich sicher, dass er sie eiskalt abweisen würde, wenn sie ihm sich selbst als süße Kostprobe Australiens anbieten würde. Höchstwahrscheinlich hatte er einen festen Grundsatz, sich nicht mit Leuten zu verbrüdern, mit denen er zusammenarbeitete.

Sie hingegen fühlte sich an keine Regeln gebunden. Doch ihn vorzeitig über ihre Absichten zu informieren, schien ihr im Augenblick keine gute Idee zu sein – immerhin war er nur eine halbe Tasse Kaffee davon entfernt, sie rauszuschmeißen.

Fieberhaft dachte sie nach. »Also, wenn Sie die Partyszene kennenlernen wollen, bin ich die Richtige für Sie. Ich kenne alle Hot Spots und kann Sie mit ein paar wirklich aufregenden Menschen bekannt machen. Ich kann Sie herumführen. Und das ist noch ein weiterer Service, den ich Ihnen als Ihre Mitbewohnerin biete.«

Er verschränkte die Arme vor der Brust und blickte sie an. »Und dann? Dann kommen wir zu dritt hierher? Das halte ich für keine gute Idee.«

Wenn *sie* je allein nach Hause kam, dann nur, weil sie es so wollte … Aber wie sie diesen Mann einschätzte, war es im Augenblick nicht angeraten, etwas in der Richtung zu sagen.

In ihr reifte ein Plan, während sie nun versuchte, niedergeschlagen und doch verständnisvoll zu wirken. »Also gut. Ich verstehe. Aber würden Sie mir einen Riesengefallen tun und mich heute Nacht hierbleiben lassen? Im Gegenzug koche ich das Abendessen, und wir überlegen uns eine Strategie für Sie.«

»Strategie?«

»Ja. Sie sind … wie lange … zwei Wochen hier? Wir sollten uns überlegen, wohin Sie in dieser Zeit unbedingt gehen müssen.« Bewusst musterte sie ihn von Kopf bis Fuß. »Was Sie anziehen, was Sie bestellen müssen, was … was australische Frauen im Bett bevorzugen.«

Seine Augen funkelten vergnügt, und sie dachte, dass ein Mann, der so umwerfend aussah, wenn er lächelte, es ruhig öfter tun sollte. »Wie wäre es, wenn ich den letzten Punkt durch praktisches Ausprobieren selbst herausfinde?«

Sie erwiderte sein Lächeln. »Gut. Dann haben wir also einen Deal?«

»Eine Nacht.«

Sie nickte. In einer Nacht konnte so viel passieren …

2. Kapitel

Mark blinzelte. Wenn er sich nur nicht so benebelt fühlen würde, dann würde er die Schwachstellen in Brendas Plan ganz sicher sofort erkennen, da war er sich sicher.

Was konnte sie – selbst für eine Nacht – schon für eine Mitbewohnerin sein, wenn sie aus ihrem Apartment geworfen worden war? Außerdem brauchte er seinen Schlaf. Und wenn sie hier war, um dieses Haus in Sydneys Partyzentrale Nummer eins zu verwandeln, würde er ein Machtwort sprechen müssen.

Nachdem er geduscht und sich rasiert hatte, redete er sich ein, dass es ihm gutging. Er weigerte sich, auch nur darüber nachzudenken, wie lange er nicht mehr geschlafen hatte.

Während seine Mitbewohnerin für eine Nacht fürs Abendessen einkaufte, packte er aus. Dann stellte er seinen Laptop auf den Schreibtisch im voll ausgestatteten Bürobereich im Schlafzimmer und rief seine E-Mails ab.

Und plötzlich schien Kalifornien ganz weit weg zu sein.

Gut, er traute Brenda zwar nicht über den Weg, aber irgendwie hatte er es doch geschafft, dass eine wunderschöne, sexy Frau ihm ein Abendessen kochte und in seiner ersten Nacht in Sydney bei ihm war. Eine Frau, die einen Stringtanga aus Glitzerstoff besaß. Er lachte leise. Seine Intuition hatte ihn nicht betrogen. Er würde diese Stadt lieben.

Nachdem er die meisten der E-Mails an Leute weitergeleitet hatte, die sich darum kümmern würden, schaltete er den Rechner aus und beschloss, dass er lange genug herumgesessen und sich nicht bewegt hatte. Er holte seine Sportklamotten und Laufschuhe hervor und ging hinaus.

Gerade wollte er nach dem Knauf greifen, als die Eingangstür auch schon aufgerissen wurde. Herein kam Brenda, beladen mit Einkaufstüten und ein bisschen atemlos, weil sie mit ihrer Last die steile Außentreppe zum Haus hinaufgelaufen war. Ihr blondes Haar fiel ihr auf die Schultern, und ihre jeansblauen Augen hatte sie, überrascht durch den Beinahezusammenstoß, weit aufgerissen. Sie standen so nahe voreinander, dass er unter ihrer Sonnenbräune ein paar Sommersprossen entdecken konnte. Sie trug ein blaues trägerloses Top mit dem kleinen *Crane*-Logo und kurze weiße Shorts, die viel von ihren schlanken, sonnengebräunten Beinen zeigten.

Sie duftete so natürlich und weiblich, nach salziger Luft und Ananas.

Während er sie betrachtet hatte, hatte sie dasselbe getan. »Wollen Sie eine Runde joggen?«

»Ja.«

»Brauchen Sie einen Stadtplan?«

»Nein.« Er hatte einen ausgezeichneten Orientierungssinn und würde eine einfach zu merkende Route nehmen.

Sie nickte. »Okay. Ich könnte Ihnen einen Schlüssel geben, aber ich bin ja da, wenn Sie zurückkommen.«

»Ich nehme dann Ihren Schlüssel«, entgegnete er ungerührt. »Morgen.«

Eine leichte Röte überzog ihre Wangen. »Ja, klar.«

Er spürte, dass er vielleicht ein bisschen zu schroff

gewesen war, und fragte: »Brauchen Sie mit den Einkäufen Hilfe?«

»Nein danke. Ich schaffe das schon. Mögen Sie Fisch?«

»Ich liebe Fisch.«

Er nickte ihr noch einmal leicht lächelnd zu und ging hinaus. Die Hitze und die salzige Brise, die vom Meer herüberwehte, trafen ihn wie ein Schlag und raubten ihm für einen Moment den Atem. In Australien war es bestimmt zehn Grad wärmer als in San Francisco.

Er wusste, dass er vermutlich vom Flug noch dehydriert war, und hielt an einem Kiosk, um sich Wasser zu kaufen. Langsam joggte er weiter. Erst nachdem er mit drei Leuten zusammengestoßen war und sich jedes Mal verlegen entschuldigt hatte, fiel ihm auf, dass für Jogger vermutlich dieselben Regeln galten wie für die Autofahrer: Linksverkehr.

»Entschuldigung«, sagte er nach dem letzten Zusammenstoß.

»Kein Problem, Kumpel«, kam die fröhliche Erwiderung.

Jeder in Sydney schien gut gelaunt zu sein – vom Flughafenpersonal über Brenda bis hin zu der Verkäuferin im Kiosk.

Jeder außer ihm.

Es war doch schwieriger, als er gedacht hätte, hierher zu der Firma zu kommen, wegen der er so viel verloren hatte. Es war nicht nur seine Frau gewesen, die ihm gestohlen worden war, sondern auch seine Zukunft, die er sich so sorgfältig ausgemalt hatte. Seine Wahrnehmung von sich selbst als Mann, der sich seines Platzes in der Welt und der Frau an seiner Seite sicher sein konnte, war ihm genommen worden.

Jen.

Sie war vor ein paar Monaten aus beruflichen Gründen in dieses Land gekommen – damals hatte sie seinen Ring an ihrem Finger getragen, und der Caterer für ihre Hochzeit war bereits ausgesucht gewesen. Doch dann hatte sie Cameron Crane kennengelernt. Und das Nächste, woran Mark sich erinnerte, war, dass sie ihn urplötzlich hatte sitzenlassen.

Er hatte es wie ein Mann ertragen, und sein Stolz hatte ihn das erste unbehagliche Treffen mit Jen und das beinahe unerträgliche Kennenlernen mit Cameron Crane selbst überstehen lassen. Jen hatte ihm vieles genommen, aber wenigstens hatte sie ihm seine berufliche Ehre gelassen. Sie hatte ihn gebeten herzukommen, weil er der Beste für den Job war. Und aus dem Grund war er hier. Außerdem wollte er ihr, Cameron Crane und jedem, der es wissen wollte, beweisen, dass ihn die Trennung gar nicht so sehr mitgenommen hatte und dass er kein Problem damit hatte, nach Australien zu reisen, um für den neuen Freund seiner Ex-Verlobten zu arbeiten.

Sie seien einfach nicht füreinander bestimmt gewesen, hatte Jen ihm erklärt. Doch Mark sah das anders. Sie beide waren anständige, hart arbeitende Menschen. Sie beide mochten dieselben Restaurants, sie beide liebten das Theater. Sie interessierte sich eigentlich nicht für Baseball, aber da er ein großer Fan war, hatte sie es zumindest versucht – und er hatte, was ihre Leidenschaft fürs Ballett betraf, dasselbe für sie getan. Und jetzt hatte er, statt einer Hochzeit und eines geregelten Lebens, nichts.

Nein. Das stimmt nicht, erinnerte er sich selbst. Er hatte seine Freiheit. Und er hatte eine neue zynische Denkweise entwickelt, die ihm zeigte, wie falsch die Wege gewesen waren, die er früher eingeschlagen hatte. Wenn die letzten Monate ihn etwas gelehrt hatten, war es die Einsicht, dass es sich wirklich nicht bezahlt machte, einfach nett zu sein.

Tja, damit war endgültig Schluss. Er wollte nicht mehr Mr. Nice Guy, Mr. Verantwortungsbewusst oder Mr. Verständnisvoll sein. Er war für einen ziemlich unreifen, haarigen Grobian mit einer Boxernase und federndem Gang abserviert worden.

Wenn es das war, was Frauen sich wirklich wünschten, würde Mark Forsythe ihnen das zukünftig bieten. Und gab es einen besseren Ort als dieses Land voller schroffer, wilder Individualisten? Und die Frauen! Er hatte viel über die Frauen gehört. Umwerfende, unkonventionelle Frauen, die oben ohne in der Sonne lagen und genauso heftig wie Männer feiern konnten. Und er hatte vor, sich davon etwas zu nehmen. Jede Nacht eine andere Frau. Vielleicht eine Handvoll. Und wenn er damit fertig war, würden Jen und seine zahmen Träume der Vergangenheit angehören. Ebenso wie sein Wunsch, Feuerwehrmann zu werden, den er mit acht Jahren gehabt hatte.

Er war dem albernen roten Feuerwehrhelm aus Plastik mit dem goldenen Abzeichen darauf entwachsen – und genauso war er auch der Vorstellung entwachsen, zu heiraten und sesshaft zu werden. Jennifer Talbot hatte ihm einen Gefallen damit getan, ihn zu verlassen. Ja, das hatte sie.

Während er joggte, um die Verspannungen aus seinem Körper zu vertreiben und einen klaren Kopf zu bekommen, fing er an, die Absurdität der Situation zu erkennen. Eine wundervolle Frau wollte mehr Zeit mit ihm verbringen, und er tat sein Bestes, um sie loszuwerden.

Er war nicht dumm – jedenfalls meistens nicht –, aber seit seiner Trennung hatte er eine ziemlich zynische Einstellung zu Frauen, ihren Beweggründen, der Liebe und vor allem der Ehe entwickelt. Er würde mit dieser Frau zu Abend essen und sie die Nacht über bleiben lassen. Und gleich morgen würde er damit beginnen, sich selbst in den abgebrühten Playboy zu verwandeln, den die Frauen scheinbar haben wollten.

Vermutlich würde er dabei sogar viel Spaß haben.

Er lief fast fünf Kilometer. Unterwegs kam er an jungen Familien mit Kinderwagen vorbei und versuchte, keine Notiz davon zu nehmen. Er sah Liebespaare, die Arm in Arm miteinander lachten, und starrte mürrisch vor sich hin. Und er traf einige Männer, die wie er waren. Unbelastet und frei, an einem Samstagmorgen mit ihrem Caffè Latte durch den Park zu spazieren oder zu joggen oder zu tun, wonach auch immer ihnen der Sinn stand. Kerle wie er eben.

Allmählich wurde ihm bewusst, wie heiß es war. Schweißperlen rannen ihm übers Gesicht. Vielleicht war es an der Zeit, nach Hause zu laufen.

Er nahm einen tiefen Schluck von seinem Wasser. Die Hitze hier war anders als bei ihm zu Hause. Es war November, der Sommer hatte begonnen, und die Temperaturen stiegen minütlich. Als er schließlich zum Haus zurückkehrte, hatte er zwei Liter Wasser getrunken und war immer noch durstig.

Er trat in den recht kühlen Flur und versuchte, nicht auf die exklusiven Schieferplatten zu tropfen. »Brenda?«

»Ja?«, erklang ihre Stimme aus dem hinteren Teil des Hauses.

»Könnten Sie mir ein Handtuch bringen?«

Kurz darauf tauchte sie auf, schlank und golden, das lange Haar zu einem lockeren Pferdeschwanz zusammengebunden. Sie warf ihm einen belustigten Blick zu und verschwand im Badezimmer.

Als sie mit einem großen, flauschigen weißen Handtuch zu ihm kam, hatte er seine Atmung wieder halbwegs unter Kontrolle.

»Wie war das Laufen?«, fragte sie ihn und musterte ihn von Kopf bis Fuß. Unter ihrem Blick brach ihm der Schweiß gleich wieder aus.

»Gut. Es war gut. Heißer, als ich dachte.« Er kam sich wie ein Idiot vor, als er sich das Gesicht und Arme und Beine abtrocknete, während sie vor ihm stand und ihn nicht aus den Augen ließ. Körperpflege vor einer Frau zu betreiben, erschien ihm viel zu intim, und er fühlte sich nicht wohl dabei. Brenda hatte offensichtlich kein Problem damit. Sie stand einfach vor ihm und beobachtete ihn. Er erwiderte ihren Blick, fest entschlossen, cool zu bleiben und ein paar unverfängliche Fragen über das Abendessen zu stellen, doch die Worte blieben ihm im Halse stecken.

In ihren Augen stand ein unmissverständliches sexuelles Interesse, das ihm den Atem raubte. Für einen Moment ging ihm nur noch ein Gedanke durch den Kopf: Wie würde sie schmecken?

Als hätte sie seinen Gedanken erraten, öffnete sie ganz leicht den Mund, und er bemerkte, wie frisch sie aussah, beinahe … taufeucht. Soweit er es beurteilen konnte, trug sie kein Make-up. Ihre Sommersprossen waren nicht durch Puder abgedeckt, ihre traumhaften Augen waren klar und blau wie die Karibik und ihre Lippen voll und blassrot.

Er wollte sie.

Als ihm das bewusst wurde, musste er blinzeln. Bei all seinen großen Plänen, eine Schneise durch die Frauenwelt Sydneys zu schlagen, hatte er nicht damit gerechnet, dass er ehrliches, eindeutiges Verlangen für die erste Frau empfinden würde, die er traf.

Die Sekunden verstrichen, und keiner von beiden sagte ein Wort. War sie nicht ein klitzekleines Stück näher gekommen? Oder er?

Ein warmer Schweißtropfen rann ihm über die Schläfe, und mit einem Mal wurde ihm klar, dass er erhitzt war, verschwitzt und dass er vermutlich nicht besonders gut roch. Jedenfalls war er nicht in der Verfassung, jemanden zu küssen.

Er wich zurück und widmete seine Aufmerksamkeit dem Handtuch. »Ich sollte besser eine Dusche nehmen«, murmelte er.

»Hm. Sagen Sie mir Bescheid, wenn Sie Hilfe beim Einseifen Ihres Rückens brauchen.« Damit drehte sie sich um und ging zurück in die Küche. Ihr Hüftschwung war genauso provokativ wie ihre Worte.

Während er duschte, dachte er darüber nach.

Warum nicht? Warum sollte er sein Leben nach Jen, sein Leben als Womanizer nicht mit einer jungen, umwerfenden Frau beginnen, die ihm ihr Interesse unverhohlen gezeigt hatte?

Es gab zwei Gründe, die dagegensprachen. Erstens: Sie arbeitete für *Crane Enterprises*. Zweitens: Sie hatte ihre Sachen schon ins Haus gebracht. Wenn er mit ihr schlief, würde er vermutlich Dynamit brauchen, um sie wieder loszuwerden. Während er seine Lust und seine Vernunft gegeneinander abwägte, trocknete er sich mit einem weiteren flauschigen weißen Handtuch ab. Schließlich entschloss er sich zu warten. Er würde sich gedulden, bis sie sich eine andere Bleibe gesucht hatte, bevor er sie verführen würde.

Es war ja nicht so, dass sie komplett verschwinden würde. Immerhin arbeitete sie für die Firma, die er in den nächsten Wochen in finanziellen Fragen beraten würde. Er könnte sie erst einmal ein wenig kennenlernen und sicherstellen, dass sie eine Frau war, die eine kurze Affäre mit einem Arbeitskollegen richtig einzuordnen wusste. Das war ein vernünftiger Plan. Und Mark war vernünftig.

Bren dachte darüber nach, ob sie den Fisch nun endlich auf den Grill legen oder noch eine weitere halbe Stunde warten sollte. Es war acht Uhr, und sie war kurz vor dem Verhungern.

Nachdem Mark ihr Angebot für eine persönliche Stadtführung, ein Picknick am Strand oder ein paar Stunden auf einem Segelboot im Hafen von Sydney abgelehnt hatte, war er nach oben gegangen, um zu arbeiten. Sie nahm an, dass er nicht arbeitete, sondern ein Nickerchen machte, was nach dem langen, anstrengenden Flug durchaus nachvollziehbar war.

Aber sollte sie ihn jetzt wecken? Wenn sie es nicht tat und er das Abendessen verschlief, würde er zu einer unchristlichen Stunde mit knurrendem Magen aufwachen – und vielleicht würde er sie dafür verantwortlich machen. Da sie sehr daran interessiert war, sich in den nächsten zwei Wochen mit ihm gut zu stellen, entschied sie sich, leise nach oben zu schleichen, ihn behutsam zu wecken und es ihm zu überlassen, ob er zum Abendessen kommen wollte oder nicht. Wenn nicht, konnte sie sein Essen immer noch beiseitestellen – obwohl die Vorstellung, mitten in der Nacht kalten Fisch zu essen, in ihren Ohren nicht sehr verlockend klang.

Ihre Schritte waren auf den mit Teppich ausgelegten Stufen und im Flur nicht zu hören. Doch wie sich herausstellte, hätte sie sich keine Mühe geben müssen, leise zu sein – Mark schlief nicht. Schon vom Flur aus konnte sie ihn am Schreibtisch neben dem Fenster in seinem Schlafzimmer sitzen sehen. Fleißig arbeitete er an seinem Laptop. Eine aufgeschlagene Akte lag vor ihm, aus der eng beschriebene Papiere hervorblitzten, auf denen endlose Zahlenreihen standen. Sie erschauderte bei der Vorstellung, dass jemand an einem sonnigen Samstagnachmittag lieber im Haus hockte, um sich mit Buchhaltung zu beschäftigen, statt Spaß zu haben.

Ihr dämmerte, dass dieser Mann ihre Hilfe brauchte. Wenn es etwas gab, womit sie sich wirklich gut auskannte, dann war es, Spaß zu haben.

»Fertig fürs Abendessen?«, fragte sie.

Über das Bett hinweg trafen sich ihre Blicke. *Wow*, mit diesen Augen, mit diesem Blick konnte er vermutlich ein Feuer entfachen.

Als er sie von oben bis unten musterte, wurden seine Augen größer. Zufrieden bemerkte sie seine Reaktion. Dass sie sich – ganz untypischerweise – eine halbe Stunde lang gestylt hatte, schien sich gelohnt zu haben. Der schwingende blau und grün gebatikte Rock umspielte ihre Knöchel, so dass Mark die kleine tätowierte Rose sehen konnte, wenn er wollte.

Sie trug Holzsandaletten mit Riemchen aus Leder und ein blaugrünes Top. Sie hatte sogar an Schmuck gedacht und die Kette und die Ohrringe aus Opalen angelegt, die ihr Bruder ihr zum letzten Geburtstag geschenkt hatte. Ihr Haar war gebürstet und glänzte, und sie hatte einen leichten, verführerischen Duft am Hals und zwischen ihren Brüsten aufgelegt.

Wenn sie Mark Forsythe nicht mit diesen Mitteln erobern konnte, war sie nicht die Frau, für die sie sich gehalten hatte. Und er war nicht der Mann, dessen sexuelles Interesse sie vorhin im Flur hatte aufblitzen sehen. Der Mann, der jetzt ihren Blick erwiderte.

»Danke. Ich komme in fünf Minuten runter«, sagte er und blinzelte. Er erhob sich und streckte sich, und sie war sich der Kraft und Eleganz seines durchtrainierten Körpers bewusst. Nett, dachte sie. Sehr nett.

Er unterdrückte ein Gähnen. Das Bett zwischen ihnen war so unberührt und ordentlich wie schon am Morgen.

»Haben Sie denn gar nicht geschlafen?«

»Nein. Das habe ich Ihnen doch erklärt. Es ist besser, wach zu bleiben. Das beugt dem Jetlag vor.«

»Richtig.« Sie fragte sich, ob er immer so unbeirrt und eisern war, so hart gegen sich selbst. Es war eine Schande. Was er dringend brauchte, war ein bisschen Spaß. Sie lächelte leicht. »Ich sehe Sie dann unten.«

Er hielt Wort. Fünf Minuten später war er unten. Und augenscheinlich hatte er ihr hübsches Äußeres und ihre schicken Kleider als Hinweis verstanden, denn er hatte sich ebenfalls umgezogen. Jetzt trug er ein graues, kurzärmeliges Baumwollhemd zu einer blauen Hose, die leicht wie Seide schimmerte. Und sie sah so ordentlich aus, als wäre sie gerade erst gebügelt worden und hätte nicht stundenlang in einem Koffer gelegen.

»Ihr Timing ist perfekt«, sagte sie und legte zwei gegrillte Fischfilets auf Teller, auf denen schon Papaya-Mango-Salsa und grüner Salat angerichtet waren. Außerdem hatte Brenda Risotto gekocht. Zwar hatte es sie eine halbe Stunde gekostet, das Chaos wieder zu beseitigen, das sie in der Küche hinterlassen hatte, aber das Endergebnis war alle Mühen wert. »Ich dachte, wir könnten hier draußen essen.«

»Sicher. Großartig.«

Die romantische Atmosphäre schien ihn nicht gerade zu überwältigen. Der rötliche Schein des Abendhimmels, die sanfte Brise, das Meeresrauschen ließen ihn scheinbar kalt. Tatsächlich fragte sie sich, ob er all das überhaupt bemerkte.

Sie stellte die Teller auf den Tisch, und er wartete, bis sie Platz genommen hatte, bevor auch er sich setzte. *Perfekte Manieren.*

Es gab gekühlten, frischen Weißwein aus dem Hunter Valley und köstliches Brot aus der Bäckerei, das im flackernden Kerzenlicht kross und golden aussah. Ihr Essen und der gesamte Tisch wirkten wie direkt dem *Australian-Women's-Weekly*-Magazin entsprungen. Vermutlich weil sie sich wirklich von den Hochglanzfotos hatte inspirieren lassen.

Sie bemühte sich so sehr, charmant, attraktiv und gastfreundlich zu sein, dass sie sich schon selbst auf die Nerven ging. Und sie stand unter Druck. Ihr Problem war folgendes: Zwar hatte sie die ganze Zeit davon geredet, bei einem Freund unterkommen zu können, doch in Wahrheit hatte sie keinen Freund mehr, der sie aufnehmen würde. Es war nicht direkt ihre Schuld – es war nur so, dass immer irgendetwas passierte, wenn sie in der Nähe war.

Sie nahm es ihren Freunden nicht übel. An ihrer Stelle

hätte sie selbst sich auch nicht eingeladen, ein paar Tage zu bleiben. Wenn sie nicht gerade einen Idioten ertragen mussten, der sich hoffnungslos in Bren verliebt hatte und im Morgengrauen lauthals unter ihrem Fenster sang, wurden sie von irgendwelchen Geldeintreibern belästigt. *Sehr ärgerlich.*

Bevor Mark die Chance hatte, nein zu sagen, hatte sie Wein in sein Glas gefüllt und erhob ihr eigenes Glas zum Toast. »Willkommen in Australien.«

Er lächelte und stieß mit ihr an. »Danke. Und danke für das Essen. Es sieht wunderbar aus.«

»Das ist Barramundi, ein Fisch, der zur Familie der Riesenbarsche gehört. In Nordamerika findet man ihn nicht.«

»Wundervoll. Ich sterbe vor Hunger.«

Sie probierte das Essen und war erleichtert, dass der Fisch so gut schmeckte, wie sie es sich vorgestellt hatte.

»Hey, was ist das für ein Vogel?«, fragte er und sah über ihre Schulter.

Bren drehte sich um und folgte seinem Blick. Mit einem Lachen antwortete sie: »Das ist kein Vogel. Das ist ein Flughund. Hier muss irgendwo ein Obstbaum in der Nähe sein. Diese Tiere ernähren sich hauptsächlich von Früchten. Tagsüber schlafen sie, und nachts gehen sie auf Futtersuche.« Während sie sprach, flogen einige der Tiere mit den imposanten dunklen Flügeln vorbei.

»Ich habe darüber gelesen, aber sie sind in natura so viel größer, als ich dachte.« Und als er sich über diesen für ihn so neuen, ungewöhnlichen Anblick freute, klang er zum ersten Mal für einen Moment sorglos.

Die sanfte Meeresbrise strich über ihre Wangen, warm und sacht wie der Kuss eines geliebten Menschen. In der

Ferne hörte sie fröhliche Stimmen und Gelächter, die vom Strand zu ihnen herüberwehten. Ganz in der Nähe nahm sie das leise Summen des Straßenverkehrs wahr. Der Duft von Grillfleisch drang aus dem Nachbargarten zu ihnen herüber. Sie lachte, als sie den Geruch erkannte. »Das hätte ich Ihnen heute auch beinahe serviert: Lamm. Vermutlich werden Sie es morgen probieren können.«

Er lächelte, doch zwischen seinen Augen bildete sich eine Falte. »Ich will ja nicht unhöflich sein, aber morgen werden Sie nicht mehr hier sein.«

»Ich habe nicht gesagt, dass *ich* es für Sie kochen werde, oder?«, entgegnete sie knapp. »Ich werde gehen …« Sie hielt inne, beugte sich leicht vor und fuhr langsam und betont fort: »… wenn Sie mich nicht wollen.« Sie wusste verdammt genau, dass er sie wollte. So wie sie ihn wollte.

Obwohl sie sich noch stärker zu ihm hingezogen gefühlt hatte, bevor sie erfahren hatte, dass er mit möglichst vielen Frauen schlafen wollte.

Mark trank viel von dem Wasser, das sie auf den Tisch gestellt hatte, aber er nahm auch von dem Wein, wie sie erleichtert feststellte. Allmählich entspannte er sich.

»Also, was sind Ihre Aufgaben bei *Crane?*«, wollte er wissen.

»Ich arbeite in der Marketingabteilung. Wir betreuen den größten Teil des australischen und neuseeländischen Marktes. Aber seit Jennifer Talbot aufgetaucht ist, haben wir *richtig* viel zu tun. Sie hat ein paar gute Ideen für die Markteinführung in Amerika beigesteuert«, erzählte sie begeistert – und hätte sich im nächsten Moment am liebsten mit der Fischgabel in die Zunge gepikt, als sie bemerkte, wie Marks interessierter Blick sich verfinsterte.

»Wie auch immer«, plapperte sie weiter. »Ich bin auch die Chefdesignerin für die Damen-Modelinie, was bedeutet, dass ich hauptsächlich die richtigen Designer herumkommandiere.«

»Arbeiten Sie gern für *Crane?*«

Sie war sich nicht sicher, ob er damit Cam oder die Firma an sich meinte. Aber nachdem sie schon einmal ins Fettnäpfchen getreten war, wollte sie lieber auf Nummer sicher gehen und nahm an, dass er die gesamte Firma meinte. »Ich liebe es. Die Kollegen sind jung, und es macht Spaß, mit ihnen zusammenzuarbeiten. Wir alle surfen leidenschaftlich gern. Das ist eine Grundvoraussetzung, um bei *Crane* zu arbeiten.« Sie blickte ihn an. »Surfen Sie?«

»Aus dem Alter bin ich raus.«

»Okay.« Sie vermutete, dass diese Beleidigung Cam gegolten hatte und nicht ihr. Trotzdem tat es weh. »Sie wären überrascht zu sehen, wie viele erwachsene und ältere Menschen surfen. Das ist eine schnell wachsende Zielgruppe.«

»Vergessen Sie den Job. Erzählen Sie mir etwas über sich.«

»Ich bin hier in Sydney aufgewachsen. Mum kam vom Land. Aber nachdem ihr erster Mann bei einem Unfall mit einer Landmaschine ums Leben gekommen war, ist sie hierher gezogen und hat in einem Büro gearbeitet. Dort hat sie auch meinen Vater kennengelernt. Er ist Ingenieur.«

»Haben Sie Brüder oder Schwestern?«

»Einen Halbbruder.« Cam war ihr Halbbruder, und sie war überrascht, dass Jen das nicht erwähnt hatte, als sie ihm über den Job erzählt hatte. Andererseits plauderten sie nach der plötzlichen Trennung vermutlich nicht unbedingt über den Bürotratsch.

Bren wollte auf keinen Fall Cams Namen einbringen – je weniger sie über Jen oder Cam sprachen, desto besser. »Er ist acht Jahre älter als ich, also bin ich eher wie ein Einzelkind aufgewachsen.« Sie zuckte die Achseln. »Ich habe eine Schule für Modedesign besucht, und jetzt habe ich einen guten Job und ein paar sehr gute Freunde. Wenn ich nicht arbeite, surfe ich gern und feiere viel. Das ist mein Leben.«

»Gibt es einen Mann in Ihrem Leben?«, erkundigte er sich.

Das war schon besser. Stimmungsvolle rötliche Schatten verdunkelten seine Augen, und wieder spürte sie diese natürliche und vollkommen unerwartete Verbundenheit zwischen ihnen.

»Nein.«

»Das überrascht mich.«

Sie lachte leicht. »Ich glaube daran, dass irgendwo da draußen der perfekte Mann für mich ist. Ich habe ihn nur noch nicht getroffen.«

»Sie sind eine hoffnungslose Romantikerin.«

»Tja, was wäre denn die Alternative?«

»Leidenschaft mit Fremden.«

Sie streckte ihren Arm aus und berührte seine Hand. Gedankenverloren hatte er mit dem Stiel seines Weinglases gespielt. Sie hob den Blick und sah ihm bewusst und tief in die Augen. Die Anziehungskraft zwischen ihnen wurde von Sekunde zu Sekunde stärker. Brenda spürte, wie ihr Herz heftig zu schlagen begann. »Tja, bis Mr. Right kommt, bin ich damit vollauf zufrieden.«

»Brenda ...« Er wollte sie abweisen, obwohl sie wusste, wie sehr er sie brauchte. Er war umwerfend und süß und verletzt, und sie wollte seinen Kummer fortküssen.

»Meine Freunde nennen mich Bren«, sagte sie sanft, stand auf, ging um den Tisch herum, beugte sich vor und küsste ihn.

Er wollte protestieren, doch sie küsste die Worte von seinen Lippen. Einen Moment lang spürte sie den Kampf, den er innerlich ausfocht – einerseits wollte er sie, wünschte sich andererseits jedoch, es wäre nicht so. Aber schließlich schlang er die Arme um sie und zog sie auf seinen Schoß.

So ging es besser. Sie lächelte, während sie ihn küsste, und es gefiel ihr, wie gut sie zusammenpassten. Er zog sie noch enger an sich und erwiderte ihren Kuss. Sein Widerstand war schwach und so leicht zu brechen gewesen, dass sie sich sicher war: Er wollte sie genauso sehr wie sie ihn.

Ihr Herzschlag wurde schneller, als die Erregung durch ihren Körper jagte.

Er fühlte sich gut an – schlank, aber muskulös –, und sofort erinnerte sie sich wieder daran, wie er ausgesehen hatte, als er vom Laufen zurückgekehrt war: Auf der leicht bronzefarbenen Haut hatten Schweißperlen geglitzert, und er war von seinem Work-out erhitzt gewesen.

»Brenda«, murmelte er, »wir sollten über das hier reden.«

»Absolut«, schnurrte sie und knabberte zärtlich an seiner Unterlippe, bis er sie wieder küsste.

Es war schon sehr lange her, dass ein Mann sie so schnell so heißgemacht hatte, und dabei waren sie beide noch vollständig angezogen. Er küsste auf eine Art, die mehr Geben als Nehmen war, und sie wusste, dass er, wenn sie im Schlafzimmer landeten, eher auf ihren Spaß als auf seinen eigenen Wert legen würde.

Sehr schön.

Er fühlte sich *so* gut an, so warm und stark und irgendwie zuverlässig. Und er roch so gut – ein bisschen fremdartig, nach keinem Eau de Toilette oder Aftershave oder Kosmetikprodukt, das sie kannte, sondern einfach nur nach gepflegtem, erregtem Mann. Dieser Duft gefiel ihr am besten.

Er löste sich kurz von ihr, holte Luft und sagte: »Bren, wir hatten eine Abmachung, und ich erwarte von dir, dass du …« Er stöhnte hilflos auf, als sie sich auf seinem Schoß bewegte und sich gegen seine Erektion drängte. Schließlich murmelte er etwas Unverständliches und gab den Versuch auf, mit ihr zu reden.

Das wurde aber auch Zeit.

»Ich will dich sehen«, stieß er heiser hervor und griff nach dem Saum ihres Tops. »Schon seit Stunden kann ich an nichts anderes mehr denken.«

»Oh, ja«, seufzte sie und legte den Kopf in den Nacken. Vor ihrem inneren Auge sah sie, wie er ihr das Top auszog. Sie stellte sich vor, wie sie die kühle Nachtluft auf ihren Brüsten genoss, wie sie sich hier draußen liebten … *Moment mal!* So fing es immer an – und am Ende kam die Katastrophe. Als Nächstes würden sich vermutlich ein paar pikierte ältere Herrschaften aus der Nachbarschaft beschweren, die sie zufällig gesehen hatten, die Polizei würde vor der Tür stehen, oder draußen würde es zu tumultartigen Szenen kommen. Sie erschauderte. *Nein.* Sie musste zur Abwechslung mal vernünftig sein. Wenn sie hier im Gästehaus der Firma Ärger verursachte, würde Cam sie umbringen.

Sie ergriff Marks Hände. »Oben«, flüsterte sie und erhob sich, ohne seine Hände loszulassen, so dass er ihr folgen musste. Eng aneinandergepresst – sie ging vor, und er hatte sich an ihren Rücken geschmiegt –, schafften sie es irgendwie, die Treppe hinaufzugelangen. Als sie oben ankamen, waren beide außer Atem – und sie bezweifelte, dass es von der Steigung kam.

Sie erreichten sein Schlafzimmer. Er drehte sie um, damit sie einander ansehen konnten. Doch statt über sie herzufallen, wie sie es vermutet hätte, nahm er sich die Zeit, um ihr Gesicht zu betrachten – fast wirkte es so, als wollte er sich alles ganz genau einprägen, falls er sie zum letzten Mal sah.

Langsam, ermahnte sie sich. Vielleicht sollte sie es langsam angehen. Doch während sie noch darüber nachdachte, wusste sie, dass Mark, trotz seines gedankenlosen Geredes, in den nächsten vierzehn Tagen jede erwachsene Frau Sydneys in sein Bett zu locken, im Grunde genommen ein Mann für eine Frau war. Und sie war sich sicher, dass er ihr niemals bewusst weh tun würde.

»Du bist so wunderschön«, flüsterte er.

Obwohl seine Augen vor Müdigkeit rot gerändert waren und seine Haut blass vor Erschöpfung, dachte sie bei sich, dass auch er schön war.

Seine Finger berührten flüchtig ihre Brüste und erweckten sie zum Leben. »Kann ich dich jetzt sehen?«

»Leg dich aufs Bett«, erwiderte sie. Sie hatte beschlossen, alles so perfekt, so besonders zu machen, dass er seine erste Nacht in diesem Land niemals vergessen würde. »Ich habe dir doch ein bisschen Sightseeing versprochen, oder?«

In seinen Augen blitzte dieselbe Verwegenheit auf, die auch sie in diesem Moment verspürte. Sogar für ihre Verhältnisse ging alles wahnsinnig schnell, doch trotzdem fühlte es sich sicher und richtig an.

Sie würde mit diesem Mann schlafen, weil ihr Körper ihr gar keine andere Wahl ließ. Dennoch würde sie sich nicht zu irgendwelchen Dummheiten hinreißen lassen – sie würde ihren Körper und ihr Herz schützen.

Was sollte also schiefgehen?

Wohl wissend, dass es kein Zurück mehr gab, wenn sie sich erst einmal vor ihm ausgezogen hatte, sagte sie: »Mach es dir gemütlich. Ich bin gleich wieder da.« Sie schlüpfte aus dem Zimmer und rannte in ihr eigenes Schlafzimmer, um eine Handvoll Kondome zu holen.

Auf dem Weg zurück hielt sie noch kurz im Badezimmer an, um sich die Zähne zu putzen und ihre Haare zu bürsten, und dann betrat sie freudig erregt und erwartungsvoll sein Zimmer.

»Und jetzt zu einer der wohl bedeutendsten Sehenswürdigkeiten von Sydney«, verkündete sie, packte den Saum ihres Tops und wollte es ausziehen.

Ein leises Schnarchen war die Antwort.

Mark Forsythe lag ausgestreckt auf dem Bett, herrlich nackt, und schlief tief und fest. Und vor ihren weit aufgerissenen Augen legte sich auch seine Erektion schlafen.

Zwischen Enttäuschung und Lachen hin- und hergerissen, trat sie ans Bett.

»Mark?«

Sie schüttelte ihn sacht an der Schulter. »Mark?«

Er war so fest eingeschlafen, dass ihn vermutlich nicht einmal die jubelnde Menschenmenge beim Football-Endspiel aufgeweckt hätte.

Sie legte die kleinen Päckchen mit den Kondomen auf den Nachttisch, blieb vor dem Bett stehen und biss sich auf die Unterlippe, während sie ihn beim Schlafen betrachtete.

Seine Kleidung lag unordentlich auf dem Fußboden. Und obwohl sie ihn erst einen Tag lang kannte, wusste sie, dass er normalerweise nicht so nachlässig war. Also hob sie seine Kleider auf und warf Unterhose und Socken in den Wäschekorb im Badezimmer. Seine Hose und sein Hemd hängte sie in den Kleiderschrank, wo schon eine Reihe gebügelter, frischer Hosen und unifarbener kurzärmeliger Hemden hing.

Sie konnte in ihr Zimmer gehen und die Nacht in dem für sie allein viel zu großen Bett verbringen. Oder sie konnte sich neben Mark legen und darauf hoffen, dass er einfach nur ein kurzes Nickerchen brauchte.

Wenn sie ihren nackten Körper an ihn schmiegte, würde er möglicherweise wieder aufwachen.

Also schlüpfte sie mit weit weniger Show als geplant aus ihren Klamotten und kroch zu Mark unter die Decke. Sie legte die schicke leichte Decke über sie beide. Einen Moment lang lebte ihre Erregung wieder auf, als sie sich mit dem Rücken an seine Seite presste und Mark leise brummte, sich zu ihr drehte und seine Hand auf ihre Brust legte. Doch schon im nächsten Augenblick spürte sie seinen Atem in ihrem Nacken – tief und gleichmäßig – und wusste, dass er sich an sie kuschelte wie an seinen Teddybär.

3. Kapitel

Mark erwachte mit klopfendem Herzen und fragte sich, wo zur Hölle er war. Irgendetwas stimmte nicht. Er nahm sich einen Moment, um tief durchzuatmen, und versuchte, einen klaren Kopf zu bekommen.

Natürlich. Er war nicht in seiner Wohnung in San Francisco. Er war in Sydney, Australien. In einem Gästehaus. All das passte zu dem, woran er sich erinnerte.

Was jedoch nicht ins Bild passte, war die nackte Frau, die neben ihm lag und schlief.

Kein Wunder, dass sein Herz so heftig schlug. Was zum Teufel war hier los? Was war geschehen?

Er stützte sich auf seinen Ellbogen und betrachtete die Frau neben sich. Schließlich wurde ihm einiges klar, als er Brenda erkannte. Ihr Haar lag ein wenig zerzaust auf ihrem nackten Rücken, ihre Haut wirkte zart und frisch, ihr Mund war wie zu einem Lächeln leicht geöffnet.

Eine nackte und bezaubernde Frau, die mit einem Lächeln auf den Lippen neben ihm im Bett lag, war definitiv etwas Gutes.

Nicht so gut war, dass er absolut keine Erinnerung an die vergangene Nacht hatte. Überhaupt keine Erinnerung. Er strich ihr sacht über das Haar und fragte sich, was zwischen ihnen in diesem Bett passiert war …

Wenn sie gemeinsam die Erde zum Beben gebracht hätten, wäre es nett gewesen. Wenn sie drei oder vier Mal seinen Namen geschrien hätte, wäre es toll gewesen. Wenn er mit ihr zusammen geschrien hätte – vorzugsweise beim letzten Mal –, wäre es herausragend gewesen.

Und absolut phantastisch wäre es, wenn er sich doch nur daran erinnern könnte …

Kein Wunder, dass sein Herz so heftig schlug.

Er erwartete nicht, bei jedem Sex Mark, der Wunderhengst, zu sein, doch er ging davon aus, dass er eine Frau niemals unbefriedigt ließ. Bedeutete diese totale Ausblendung der vergangenen Nacht, dass er sich selbst als Liebhaber und Mann lächerlich gemacht hatte?

Okay, sagte er zu sich selbst, reiß dich zusammen. Sacht und forschend strich er mit seiner Hand über ihren Rücken. Ein schöner Rücken. Schlank und durchtrainiert. Aber dennoch weckte er in ihm keine Erinnerungen.

Seine Berührung brachte sie dazu, sich im Schlaf zu regen, so dass sie mit dem Rücken eng an ihn geschmiegt lag.

Fast beiläufig legte er seinen Arm über sie und fuhr mit seinen Fingern über ihre Brüste und ihren Bauch. *Oh, schön, schön, schön.* Sie hatte volle Brüste, mit aufgerichteten Nippeln, und ihr Bauch war so fest und athletisch wie bei einem Profischwimmer.

Was immer er im Augenblick empfand oder wahrnahm, war ganz neu und unbekannt für ihn. Es fühlte sich an, als hätte er das alles noch nie berührt – die Beschaffenheit und die sanften Kurven, die diesen Körper ausmachten, waren ihm neu. Es war seltsam, so ahnungslos zu sein und die Frau, mit der man offensichtlich geschlafen hatte, so gar nicht zu kennen.

Das einzige Ereignis, das er in seinem Leben je verdrängt hatte, war die Entfernung seines Weisheitszahns. Er hatte sich gegen eine Vollnarkose entschieden und mutig auf dem Behandlungsstuhl Platz genommen – und bis heute konnte er sich an den Eingriff nicht erinnern. Er wusste, dass die Operation vorüber war, weil er den Weisheitszahn nicht mehr hatte, doch das Ereignis an sich war aus seinem Gedächtnis gelöscht. So wie manche Menschen, die einen schlimmen Unfall hatten, sich auch nicht mehr an die furchtbaren Erlebnisse erinnern konnten.

Fiel die letzte Nacht in diese Kategorie?

Er erstarrte, und seine Hand verkrampfte sich auf ihrer Brust. *Oh, mein Gott.* War er so schlecht im Bett gewesen, dass er diese Erfahrung komplett aus seinem Bewusstsein verbannt hatte?

Würde Brenda mit all ihren Bekannten und Freundinnen über seine Vorstellung im Bett lachen, während er für immer darüber im Dunkeln blieb?

Er warf einen Blick auf die Uhr auf dem Nachttischchen. Neun Uhr. Sonnenstrahlen fielen durch die Fenster und ließen keinen Zweifel daran, dass es Morgen war.

Er drehte sich auf den Rücken und blinzelte ein paarmal. Was für ein Tag war heute? Sonntag, dachte er. Es musste Sonntag sein.

Leise erhob er sich aus dem Bett und schlich ins Badezimmer, wo er erst einmal zur Toilette ging. Dieses morgendliche Ritual erleichterte nicht nur seine Blase – allmählich schärfte sich auch sein Verstand. Während er die Zähne putzte und sich dann kaltes Wasser ins Gesicht spritzte, versuchte er, sich zusammenzureißen. Wenn sie noch immer im Bett war, konnte es keine totale Katastrophe gewesen sein, denn sonst hätte sie sich in der Nacht sicherlich davongeschlichen.

Oder nicht?

Er ging zurück ins Schlafzimmer und betrachtete einen Moment lang die schlafende Brenda. Selbst am frühen Morgen wirkte ihre natürliche Schönheit so reizvoll wie am Abend, wenn sie komplett geschminkt war und sich zurechtgemacht hatte, um auszugehen. Ihre leicht gebräunten Schultern setzten sich gegen das Weiß der Laken ab, und er wünschte, er könnte die Brüste sehen, die er vorhin noch berührt hatte.

Bren bewegte sich und schien aufzuwachen. Mark blickte sich in Panik um – er wollte nicht, dass sie ihn nackt vorm Bett stehen sah, und sein Morgenmantel hing im Schrank.

Ihre Augenlider begannen zu flattern.

Hastig schlüpfte er zurück unter die Decke und begab sich wieder in seine vorherige Position.

Sie seufzte leise und streckte sich, so dass ihr Rücken von den Schultern bis hinunter zu ihrem Po an ihn geschmiegt war. Er spürte ihren Körper an sich und hatte das Bedürfnis, sich so lange auf den Hinterkopf zu schlagen, bis ihm alles wieder einfiel.

»Morgen«, erklang neben ihm eine schlaftrunkene und sehr weibliche Stimme.

O nein. Die Stunde der Abrechnung. Und er war noch nicht so weit.

»Morgen.«

»Gut geschlafen?«

»Ja«, sagte er höflich. »Und du?«

»Phantastisch.« Sie beugte sich zu ihm und küsste ihn sacht auf die Lippen. Das war ein gutes Zeichen, oder?

Mark betrachtete sie – ihre vom Schlaf sicher noch ganz warme Haut, das goldene Haar, das auf dem Kissen ausgebreitet lag, die Augen, die vergnügt funkelten. Das vergnügte

Funkeln war der Auslöser. Wenn er sich in der letzten Nacht lächerlich gemacht hatte, musste er es wenigstens wissen. So verrückt es auch sein mochte – er würde sich immer quälen, wenn er die Wahrheit nicht kannte.

Er räusperte sich. »Ich hatte viel Spaß heute Nacht.«

Ihr Lächeln verwirrte ihn. »Ich auch.«

Tja, sie sah glücklich aus.

Sein Seufzen war eher erleichtert als zufrieden. »Ich war mir nicht sicher, ob es dir wirklich gefallen hat. Immerhin waren wir heute Nacht zum ersten Mal zusammen.« Er atmete noch einmal tief durch und nahm seinen Mut zusammen. Da er keine Ahnung hatte, was passiert war, würde er ihr die Einzelheiten irgendwie entlocken müssen.

»Unser erstes Mal?«

»Als Geliebte.« Sicher war es ihm gelungen, mit ihr zu schlafen. Noch nie in seinem Leben hatte sein Körper ihn in dieser Hinsicht im Stich gelassen.

»Richtig«, erwiderte sie und nickte so heftig, dass ihr Haar ihr ins Gesicht fiel. Er verspürte das Bedürfnis, es ihr aus der Stirn zu streichen, doch er hielt sich zurück, bis er mehr wusste. »Entschuldige«, sagte sie. »Ich bin nicht gerade ein Morgenmensch.«

Sicherlich könnte er es gut sein lassen und damit aufhören, ihr weitere Details über seine Vorstellung zu entlocken, aber irgendwie *musste* er die Wahrheit wissen. »Ich habe mich nur gefragt … wegen letzter Nacht, als wir miteinander geschlafen haben …« Es war viel schwieriger, darüber zu reden, als er gedacht hätte. Es war schon so lange her, dass er mit einer anderen Frau als Jen zusammen gewesen war. Er hatte keine Ahnung, wie er dieses heikle Thema mit ihr besprechen sollte.

4. Kapitel

»Willkommen in *Kings Cross*«, sagte Bren mit gezwungener Fröhlichkeit. »Wo einem alles passieren kann.«

Sie hatte Mark am heutigen Tag möglichst viel beschäftigt. Sie waren meilenweit gelaufen, hatten den Botanischen Garten besichtigt und waren durch das Stadtviertel *The Rocks* spaziert, wo sie einen Markt besucht hatten. Sie hatte ihm einen lächerlichen Sonnenhut mit riesigen Koalas darauf gekauft, und er hatte ihr im Gegenzug ein Paar Ohrringe geschenkt, die nur einem halbblinden Showgirl in Las Vegas gefallen hätten.

Dann hatten sie im Hafen von Sydney die Fähre nach *Manly* genommen, hatten am Strand herumgelümmelt, waren schwimmen gegangen und hatten Fish and Chips gegessen.

Als sie nach Hause gekommen waren, hatten sie miteinander geschlafen. Und Bren hatte Jennifer Talbot einmal mehr dafür verflucht, aus einem der süßesten Männer, den sie je getroffen hatte, einen Zyniker gemacht zu haben.

Er war jedoch kein abgebrühter Zyniker, und das machte Bren Hoffnung. Er war mehr ein süßer, verletzter Schatz mit einer zynischen äußeren Schale, die sie aufbrechen wollte.

Nach all dem Shopping, dem Sightseeing und dem ziemlich athletischen Sex war sie sich sicher, dass er einbrechen und seinen Partyplan verwerfen würde. Doch er war nicht nur beharrlich, stellte sie fest, sondern auch unermüdlich …

Am frühen Abend lag sie an ihn gekuschelt neben ihm im Bett und war drauf und dran, ein kleines Nickerchen zu machen, als er plötzlich aufhörte, mit der Hand ihre Brust zu streicheln, und unvermittelt fragte: »Wo kann man heute Abend hingehen und ein bisschen Spaß mit anderen Singles haben?«

Schlagartig war sie wieder wach.

Natürlich hätte sie ihm sagen können, dass er sie mal kreuzweise konnte. Dann wäre er vermutlich allein losgezogen, hätte sich lächerlich gemacht und irgendeine entsetzliche Tussi mit nach Hause geschleppt, die ihn nicht glücklich gemacht hätte. Sex allein würde ihn niemals glücklich machen – das hatte sie bereits über ihn gelernt.

Sie würde ihn glücklich machen. Er war süß, ernst, anständig, und sie war auf dem besten Wege, sich in ihn zu verlieben. Also nahm sie sich vor, ihn am Abend zu begleiten und ihn aus möglichem Ärger herauszuhalten – und vor allem aus den Betten anderer Frauen.

Als Cam sie gebeten hatte, diesen Ami zu betreuen, hatte er nicht ahnen können, wie sehr Mark Hilfe brauchte oder dass sie genau die richtige Frau für diese Aufgabe war.

»Ich nehme dich heute Abend mit auf eine Party.« Eine Party, auf die sie eigentlich nicht mehr hatte gehen wollen, weil sie die Nacht lieber mit Mark verbringen wollte. Aber was blieb ihr anderes übrig? Wenigstens hatte sie ihn so gut beschäftigt, dass er noch nicht wieder erwähnt hatte, sie aus dem Haus zu schmeißen.

»Du wirst keinen besseren Tourguide durch die Single-Szene Sydneys finden«, versprach sie ihm fröhlich, während sie sich anzog. »Da kenne ich mich aus. Ich könnte dir sogar einen exklusiven Einblick geben, mit wem du dich besser nicht einlassen solltest.« In diesem Fall war das jeder Mensch mit Brüsten – aber das würde sie ihm selbstverständlich nicht verraten.

Anstatt also den Abend mit einem Mann zu verbringen, von dem sie nicht genug bekommen konnte, zog sie sich einen heißen roten Minirock an, dazu Highheels, die sie beinahe umbrachten, und die lächerlichen Ohrringe, die Mark ihr gekauft hatte. Vermutlich würde sie das eine oder andere Mal mit einer der Huren verwechselt werden, die in *Kings Cross* arbeiteten, aber zumindest würde Mark sie bemerken.

Er wollte eine scharfe australische Frau?

Er würde keine schärfere Frau finden als die, die direkt vor seiner Nase war.

Und um ihn daran zu erinnern, dass sie das Spiel rund ums Anmachen und Aufreißen durchaus auch beherrschte, rief sie ihm vom Schlafzimmer aus dem ersten Stock zu: »Kannst du mir den goldenen Stringtanga mitbringen, wenn du raufkommst?«

Er murmelte etwas, das sehr mürrisch klang. Zufrieden legte sie den Kopf in den Nacken und lachte leise. Ein Schlückchen von seiner eigenen Medizin würde ihm nicht schaden. »Oh, mach dir keine Umstände, ich hole ihn selbst«, rief sie und lief zur Treppe. Er stand unten und wartete auf sie. Der winzige Stringtanga in seiner Hand wirkte wie ein goldglänzender Hauch von Nichts.

Mark sah nicht gerade glücklich aus.

Sie nahm sich ein bisschen Zeit, um in ihrem heißen Minirock und ihren Nimm-mich-Baby-Stilettos aufreizend langsam die Stufen herunterzugehen. Wenn er jetzt nicht bemerkt hatte, dass sie unter diesem lächerlich kurzen Kleid kein Höschen trug, dann war es ganz sicher nicht ihre Schuld – schließlich gewährte sie ihm tiefe Einblicke und veranstaltete die reinste Peepshow.

Er schnappte einige Male nach Luft, als er beobachtete, wie sie beinahe wie ein Model die Treppe herunterschritt und ihre Hüften verführerisch wiegte. Seine Lust auf sie war fast mit Händen greifbar, aber er bekam kein Wort heraus. Seine Finger umschlossen krampfhaft ihren Stringtanga.

Bren hielt auf der untersten Stufe an und blickte ihm in die Augen.

»Muss ich dir die Finger brechen, um meine Unterwäsche zu bekommen?«, fragte sie leise, warf ihr Haar über die Schultern und reizte ihn noch weiter, indem sie sich mit der Zungenspitze über die rot schimmernden Lippen fuhr.

»Willst du so ausgehen?«, stieß er hervor und klang wie eine Mischung aus einem besorgten Vater und einem Mann, der seine Lust zu unterdrücken versuchte.

»Wenn du keine bessere Idee hast?«, entgegnete sie und gab ihm einmal mehr die Chance, ihnen beiden zu beweisen, dass *sie* die Frau war, die er wirklich wollte.

»Ich dachte nur, dass du vielleicht ein wenig zu … offensichtlich gekleidet bist.«

»Ich verschwende keine Zeit damit, dezent zu sein. Ich nehme mir, was ich will, Mark.« Sie streckte den Arm aus, nahm ihm den glitzernden Stringtanga aus der Hand, stieg vor seinen Augen hinein und zog ihn langsam ihre langen Beine hinauf.

Während sie das kleine Stück Stoff zurechtzupfte, betrachtete sie Mark. Er wirkte, als wenn er jeden Moment entweder losschreien oder sie auf die Stufen werfen und gleich an Ort und Stelle nehmen würde. Sie hoffte, dass er sich für Letzteres entschied. Doch nachdem er innerlich einen Kampf mit sich ausgefochten hatte, wobei sein Gesicht einen interessanten Rotton angenommen und er die Hände zu Fäusten geballt hatte, wandte er sich ab.

Und sie war nicht nur enttäuscht, sondern ihr fiel in diesem Moment auch wieder ein, dass sie sich geschworen hatte, den goldenen Stringtanga nie wieder anzuziehen. Er war schrecklich unbequem – die String-Version eines Büßerhemdes aus Sackleinen.

»Also, bevor wir gehen …« Mark machte eine vage Handbewegung Richtung des Zimmers, in dem sie bisher geschlafen hatte.

»Oh, keine Sorge. Ich habe mich schon darum gekümmert.«

»Tatsächlich? Aber wir waren doch den ganzen Tag zusammen.«

Sie lächelte. Da er sie offenbar für austauschbar hielt, wollte sie ihn wissen lassen, dass ihr ebenfalls alle Möglichkeiten offenstanden. »Wie ich schon sagte: Ich bin Single und habe Freunde, bei denen ich unterschlüpfen kann.«

Mark kniff ganz leicht die Augen zusammen, und sie bemerkte, wie die Gier, sie zu besitzen, in seinem Blick aufflackerte.

Ja! Sie hatte mit ihrer Vermutung nicht falschgelegen. Er war kein Womanizer. Er war im Grunde genommen ein Mann für *eine* Frau. Und Bren hatte vor – wenigstens für kurze Zeit –, diese Frau zu sein. Er mochte vielleicht glauben, dass er die Kontrolle hatte und entschied, was geschehen sollte, aber er würde bald herausfinden, dass er sich irrte.

Sie bestimmte, wann eine Beziehung zu Ende war. Sie

setzte die Grenzen. Mark und sie standen noch ganz am Anfang. Und sie war noch lange nicht fertig mit ihm.

Mark schien noch immer mit sich zu kämpfen.

»Du bist doch nicht eifersüchtig, oder?«, fragte sie.

»Nein.« Er lehnte sich gegen die Wand und schob die Hände in die Taschen seiner perfekt gebügelten Kakihose. Dieses Mal war er kleidungstechnisch ein echtes Wagnis eingegangen und hatte ein gestreiftes Shirt angezogen. Ja, es waren tatsächlich zwei unterschiedliche Blautöne in diesem Hemd vertreten. Himmel, dieser Mann brauchte sie wirklich dringend. Wieso sah er selbst das nicht ein?

»Sieh mal, Brenda. Ich will ehrlich zu dir sein. Diese ganze Situation bereitet mir Schwierigkeiten. Ich will dich, und es bringt mich fast um, wenn ich mir vorstelle, dass du mit anderen Männern zusammen bist.« Er zuckte die Schultern und wirkte ein wenig verloren. »Es ist schon lange her, dass ich solo war. Ich muss erst wieder lernen, ein alleinstehender, wilder, ausgelassener Mann zu sein, nehme ich an.«

Wenn er je »wild« gewesen war, dann war sie von Dingos großgezogen worden.

»Wir haben miteinander geschlafen.« Er blickte sie an, und sie sah in seinen Augen die unterdrückte Leidenschaft wie eine Flamme lodern. Alles in ihr erschauerte.

»Und es war phantastisch«, sagte sie.

»Ja.« Er machte einen Schritt auf sie zu. »Das war es.«

»Wir müssen nicht ausgehen«, sagte sie sanft und sinnlich und spürte, wie ihr Körper vor Erregung zu prickeln begann.

Abrupt, als hätte ihm jemand einen Kricketschläger in den Magen gerammt, hielt er inne. »Nein. Ich will ausgehen. Ich bin eifersüchtig, und ich gebe es zu, aber allmählich muss ich meine gutbürgerlichen amerikanischen Moralvorstellungen ein Stück weit überwinden. Du schläfst mit anderen Männern. Ich schlafe mit anderen Frauen. So ist es doch heutzutage, oder?«

»Das kommt auf den Mann an. Und auf die Frau«, entgegnete sie knapp. Sie wollte nicht verletzt sein. Sie wollte sich selbst diese Schwäche nicht zugestehen. Er kämpfte und versuchte, jemand zu sein, der er nicht war. Sie verstand das, genau wie sie verstand, dass es ihre Aufgabe war, ihn daran zu hindern, etwas zu verkörpern, das nicht in seiner Natur lag. Eines Tages würde er ihr dafür dankbar sein.

Sie für ihren Teil nahm sich Liebhaber, wenn ihr jemand gefiel, und die Affäre dauerte so lange, bis sie vorüber war. Aber sie war nie die Frau für einen One-Night-Stand gewesen oder wahllos in ihren Entscheidungen. Vielleicht hatte sie, was Mark betraf, einen Fehler gemacht – doch eigentlich glaubte sie es nicht ...

Und so hatten sie sich schließlich ein Taxi nach *Kings Cross* genommen.

Nun liefen sie ein bisschen herum und schauten sich die Gegend an.

Heimlich fand sie Gefallen an Marks Reaktion auf das, was er sah. »Das ist schon was, oder?«, sagte sie, nachdem ein Türsteher versucht hatte, sie beide »Für eine phantastische Show, Kumpel!« in ein Strip-Lokal zu locken. Die Neonlichter ließen das gesamte Viertel wie eine riesengroße Bühne wirken. Eine Prostituierte grüßte sie freundlich, zwei Betrunkene hatten sich aufeinandergestützt und torkelten die Straße entlang, und eine Gruppe lärmender junger

Männer schlenderte an ihnen vorbei – noch nicht torkelnd, doch die Nacht war ja noch jung.

»Das ist vermutlich ein Junggesellenabschied«, sagte sie.

Mark nickte abwesend.

Während sie an den zahllosen Bars und den Peepshows vorbeigingen, versuchte sie, das alles aus seinem Blickwinkel zu betrachten: Die Gegend war zugegebenermaßen kitschig und ein bisschen verlottert, aber dabei trotzdem sympathisch und fröhlich.

»Da wären wir«, sagte sie kurz darauf, als sie den Klub erreichten, wo sie einige ihrer Freunde treffen würden.

»Was möchtest du trinken?«, fragte Mark, als sie den gut besuchten Klub betraten.

»Einen Cosmopolitan, bitte.«

Er lächelte sie an. »Na, das klingt doch ganz wie zu Hause«, erklärte er und ging zur Bar.

»Hey, Brennie, wer ist denn der Adonis?«, fragte Keili. Für gewöhnlich kam Keili nicht sofort auf sie zugestürzt, sobald Bren eintraf. Die Frau war eher eine Bekannte als eine Freundin, eher eine Feindin als eine Verbündete. Sie nahm die Schwächen von anderen Menschen schneller wahr, als ein Hai Blut im Wasser wittern konnte, und sie hatte einen scheinbar unersättlichen Appetit auf Männer – vor allem auf die Männer, die Bren gefielen.

Wie sie in dieser Situation mit Keili umging, war entscheidend für ihr Vorhaben, Mark für sich zu behalten. Und zwar nicht nur in ihrem eigenen Interesse, sondern auch zu Marks Schutz. Er ließ sich so leicht täuschen. Keili war wie eine Portugiesische Galeere, diese faszinierende, aber gefährliche Quallenart. Wie dieses Meerestier schwebte sie engelsgleich vorbei und wirkte auf den ersten Blick wunderschön und harmlos. Doch wehe, ein Mann ließ sie zu nahe an sich heran – dann musste er einen kurzen, aber beinahe unerträglichen Schmerz erleiden, der ihn fürs Leben zeichnete.

Keili schob entschlossen ihren Push-up-BH zurecht und warf ihr Haar über die Schultern – die Portugiesische Galeere war bereit zuzuschlagen. Kurzerhand entschied Bren sich für eine kleine »Notlüge«, die Keilis Interesse todsicher augenblicklich erlöschen lassen würde …

»Ist er nicht niedlich?« Bren warf einen hoffentlich unbefangen und mütterlich wirkenden Blick in Marks Richtung. »Er ist Amerikaner. Er ist hier, um einen langweiligen Buchhaltungsjob für *Crane* zu erledigen. Ich muss übers Wochenende den Babysitter für ihn spielen.«

»Du Glückliche.« Keili fuhr sich mit der Zungenspitze über die Lippen.

»Nicht wirklich.« Sie stöhnte theatralisch auf und beugte sich ein wenig zu Keili herüber. Von Frau zu Frau flüsterte sie ihr zu: »Warum trifft es immer die gutaussehenden Männer?«

Keili starrte sie an. »Du willst doch nicht etwa sagen, dass er …«

»Gepflegtes Äußeres«, entgegnete Bren vielsagend. »Er bügelt seine Jeans. Und er kommt aus *San Francisco*.«

»Ja, aber das heißt doch nicht …« Sie blickte kurz zu Mark.

»Ich weiß. Ich wollte es ja auch nicht glauben«, erwiderte sie. »Es ist eine Tragödie für die Frauenwelt.«

Keili wirkte noch nicht überzeugt – vermutlich weil der Trick, wegen der sexuellen Orientierung eines Mannes ein wenig zu flunkern, um ihn für sich zu behalten, auch von ihr hätte stammen können. Bren *musste* sie aber überzeugen. Und zwar schnell.

»Ich denke, ich gehe mal rüber und stelle mich ihm trotzdem vor«, sagte Keili nach einer kurzen Pause. »Ich will schließlich nicht unhöflich sein.«

»Sicher. Er ist ein super Typ. Frag ihn nach seinen tropischen Fischen – dann hört er gar nicht wieder auf zu erzählen.«

»Tropische Fische … Okay.«

»Oh, und bevor du zu ihm gehst, solltest du vielleicht das Grünzeug zwischen deinen Zähnen entfernen.«

Keili schlug eine Hand vor ihren Mund. »Warum hast du mir das nicht schon früher gesagt?«, stieß sie hervor und eilte zur Damentoilette. Und wenn sie schon einmal da war – das wusste jeder –, würde sie ganz sicher noch vor dem Spiegel ihr Make-up auffrischen. Bren blieb also eine Gnadenfrist von ein paar Minuten. Trotzdem musste sie sich beeilen.

Sie ging zu Bill Freemantle, der ihr Date für diesen Abend ebenfalls nicht aus den Augen ließ. »Ich bin neidisch«, brummte er.

»Du solltest zu ihm gehen und dich vorstellen. Ihr beide habt viel gemeinsam.«

»Du meinst doch nicht …«

»Er hat sich noch nicht geoutet, aber … Ich spüre die Schwingungen, wenn du verstehst, was ich meine.«

»Bren, Schätzchen«, sagte Bill und legte ihr freundschaftlich den Arm um die Schultern. »Nicht jeder Mann, der nicht mit dir schlafen will, ist automatisch schwul.«

»Er kommt aus San Francisco. Und er bügelt seine Jeans.«

Bill betrachtete ihn. »Das ist kein eindeutiger Beweis, Herzchen. Obwohl er mich eingehend mustert.«

»Tut er das?« Sie folgte Bills Blick. Tatsächlich beobachtete Mark sie wie ein Hund, der einen Knochen bewachte. Allerdings spürte sie ganz genau, dass er an ihr interessiert war und nicht an Bill.

»Du bist umwerfend«, sagte Bill leise und küsste sie sacht auf die Wange. »Aber ihn finde ich noch besser. Bis später.« Damit schlenderte er zu Mark. Bren sah, wie sie sich die Hände schüttelten und Bill sich zu ihm setzte. Und im nächsten Moment unterhielten sie sich wie zwei alte Freunde. Sie ging zurück zu ihrem Platz, um ihr Getränk zu holen, und überließ die beiden sich selbst.

Sie hätte sich weitaus schuldiger gefühlt, wenn sie nicht sicher gewesen wäre, dass die beiden tatsächlich eine Menge gemeinsam hatten. Bis auf die sexuelle Orientierung natürlich.

Keili kehrte einige Minuten später von der Damentoilette zurück und sah aus, als hätte sie in der Zwischenzeit die Schminkvorlage »Wie locke ich ihn in mein Bett?« aus einer Frauenzeitschrift nachgestylt. Doch als sie Mark und Bill miteinander reden sah, entgleisten ihr die Gesichtszüge. In Brens Augen hatte sie das – nach allem, was sie ihr schon angetan hatte – nicht anders verdient.

Wie sie vermutet hatte, war es nicht nötig, noch mehr zu unternehmen, damit Mark den Abend so beendete, wie er ihn begonnen hatte – als Single. Keilis zweiter Vorname war nicht gerade »Diskretion«. Jeder ihrer gemeinsamen Freunde wusste innerhalb einer halben Stunde, dass der heiße Typ aus Amerika für das andere Team spielte.

Ihr Plan ging auf. Es bestand nicht die Gefahr, dass Mark mit jemand anderem als ihr nach Hause ging. Hinzu kam – und das verlieh ihrem Plan erst die richtige Würze –, dass sie spürte, wie er sie beobachtete, wann immer sie in die Nähe eines anderen Mannes kam.

Er blickte sie an wie ein eifersüchtiger Liebhaber, nicht wie ein Bekannter. Und sie tat alles, um ihn spüren zu lassen, dass er nicht der einzige Mann in der südlichen Hemisphäre war, der sie für eine Spitzenfrau hielt.

Aber dass sie ein Mädchen für eine Nacht war, sollte er natürlich auch nicht denken.

Gegen Mitternacht waren die übliche Pärchenbildung und das Nachhausegehen-Ritual in vollem Gange. Soweit sie es beobachten konnte, hatte Mark bestenfalls ein paar lahme Versuche unternommen, sich mit jemand anders zu unterhalten als Bill. Er war höflich zu den Frauen gewesen, die vorbeigekommen waren, doch seine freundliche Zurückhaltung hatte den Eindruck, dass er schwul war, nur noch verstärkt.

Und dafür war sie verantwortlich.

»Komm mit«, sagte sie, als sie zu ihm und Bill trat. »Wir sollten besser nach Hause gehen. Wir müssen morgen arbeiten.«

Als sie schließlich gemeinsam nach Hause kamen, sagte Mark: »So schlecht ist es für mich seit Jahren nicht mehr gelaufen. Die Frauen auf der Party waren alle großartig und wirklich freundlich, aber sobald ich versucht habe, sie ein bisschen besser kennenzulernen, schien es, als müssten sie alle ganz dringend irgendwohin.«

Ihr Lächeln zu unterdrücken war eine echte Herausforderung.

»Du bist doch erst seit zwei Tagen in der Stadt. Du kannst nicht davon ausgehen, dass du jeden Abend Glück hast.«

»Du warst sowieso die hübscheste Frau auf der Party«,

sagte er und zuckte die Achseln. »Zu keiner anderen fühlte ich mich so hingezogen wie zu dir.«

»Danke.« Sie empfand dasselbe für ihn. Keiner der Typen dort hatte eine ähnliche Wirkung auf sie gehabt wie Mark.

»Du hast eine Menge männlicher Freunde«, stellte er fest, doch es klang eher wie eine Frage. Er blickte sie mit hochgezogenen Augenbrauen an.

Da war er wieder, dieser Hauch von Gier, sie zu besitzen, der ihn und sein Gerede über lockere Affären Lügen strafte. Tja, wenn er mehr über sie wissen wollte, musste er sie schon etwas direkter fragen. Sie zuckte die Schultern und sagte: »Ich habe aber auch ziemlich viele Freundinnen.«

»Du und Bill ... ihr scheint euch sehr gut zu verstehen.«

Nein, es gelang ihr nicht länger, ein Lächeln zu unterdrücken. »Bist du eifersüchtig?«

Mark schenkte ihr einen mitfühlenden Blick. »Bill ist schwul.«

Sie sah ihn mit großen Augen an. Ganz tief in sich spürte sie, wie sich ihr schlechtes Gewissen regte – immerhin hatte sie Mark hereingelegt und ihn und Bill möglicherweise in eine peinliche Situation gebracht. Sie hätte das keinem von beiden antun sollen. »Hat er dich angemacht?«

»Natürlich nicht. Er ist ein durch und durch stilvoller Mensch.«

»Woher weißt du es dann?«

Er verdrehte die Augen. »Ich komme aus Kalifornien.«

»Er ist ein wirklich netter Kerl.«

»Das habe ich mir auch gedacht. Er hat mir versprochen, mit mir angeln zu gehen.«

Ihr schlechtes Gewissen wurde noch stärker, als sie darüber nachdachte, wie sie Bill auf Mark angesetzt hatte.

Verlegen strich sie mit dem Finger über die Polster der firmeneigenen Couch und murmelte: »Und du glaubst nicht, dass er möglicherweise glauben könnte, dass du …«

»Nein. Ich habe ihm erzählt, dass meine Freundin mich verlassen hat. Er hat mir im Gegenzug erzählt, dass sein Freund ihn auch hat sitzenlassen. Er ist ein feiner Kerl, und wir werden zusammen angeln gehen.«

Sie seufzte erleichtert. »Ich bin froh, dass du einen neuen Freund gefunden hast. Und es tut mir leid, dass es mit den Frauen nicht so gut gelaufen ist. Vielleicht hast du morgen Abend mehr Glück.«

Er durchquerte das Zimmer und nahm ihr Gesicht in seine Hände. Er sah sie mit diesen ernsten und sexy rauchig blauen Augen an, und es machte sie fast verrückt, sich in den Tiefen dieser Augen zu verlieren. »Ich habe die Frau mit nach Hause gebracht, die ich wollte«, sagte er sanft. Jedes seiner Worte strich warm über ihre Haut.

Er küsste sie, und es prickelte an den außergewöhnlichsten Stellen ihres Körpers. Sein Kuss war bedächtig und doch voller Leidenschaft. Schließlich löste er sich von ihr. »Lass uns ins Bett gehen«, murmelte er an ihren Lippen.

Wenn sie je einen Mann mehr gewollt hatte als ihn in diesem Moment, hatte sie die Erinnerung daran verdrängt. Jede Faser ihres Körpers – von ihren Zehen bis zu ihren Haarspitzen – schien dasselbe zu rufen: *Ja, ja, ja!*

Aber nach einem wirklich heroischen Kampf mit ihren eigenen Hormonen gelang es ihr, den Kopf zu schütteln.

»Jetzt hör mir mal gut zu«, sagte sie, als sie es endlich geschafft hatte, sich aus seiner warmen, innigen Umarmung und von allem, was seine Augen ihr versprachen, zu befreien. »Ich bin kein Trostpreis. Wie das kleine Plastikkaninchen, das man bekommt, wenn man den großen Teddybären nicht gewonnen hat. Klar?«

»Hey, ich wollte damit nicht … Ich meinte nicht …« Er wirkte verwirrt und schuldbewusst zugleich, und ihr wurde klar, dass er sie nicht hatte verletzen wollen. Trotzdem. Er hatte es getan.

Ihr Körper sehnte sich nach ihm, aber es wäre doch erbärmlich, die kleine Miss Folgsam zu geben, wann immer er kein Glück bei anderen Frauen hatte. »Wenn du mich willst, musst du dich schon ein bisschen mehr anstrengen, Kumpel.«

Sie stellte sich auf die Zehenspitzen und hauchte ihm einen Kuss auf die Lippen. »Jetzt schlaf ein wenig. Morgen ist dein erster Arbeitstag.«

5. Kapitel

Den zweiten Morgen in Folge erwachte Mark vollkommen verwirrt – aber im Gegensatz zum vergangenen Tag war er dieses Mal allein im Bett.

Und ihm wurde bewusst, dass es viel interessanter war, mit Brenda aufzuwachen, als allein in diesem riesengroßen Bett zu liegen. Ein Schatten huschte über sein Gesicht, als er darüber nachdachte, dass auch sie ohne ihn in ihrem Zimmer erwachte.

Einen Augenblick lang betrachtete er die Decke und erinnerte sich an die Nacht mit Bren. Doch sein kleines selbstgefälliges Lächeln erstarb abrupt, als ihm klarwurde, dass er letzte Nacht keine der umwerfenden, braungebrannten Frauen auf der Party auch nur im Entferntesten anziehend gefunden hatte – er hatte nur Bren gewollt.

Obwohl er sich bemüht hatte, es zu verbergen, hatte er sie nicht aus den Augen gelassen, während sie von Freund zu Freund gegangen war – größtenteils Männer, wie er festgestellt hatte –, so wie ein Kolibri von Blüte zu Blüte flog. Ein Schlückchen Nektar hier und da, dann weitergeflattert …

Kein Wunder, dass die Frauen sich ihm gegenüber so distanziert verhalten hatten. Ihnen war seine Verliebtheit in Bren vermutlich nicht entgangen.

Scheiße. Er entpuppte sich wirklich als wilder, ausgelassener Mann. Bis jetzt hatte er genau mit *einer* Frau geschlafen und hatte sofort Gefühle für sie entwickelt. Was war nur los mit ihm? Diese Reise war die Chance für ihn, sich zu verändern. Und er musste sich verändern. Noch einmal würde er sich wegen einer Frau nicht lächerlich machen.

Er schlug die Decke zurück, erhob sich aus dem Bett und ging unter die Dusche. Er war hier in Sydney, weil Jen ihn in einem Augenblick monumentaler Taktlosigkeit gebeten hatte, dieses Projekt zu übernehmen – weil er der Beste für diesen Job war. Oh, wie sehr es ihn in den Fingern gejuckt hatte, ihr zu sagen, sie möge sich das gesamte Inventar von *Crane Surfboards* sonst wo hinschieben – oder noch besser: Sie möge es Cameron Crane sonst wo hinschieben. Aber wenn er sich dazu hätte hinreißen lassen, hätte Jen gewusst, dass sie ihm sein Herz aus der Brust gerissen hatte und darauf herumgetrampelt war.

Nein. Er hatte schließlich auch seinen Stolz. Dieser Stolz hatte ihn dazu befähigt, seine Gefühle unter Kontrolle zu halten und seine Wut zu zügeln, als Jennifer ihm unter Tränen erklärt hatte, dass sie sich in einen anderen Mann verliebt hatte. Er hatte die Trennung ziemlich gelassen weggesteckt. Männlich. Er hatte weder geflucht noch geschrien, geweint oder ihr ihre Untreue vorgeworfen. Dazu war er nicht der Typ.

Wenn ein anderer Mann die Frau, die er liebte, jemals leichter hatte gehen lassen, dann konnte er nur ein Heiliger sein.

Als sie ihm seinen Ring zurückgegeben und ihn um ihre Wohnungsschlüssel gebeten hatte, war ihm klargeworden, dass sie es ernst meinte.

In der Nacht hatte er sich so sehr betrunken, dass es mit ziemlicher Sicherheit nicht spurlos an seiner Leber vorbeigegangen war. Doch trotzdem hatte er sich nicht bei einem armen Barkeeper ausgeheult oder war das Risiko eingegangen, noch selbst zu fahren. Sogar als Betrunkener war er anständig und gesittet geblieben. Und sollte man nicht meinen, eine Frau würde sich einen solchen Mann wünschen, fragte er sich, als das Wasser seinen Körper hinabrann. Sollte man nicht meinen, dass eine Frau – Jen zum Beispiel – ihr Leben mit einem Mann verbringen wollte, der seine Hemden selbst bügeln konnte, Befürworter des Feminismus war und sogar eine kleine rosafarbene Schleife als Zeichen für den Kampf gegen Brustkrebs trug?

Bitterkeit erfasste ihn so unvermutet und so heftig, dass er Shampoo ins Auge bekam und fluchte. Wohin hatten ihn seine Anständigkeit und seine Fürsorge als Mann gebracht? Er war für einen Kerl verlassen worden, der einen albernen Akzent hatte und ganz dringend eine Rasur benötigte.

Würde Cameron Crane eine rosafarbene Schleife für irgendetwas tragen? Er schnaubte verächtlich. Wohl kaum.

Tja, die Tage des heiligen Mark sind vorüber, dachte er mit grimmiger Entschlossenheit, während er sich abtrocknete und in eine frische Kakihose und ein gebügeltes kurzärmeliges Hemd schlüpfte. Jen hatte ihn gewarnt, dass es bei *Crane* eher lässig zuging, also hatte er nur einen leichten Sommeranzug eingepackt. Bei aller Lässigkeit – um nichts in der Welt würde er sich kleiden, als hätte er die Klamotten zufällig in einem Secondhandshop erstanden und anschließend ein paar Nächte darin geschlafen. Diesen Kleidungsstil überließ er lieber Cameron Crane. Dem Mistkerl.

Seine ehemalige Verlobte und ihr neuer Liebhaber würden gegen Ende seines Aufenthaltes ebenfalls in Sydney sein. Vielleicht würde Jen, wenn sie ihn im selben Raum mit dem Mistkerl sah, ja auffallen, was sie gegen einen kratzigen Dreitagebart, Körpergeruch und jede Menge Geld eingetauscht und was sie verloren hatte.

Sein Plan war so diffus, dass er sich kaum bewusst war, überhaupt einen Plan zu haben. Aber etwas hatte er sich willentlich vorgenommen: Jen sollte sehen, dass ihr abgelegter Verlobter gut zurechtkam und sein Leben in vollen Zügen genoss. Wenn sie sah, dass er die Frauen wechselte wie seine Hemden, würde sie vielleicht eine Nanosekunde innehalten und darüber nachdenken, was sie so unbekümmert weggeworfen hatte.

Ein paar Monate mit Cameron Crane hatten ihr möglicherweise vor Augen geführt, was sie vermisste. Und möglicherweise würde sie den gut rasierten, regelmäßig geduschten und frisch gebügelte Hosen tragenden Mark Forsythe und seine um einiges schmalere Geldbörse bitten, sie zurückzunehmen. Er lächelte leicht, als er seinen Laptop einpackte.

Natürlich würde er dann nein sagen.

Und er würde es genießen.

Er öffnete die Schlafzimmertür und nahm einen leicht blumigen und würzigen Geruch wahr. Seine Mitbewohnerin musste gerade durch den Flur gegangen sein.

Er hielt inne, atmete Brens Duft ein und konnte nicht verhindern, daran erinnert zu werden, wie es sich angefühlt hatte, tief in sie zu dringen. Und er hätte sie in der vergangenen Nacht wieder lieben können, wenn er sich nicht wie ein Schwein verhalten hätte. Würde er sie wirklich heute dazu bringen auszuziehen, wie er es geplant hatte? *Nein.* Er wollte nicht, dass der aufregendste Sex, den er je erlebt hatte, schon so schnell vorbei war. Und er wollte nicht daran denken, dass er einer so netten Frau weh tat, nur weil ihm weh getan worden war.

Abwesend trommelte er mit den Fingern auf die Computertasche und fragte sich, wie man sich in einer solchen Situation angemessen verhielt. Gab es Verhaltensregeln? Doch dann wurde ihm klar, dass er selbst es war, der die Regeln machte und dass er sich verhalten konnte, wie es ihm gefiel. Er musste sich von diesem Gefühl, an Regeln, gutes Benehmen oder Höflichkeit gebunden zu sein, endlich frei machen.

Regelbrecher, Outsider, einsamer Cowboy. Das waren seine neuen Ideale. Wenn er Lust verspürte, mit Bren zu schlafen, dann würde er es tun. So einfach war das. Er würde nur ein bisschen mehr Klasse zeigen müssen als am vergangenen Abend, das war alles. Und damit ging er die Treppe hinunter – und stolperte fast über seine eigenen Füße.

Der Duft frisch aufgebrühten Kaffees stieg ihm in die Nase und ließ seine Geschmacksknospen jubeln. Und beinahe noch mehr freute er sich über den Anblick von Brenda. Sie trug ein sommerliches Trägerkleidchen, das viel von ihren sonnengebräunten, schlanken Beinen, ihren Armen und Schultern zeigte und andere Teile zart verhüllte – Teile, die, wie er wusste, mindestens genauso hinreißend waren.

Am vergangenen Abend war es unreif und dumm von ihm gewesen zu glauben, er könnte sie in sein Bett locken, nachdem sie beide allein von der Party zurückgekehrt waren. Das alles war ihm im Nachhinein peinlich. Doch erstaunlicherweise zeigte Bren keine Spur von Feindseligkeit, als sie sich nun zu ihm umdrehte.

»Morgen«, sagte sie mit einem freundlichen Lächeln. »Ich war mir nicht sicher, ob du ein Ei oder so etwas möchtest, bevor du zur Arbeit gehst.«

»Ich, äh …« Er räusperte sich. »Nur Toast und Kaffee.«

Missbilligend schnalzte sie mit der Zunge. »Nicht gerade gesund. Du solltest zum Frühstück Früchte und Eiweiß zu dir nehmen.« Sie hatte es geschafft, die Küche in kürzester Zeit komplett zu verwüsten, aber irgendwie gefiel ihm dieses Chaos. In seinem Leben gab es so gut wie nie ein solches Durcheinander.

»Was kann ich tun?« Er könnte vielleicht das Geschirr spülen. Er kam sich komisch vor, sich von dieser Frau bedienen zu lassen – immerhin musste sie auch zur Arbeit. Es war schließlich nicht so, als wäre es ihr Job, für ihn zu kochen.

Wieder erstrahlte dieses Lächeln, das wie ein Sonnenschein war. »Du bist geschickt in der Küche, oder?« Ihr Haar war an den Spitzen noch immer feucht, und er musste sich zusammenreißen, um nicht hineinzugreifen, sie an sich zu ziehen und ihr einen anständigen Gutenmorgenkuss zu geben.

Aber das wäre natürlich …

Moment. Der heilige Mark war Geschichte. Der Bad Boy Mark hatte die Kontrolle übernommen, und der Bad Boy Mark tat, worauf auch immer er verdammt noch mal Lust hatte!

Also griff er in ihr Haar und zog sie zu sich heran. Und als sie überrascht aufschrie, nutzte er die Gelegenheit, um sie leidenschaftlich zu küssen.

Offensichtlich hatte sie von den Früchten genascht, die sie auf einem Teller angerichtet hatte, denn sie schmeckte nach allen exotischen Geschmacksrichtungen, die er kannte, und nach etwas, das er nicht kannte. Papaya, Mango, Sternfrucht – und über alldem dieser unglaubliche, salzig-süße Duft des Ozeans.

Einen Moment lang zögerte sie, doch dann erwiderte

sie seinen Kuss mit so viel Überschwang, wie er verkraften konnte.

»Ich habe dich vermisst, als ich aufgewacht bin«, murmelte er an ihren Lippen, während er mit seinen Händen über ihre Schultern strich und hinunter zu ihrer Taille, wo er kurz innehielt.

»Du hast dich gestern Abend wie ein Idiot benommen«, erwiderte sie und knabberte an seiner Unterlippe.

Er lächelte leicht. »Ich war wirklich ein Idiot«, gab er zu und betonte das Wort genau wie sie. Sie lachte leise. »Es tut mir leid.«

»Ich habe dich heute Nacht auch vermisst«, sagte sie.

Mark warf einen Blick über ihre Schulter auf die Küchenuhr und stellte fest, dass noch Zeit genug war, um das zu tun, was ihm gerade durch den Kopf ging.

»Ich werde dir jetzt einmal eine kalifornische Frühstückstradition zeigen.«

»Falls es irgendetwas mit Waffeln zu tun hat, bin ich nicht interessiert.«

Er zog den Reißverschluss ihres Kleides hinunter und schob die Träger von ihren Schultern. »Keine Waffeln. Versprochen.«

Der heilige Mark tauchte nur für einen Augenblick wieder auf – gerade lange genug, um ihr Kleid vor möglichem Schaden zu bewahren. Er ließ die Träger los, und das Kleid glitt zu Boden. Dann bückte er sich, hob das Kleid auf und legte es ordentlich über einen Stuhl, bevor er sich wieder zu Bren umdrehte, die ihn halb unschuldig, halb herausfordernd anblickte. Noch nie zuvor hatte er ein Lächeln gesehen, das so sexy war, und ihre Nippel schienen ihn zu locken. *Komm und nimm mich.*

Und Mark ließ sich nicht lange bitten.

Wie immer hatte sie keinen BH getragen, und auch ihr lachsfarbenes Höschen war schnell ausgezogen.

Dort stand sie, in Sonnenlicht gebadet, in der hellen, kleinen, funktionellen Küche, und sah appetitlicher aus als jedes Frühstück, das er sich vorstellen konnte.

Er griff nach einer Scheibe Papaya – orange und feucht – und strich damit um ihre Brustspitzen. Die Frucht war kalt, weil sie direkt aus dem Kühlschrank kam, und Bren atmete hörbar ein, als das kühle Fruchtfleisch auf ihre warme Haut traf. Die Fruchtscheibe hinterließ eine feuchte Spur und Gänsehaut.

Als er mit seinem kleinen Spielchen fertig war, zerdrückte er die Frucht nicht besonders elegant, aber mit viel Vergnügen auf ihrer Brust. Bren lachte und seufzte zugleich, und er beugte sich vor und leckte den Fruchtbrei von ihrer Haut.

»Du sagtest, ich solle mehr Früchte essen«, erinnerte er sie, saugte das Fruchtfleisch und den Saft auf und dachte bei sich, dass er nie zuvor etwas so Unglaubliches geschmeckt hatte. Als Nächstes versuchte er es mit Mangos, bis der gelbe Saft zwischen ihren Brüsten hinabtropfte und er mit seiner Zunge kaum noch nachkam. Also ließ er den süßen Nektar an ihr herunterrinnen, hob sie hoch und setzte sie auf die Küchenanrichte aus Granit.

»Hey«, protestierte sie. »Das ist kalt.«

»Ich werde dich wärmen«, versprach er, beugte sich vor und folgte mit seiner Zungenspitze der Spur des Saftes. Er leckte über ihren Bauch, bis zu ihrem Nabel, in den er seine Zunge tauchte. Allmählich wurde der fruchtige Duft vom moschusartigen Geruch ihrer Erregung übertönt.

Die Hände auf die Anrichte gestützt, lehnte sie sich

zurück und ließ den Kopf in den Nacken fallen, während er mit der Zunge weiter nach unten strich, zu dem Ort, wo sich der Nektar mit ihrem Saft vermischte. Als er über ihre Lustperle leckte, drängte sie sich gegen seinen Mund, küsste ihn zurück, und tief in ihr begann es zu prickeln. Und dieses Prickeln steigerte sich langsam, wurde stärker und stärker.

Als er sie mit seinem Mund umschloss, keuchte sie auf. Sie stöhnte und konnte kaum auf der Anrichte bleiben, geschweige denn still sitzen. Die Säfte vermischten sich auf seiner Zunge, machten ihn verrückt und begierig nach mehr. Er wollte mehr von diesem Geschmack, wollte mehr von ihrer Süße, mehr von Bren.

Ihr Stöhnen wurde lauter, ihr Körper feuchter, erregter. Er reizte sie, reizte ihren geheimsten Punkt und drang dann mit der Zunge in sie ein. Und in dem Moment explodierte sie.

Er hörte nicht auf, konnte nicht aufhören, musste all die Süße aus ihr saugen, bis sie schließlich vor Glück schluchzte.

»Nicht mehr«, keuchte sie. »Ich kann nicht mehr.«

Er bezweifelte, dass er selbst noch weitermachen konnte, ohne sich vor ihr zu blamieren. Also hauchte er eine Spur Küsse hinauf bis zu ihrem Mund und hob sie behutsam von der Anrichte.

Er fragte sich, ob Bad Boy Mark vielleicht zu weit gegangen war, und wandte sich ab, damit sie sich ein wenig sammeln konnte. Doch plötzlich spürte er, wie Bren ihre Arme von hinten um ihn schlang. Seine Gürtelschnalle wurde geöffnet, und bevor er überhaupt wusste, wie ihm geschah, hatte sie seine Hose aufgemacht und schob sie mitsamt den Boxershorts nach unten.

»Was hast du …« Seine Frage ging in seinem eigenen Stöhnen unter, als er kühles Fruchtfleisch auf seinem harten Schwanz spürte.

»Ich brauche selbst noch ein bisschen Vitamin C«, erklärte Bren, während sie vor ihm in die Knie ging. Er senkte seinen Blick und war etwas überrascht, als er seine normalerweise helle Haut mit einer Mischung aus unterschiedlichen Farben und Texturen bedeckt sah. Rot, orange, grün – verschiedenste Früchte, alle zerdrückt, alle kühl. Und durch die Fruchtmasse spürte er Brens warme Zunge. Ihre Augen waren halb geschlossen, und ihr Mund war zu einem kleinen Lächeln verzogen, als wäre sie ein Schokoholic, der in einen Riegel feinster belgischer Schokolade biss.

Mit ihrer Zunge umspielte sie ihn und machte dabei diese wunderbaren, lustvollen Geräusche. Mark spürte, dass er kurz davorstand zu kommen.

»Kondom«, stieß er hervor.

»Hmwasn?«

»Kondom.« Beinahe verzweifelt presste er das Wort hervor und versuchte krampfhaft, sich mit der Bilanzaufstellung der letzten Firma abzulenken, die er vor dem Bankrott bewahrt hatte. Aber alles, woran er denken konnte, war der überwältigende Duft von Papaya, Mango und Orange und das Gefühl von … nein, er durfte nicht daran denken.

Ihre Hände hatte sie auf seinen Hintern gelegt und streichelte ihn. Ihr Mund umschloss ihn, und ihre Zunge war so süß, so warm, so … o nein, eine Hand glitt langsam tiefer, zwischen seine Beine.

Nein … nicht die Eier … bitte, nicht die Eier.

Doch zu spät. Sanft ergriff sie sie, drückte sie. Und das war zu viel.

Die Welle der Lust riss ihn mit sich, so dass er sich an der Anrichte festhalten musste, um nicht zitternd in die Knie zu gehen.

Nachdem er seinen überwältigenden Orgasmus bis zum Ende ausgekostet hatte, merkte er, wie sie – genau wie er zuvor bei ihr – eine Spur von Küssen auf seinen Körper hauchte, während sie sich langsam wieder aufrichtete.

Sie hielten einander eng umschlungen, schwiegen ein paar Minuten, bis ihre gedämpften Worte ihn aus diesem glücklichen Zustand zwischen Wachen und Träumen rissen.

»Wir müssen los.«

»Scheiße«, knurrte er und sah auf die Uhr. Ein Blick auf seine Hose, die zerknittert und mit Papayaresten bedeckt um seine Knöchel auf dem Boden lag, genügte: Er musste sich noch einmal umziehen. »Gib mir fünf Minuten.«

Er rannte zur Treppe. Doch an der untersten Stufe konnte er nicht anders, als sich umzudrehen und den Anblick von Bren zu genießen: Nackt stand sie im Sonnenschein, der durchs Fenster fiel, schlüpfte dann ganz ruhig in ihr Höschen und zog ihr Sommerkleid über.

»Danke für das Frühstück«, sagte er.

Sie erwiderte seinen Blick mit ihrem süßen, sinnlichen Lächeln, und er wünschte sich, er müsste nicht zur Arbeit. »Jederzeit wieder.«

Er konnte ein Lächeln nicht unterdrücken. Und als er die Stufen hinaufeilte, pfiff er doch tatsächlich ein fröhliches Liedchen.

6. Kapitel

Oh, der Mann arbeitet nicht einfach mit den Zahlen – er *liebt* sie. Er ist so toll, dass er es vermutlich sogar schaffen würde, *dein* Finanzchaos in Ordnung zu bringen, Bren«, sagte Fiona, die für *Crane* am Empfang arbeitete. Außerdem war sie Dreh- und Angelpunkt des Büroklatsches und hatte sich eine Art Netzwerk aufgebaut, das Brenda in seiner Größe und Komplexität ehrlich erstaunte. Es waren vielleicht nicht unbedingt die verlässlichsten Informationen, aber auf jeden Fall waren sie immer unterhaltsam.

Bren schnaubte verächtlich. »Dafür bräuchte er schon übernatürliche Kräfte.«

Seit drei Tagen arbeitete Mark hier, und Bren war nicht entgangen, wie die weiblichen Mitarbeiter der Firma – allen voran Fiona – ihn unter die Lupe genommen hatten. Ihr einziger Trost war, dass er selbst das bisher scheinbar nicht bemerkt hatte. Wenn man diesem Mann einen Computer und ein paar langweilige Zahlen in die Hand gab, wechselte er offenbar auf eine ganz andere Bewusstseinsebene. Es war unheimlich.

»Ich wette, er ist phantastisch im Bett.« Fi warf ihr einen Komm-schon-wir-sind-doch-unter-uns-Blick zu.

Fiona war großartig. Lustig und aufgedreht und eine beinahe genauso mutige Surferin wie Bren, liebte sie die Männer. Alle Arten von Männern. Fiona war genau der Typ Frau, den Mark in Sydney zu finden gehofft hatte. Aber Mark und sie hätten einander nicht gutgetan. Bren wusste das.

Ich tue den beiden nur einen Gefallen, sagte sie sich großherzig – aber auch mit einer gehörigen Portion Selbstinteresse –, als sie sich nun zu ihrer Freundin beugte und die Stimme senkte.

»Wenn du darüber nachdenkst, ihm eine Chance zu geben, solltest du vorsichtshalber *Viagra* besorgen.«

Fiona riss die Augen auf. »*Viagra?* Du meinst, er hat Probleme beim ...« Sie deutete vage in Richtung ihres Schoßes.

Für einen kurzen Moment hatte Bren ein schlechtes Gewissen. Wenn sie Fiona im Vertrauen von Marks vermeintlichen Potenzproblemen erzählte, konnte sie ebenso gut eine interne Rundmail schicken. Doch was blieb ihr anderes übrig? Hier in der Firma konnte sie das Gerücht, dass Mark schwul wäre, nicht verbreiten, da jeder wusste, dass er und Jennifer Talbot verlobt gewesen waren. Es würde die Leute vermutlich stutzig machen, wenn Mark, weil er von einer Frau verlassen worden war, innerhalb weniger Monate schwul geworden wäre. Vielleicht passierten solche Dinge, aber dieses Lügengebäude würde bei der kleinsten Nachfrage in sich zusammenbrechen.

»Ich will nicht behaupten, dass Jen deshalb die Beziehung beendet hat. Aber vielleicht hat die Tatsache, dass er für einen anderen Mann verlassen wurde, bei ihm ... äh, Probleme mit dem Selbstvertrauen ausgelöst. Ich will nur sagen ...«, Bren bemühte sich, traurig und gleichzeitig vertraulich zu schauen, »... ach, ich sollte überhaupt nichts sagen. Ich will einfach nur nicht, dass du deine Zeit mit ihm vergeudest. Nicht nachdem dieser Surfer aus Brisbane sich schon als Enttäuschung entpuppt hat.«

»Oh, fang nicht davon an. Ich habe ihn schließlich doch noch mit zu mir nach Hause genommen. Und er hatte nichts Besseres zu tun, als sich zu betrinken und mir das ganze Badezimmer vollzukotzen.«

»Genau. Wer braucht schon zwei Desaster in Folge?«

Fiona nickte mit hochgezogenen Augenbrauen. Dann nahm sie ihre Brille ab und kaute nachdenklich auf dem Bügel – eine Angewohnheit, die eigentlich ein bisschen unappetitlich, doch bei ihr unglaublich sexy war. Ihr Blick wirkte verträumt und sinnlich, obwohl in Wahrheit ihre Kurzsichtigkeit der Grund für diesen besonderen Ausdruck war. »Vielleicht braucht er ja nur eine verständnisvolle Frau, die ihm durch die schwierige Phase hilft.«

O nein. Das war genau das, was Mark *nicht* brauchte. »Sicher«, entgegnete Bren knapp. »Großartige Idee. Und, die Penisgröße wird sowieso völlig überbewertet, findest du nicht?«

Die Brille fiel scheppernd auf den Empfangstresen, und Fiona starrte Bren an. »Du meinst, er hat nur einen kleinen ... Prinzen?«

»Schh.« Bren blickte sich im gut besuchten Empfangsbereich um, doch glücklicherweise schien niemand zugehört zu haben. »Erzähle es keinem. Ich wollte dich nur warnen.«

»Oh, gut. Ja. Danke.« Fiona nahm ihre Brille und setzte sie wieder auf. »Kein Wunder, dass er seinen Taschenrechner so zärtlich berührt. Die Tasten sind so niedlich und klein.«

»Heute Abend koche ich«, sagte Mark, als sie auf dem Weg nach Hause waren.

»Warum willst du das tun?«, fragte Bren. Wie immer nahm sie ihn in ihrem Auto mit.

»Weil du das nicht jeden Abend zu machen brauchst. Und außerdem bin ich in der Küche etwas ordentlicher. Der Abwasch dürfte um einiges schneller gehen.«

Sie hielten am Supermarkt an, um einzukaufen. Augenblicklich zog es Brenda zum Obststand wie eine Elster zu funkelnden Perlen.

»Bren, ich habe eine Einkaufsliste geschrieben.«

Sie wandte sich zu ihm um und lachte. »Mr. Nützlich. Natürlich hast du das getan.«

Es *war* in der Tat sehr nützlich, eine Liste zu haben. Sie hätten eigentlich in kürzester Zeit fertig sein können, wenn Bren nicht darauf bestanden hätte, durch die Gänge zu laufen und aus einer alltäglichen Aufgabe ein Abenteuer zu machen. Sie brachte ihn dazu, von einem Dip zu probieren, den sie genug mochte, um ihn zu kaufen, und zeigte ihm alle möglichen Lebensmittel, die er zu Hause nicht finden würde. Und schließlich musste er zugeben, dass ein Einkauf – und nicht nur ein Einkauf – mit Bren an seiner Seite viel mehr Spaß machte.

Als sie nach Hause kamen, nahm er sich die Tüten mit den Lebensmitteln und reichte Bren die leichteste Tasche. Versonnen dachte er bei sich, dass das Hereintragen der Einkäufe ein gewohntes Ritual verheirateter Pärchen war, eintönig, banal. Ein Lächeln huschte über sein Gesicht. Aber mit Bren würde es wohl niemals langweilig werden.

Er sollte recht behalten.

Als sie die Stufen zum Haus hinaufgingen, wartete schon jemand auf sie. Ein Mann mit einem hochoffiziell wirkenden Aktenkoffer stand vor der Tür.

»Brenda Spencer?«, fragte der Mann in einem ruppigen Ton, der Mark sofort missfiel.

»Oh, du meine Güte. Nicht schon wieder«, murmelte sie hinter ihm.

Mark gab ihr mit der Tüte in der Hand ein Zeichen. »Wer will das wissen?«, wandte er sich an den Herrn.

»Ms. Spencer hat seit drei Monaten nicht mehr die fälligen Raten für ihren neuen Kühlschrank bezahlt«, erwiderte der Mann im selben schroffen Tonfall. »Und sie scheint ihren Wohnsitz geändert zu haben, ohne die Gläubiger davon in Kenntnis zu setzen.«

Wut kochte in Mark hoch. Wie konnte dieses kleine Würstchen es wagen, so zu und über Bren zu reden? Und wie hatte sie sich selbst in diese Lage bringen können?

Er stellte die Tüten mit den Lebensmitteln ab und zog seine Brieftasche hervor. »Ich bin Ms. Spencers Steuerberater«, sagte er knapp und beeindruckend souverän. »Wenn es ein Versehen gegeben hat, werden wir es korrigieren.« Er nahm eine Visitenkarte heraus und schrieb die Nummer auf, unter der er bei *Crane* zu erreichen war. »Sie können mich morgen unter dieser Telefonnummer erreichen.«

Der Mann machte den Mund auf, um zu protestieren.

»Während der Geschäftszeiten«, fügte Mark hinzu und wartete, bis der Kerl die Treppe heruntergegangen war, bevor er Bren und sich ins Haus ließ.

»*Wow,* danke«, sagte Bren, als sie im Haus waren und die Tür hinter sich geschlossen hatten. »Ich kann nicht glauben, dass sie mich hier ausfindig gemacht haben.«

Sie plapperte weiter, während sie ihre Tüte mit Lebensmitteln in die Küche trug, und machte dann eine Riesenshow daraus, alles wegzupacken.

»Warte mal kurz«, sagte er und legte ihr eine Hand auf die Schulter. »Steckst du in Schwierigkeiten?«

Sie zuckte zusammen. »›Schwierigkeiten‹ ist vielleicht nicht das richtige Wort. Ich bin nicht gerade die geborene Buchhalterin. Ich habe dir schon gesagt, dass ich ein hoffnungsloser Fall bin.« Sie sah heiß und verlegen und unglücklich aus. Er küsste sie auf die Nase.

»Ich habe große Firmen vor dem Bankrott bewahrt, Bren. Ich bin mir sicher, dass ich auch dir helfen kann.«

»Wirklich?«

»Sicher. Zuerst essen wir etwas, und dann beschäftigen wir uns mit ›langweiliger Buchhaltung‹«, sagte er und imitierte ihren Tonfall dabei so treffend, dass sie lachen musste.

Während sie die restlichen Lebensmittel in die Schränke räumte, fing er schon an zu kochen. »Oh, Scheiße«, murmelte er. »Ich habe vergessen, frischen Thymian auf die Liste zu setzen.«

Sie öffnete einen Schrank, in dem einige getrocknete Gewürze standen. »Kein Thymian. Geht auch Oregano?«

»Im Rezept steht aber nichts von Oregano«, erwiderte er und überlegte, ob er noch einmal zu dem kleinen Laden an der Ecke laufen sollte.

Bren tauchte hinter ihm auf und küsste seinen Nacken. »Sei verrückt«, hauchte sie.

Okay, dann bin ich manchmal eben ein wenig pingelig, gestand er sich ein, als er einige Zeit später das Nudelgericht probierte und zugeben musste, dass Oregano ganz wunderbar passte.

Nach dem Essen wollte sie so gern den Qualen der Buchhaltung entkommen, dass sie sogar freiwillig anbot, den Abwasch zu machen. Doch er schüttelte den Kopf. »Dann wollen wir dich mal organisieren.«

Sie verzog zwar das Gesicht, aber im Grunde genommen war sie ihm dankbar für seine Hilfe.

»Also, wo befindet sich dieser Kühlschrank, den du gekauft und für den du vergessen hast zu bezahlen?« Sie hatte nicht einmal eine Bleibe, wozu brauchte sie also einen Kühlschrank?

»Das war für eine Freundin. Sie hat ihren Job verloren, und dann hat auch noch ihr Kühlschrank seinen Geist aufgegeben. Sie zahlt mir alles zurück, wenn sie wieder flüssig ist.«

»Du bist eine großzügige Freundin, Bren.« Sie hatte sich auch ihm gegenüber großzügig gezeigt. Sie hatte ihn durch die Stadt geführt, hatte ihm ihre Zeit geopfert und ihm ihren Körper geschenkt. Er genoss diese Reise mehr, als er es sich je hätte träumen lassen.

»Ja … tja, aber organisiert bin ich nicht gerade«, gab sie zerknirscht zu. Wie ein kleines Kind, das sich schämte, beschrieb sie mit dem Fuß Muster auf dem Boden. »Ich weiß nicht, wie ich es schaffen soll, dass Einnahmen und Ausgaben sich die Waage halten. Keine Ahnung, wie das funktioniert. Und deshalb weiß ich auch nie, wie viel Geld ich genau habe, verstehst du?«

»Soll ich das für dich machen? Deine Ausgaben und Einnahmen berechnen und herausfinden, wo du gerade stehst?«

Einen Moment lang dachte sie darüber nach und nickte schließlich.

Er räusperte sich. »Denkst du nicht, dass das zu persönlich ist?«

»Wie bitte? Noch persönlicher, als wenn du deine Zunge in meinen Körper tauchst? Das glaube ich nicht.«

»Okay. Sicher.« Absurderweise wurde er rot. Sie hatte recht – sie waren intim gewesen, hatten miteinander geschlafen. Also warum sollte er nicht einen Blick auf ihre Finanzen und ihr Bankkonto werfen, wenn sie ihn darum bat?

Es dauerte nicht lange, bis er ihre Unterlagen sortiert und ihr erklärt hatte, wie sie ihr Konto richtig führen musste, um nicht jeden Monat in eine Schieflage zu kommen. »Du wirst sehen, dass das Leben mit einem festen Budget viel einfacher ist. Und ich kann diesen Haushaltsplan für dich erstellen.«

Sie brummelte unwillig, aber lehnte seinen Vorschlag nicht ab, wie er zufrieden feststellte. »Und was den Kühlschrank betrifft, werde ich morgen mit dem Gläubiger zusammen einen monatlichen Ratenplan vereinbaren, mit dem du leben kannst. Okay?«

Erleichtert atmete sie auf. »Ja. Danke. Wirklich.«

»Gern geschehen. Und? Bekomme ich jetzt eine Belohnung?«

Sie schenkte ihm das Lächeln, das er so sehr liebte und bei dem sofort eine Welle der Lust seinen Körper durchströmte. »Ja«, sagte sie. »Du bekommst eine Belohnung. Ich werde morgen mit dir einkaufen gehen.«

Sein Lächeln erstarb. Genau wie seine Erektion. »Einkaufen?«

»Ich kann es keine Minute länger ertragen. Du kleidest dich wie mein Dad.«

Mark blickte an seiner gebügelten blauen Hose und seinem karierten Golfhemd herunter. »Ich nehme an, er ist nicht gerade ein cooler Typ?«

»Er zieht sich für seine fünfundfünfzig Jahre passend

an. Aber du bist jung. Und du solltest allmählich anfangen, dich auch so zu benehmen.«

»Ich habe genau zwei Wörter für dich«, sagte er und ging auf sie zu.

Sie kniff die Augen ganz leicht zusammen. »Und die wären?«

»Kein Gelb.« Und dann hob er sie lachend hoch und trug sie die Treppe hinauf zum Bett.

Mark fragte sich, ob es vielleicht ein australisches Flirtritual war, von dem er noch nie zuvor gehört hatte – denn plötzlich schienen alle weiblichen Mitarbeiter bei *Crane* ihm heimlich auf den Schritt zu starren. Und sogar ein paar der Männer taten es.

Nachdem er sich vergewissert hatte, dass sein Hosenschlitz zu war und er sich auch nicht aus Versehen irgendetwas auf den Schoß gekleckert hatte, kam er zu dem Schluss, dass es eine kulturelle Besonderheit sein musste, und nahm sich vor, der Sache bei Gelegenheit nachzugehen. Er fragte sich, ob er die Blicke erwidern sollte.

In seinen Augen waren die Australier immer ein recht ungezwungenes Volk gewesen, aber von diesen prüfenden Blicken auf die Körpermitte hatte er vorher noch nie gehört. Er musste Bren fragen.

Vermutlich würde er sich ein bisschen seltsam vorkommen, sie danach zu fragen, denn sie könnte möglicherweise denken, er wollte sich an andere Frauen heranmachen. Woran er überraschenderweise nicht das geringste Interesse hatte. Am Wochenende war er mit ihr ausgegangen – aber eher der Form halber, denn er hatte keine Lust gehabt, eine Frau kennenzulernen. Sie waren einkaufen gewesen und hatten wie verrückt gestritten, um ein paar Kleidungsstücke für ihn zu finden, mit denen sie beide leben konnten. Am Abend waren sie dann auf eine Party gegangen, doch er war ihr die ganze Zeit nicht von der Seite gewichen.

Eines war ihm klar: Wenn er Frauen daten durfte, konnte Bren natürlich auch andere Männer treffen – aber was ihn betraf, würde das nicht geschehen.

Nach fast zwei Wochen in Sydney musste er zugeben, dass er beim »Herumludern« eine ziemlich schlechte Figur gemacht hatte. Aber, ermahnte er sich selbst, es gibt keine Regeln. Wenn er nun einmal jede Nacht mit derselben Frau schlafen wollte – zum Teufel, jeden Morgen, jeden Tag nach der Arbeit und jedes Mal, wenn ihnen spontan danach war –, warum sollte er es dann nicht tun?

Er sah viel von Sydney, genoss die herausfordernde Arbeit und hatte schon einige Freundschaften geschlossen. Bill war mit ihm beim Angeln gewesen. Sie hatten zwar nichts gefangen, aber ein paar Bier getrunken und waren an der phantastischen Küste Sydneys entlanggefahren.

Er war mit Bren und ein paar Leuten aus der Firma surfen gegangen und erstaunt gewesen, wie sehr ihm der Sport gefiel. Was für ein Nervenkitzel es war, eine Welle zu reiten, wie sich Aufregung und Angst vermischten, wenn sie über einem zusammenschlug und die Welt nur noch ein tosender blauer Tunnel war, hatte er vorher schon fast vergessen.

Und Bren! Als er sie im Scherz mit einer Meerjungfrau verglichen hatte, hatte er gar nicht so verkehrt gelegen. Bren, leicht gebückt auf einem Surfboard, das Haar und der Körper goldglänzend in der Sonne, während sie eine Welle ritt, die sie wie keine andere beherrschte – das war ein Anblick, den er wohl nie vergessen würde.

Und er hatte festgestellt, dass Surfen sie scharfmachte. Ja, er hatte für sich entschieden, dass er ein großer Fan des Surfens war.

Außerdem lernte er ein paar neue Sitten und Gebräuche kennen. Wie man zum Beispiel einen Kaffee oder ein Bier korrekt bestellte. Er unternahm sogar den Versuch, die Regeln des Kricketspiels zu erlernen, und bemühte sich, nicht einzuschlafen, als er sich tatsächlich ein Spiel ansah.

Allerdings musste er Bren noch immer danach fragen, was es mit diesen Blicken auf den Schritt auf sich hatte.

Doch wie sich herausstellte, sollte ihn etwas Neues und weitaus Unangenehmeres noch viel mehr beschäftigen als diese Frage …

Er hatte den mittlerweile üblichen Blick auf seine Körpermitte ertragen – dieses Mal gepaart mit dem Grinsen eines jungen Punks mit quietschbunten Shorts, einem Ziegenbart, Sand in den Haaren und einem riesigen Ohrring. Nach dem vielsagenden Blick und dem Schmunzeln sagte der Typ: »Hi, ich bin Pete.«

Ein kurzer Blick auf die Liste mit den Mitarbeitern, die er sprechen wollte, verriet Mark, dass es sich bei »Pete« um Peter Moorehead handeln musste, den Buchhalter bei *Crane*, der die letzten Wochen im Urlaub gewesen war.

»Hi, Pete«, sagte er und schüttelte ihm die Hand, wobei der Sand nur so rieselte. Diese Leute mussten das reinste Gift für jede Computertastatur sein – und mit ihren grellbunten Klamotten für die Augen von ganz normalen Menschen ein regelrechter Alptraum. »Ich muss Ihnen ein paar Fragen zu Ihrer Steuerbuchhaltung stellen.«

»Alles klar. Dann schießen Sie mal los.« Und Mark musste zugeben, dass der junge Mann wusste, wovon er sprach.

Nach einer halben Stunde waren sie von allgemeinen Fragen zu den spezielleren Problemen gekommen, und Mark fragte: »Und buchen Sie verschiedene Farben unter demselben Produktcode?«

»Keine Ahnung, Kumpel. Das müssen Sie schon Cams Schwester fragen.«

»Cams Schwester?« Sein Magen zog sich bei der Erwähnung des Namens unwillkürlich zusammen. Er hatte angenommen, in den ersten Tagen seines Aufenthaltes nichts mit Cameron »Mistkerl« Crane zu tun zu haben – und jetzt stellte sich heraus, dass er eine Schwester hatte, die auch hier arbeitete?

Tja, wer auch immer sie war, er würde ihr genauso aus dem Weg gehen wie den menschenfressenden Krokodilen, über die er einen Artikel gelesen hatte.

»Ja. Brenda Spencer.«

Mark fühlte sich, als hätte ihn jemand in ein Becken mit Eiswasser gestoßen. Er war wie erstarrt, konnte nicht einmal die Lippen bewegen. Er konnte nur noch verwirrt blinzeln.

Unbekümmert legte Pete einen seiner ziemlich haarigen Füße, die in Sandalen steckten, auf sein Bein und begann, Sand unter einem Zehenring in der Größe eines Dichtungsringes herauszubefördern.

Den kleinen Sandhaufen, der sich auf dem Teppichboden gebildet hatte, verteilte Pete mit einem schiefen, aber alles andere als schuldbewussten Grinsen in der Auslegeware. »Sorry, Kumpel. Das Surfen heute Morgen hat echt viel Spaß gemacht. Ich hatte einfach nicht mehr die Zeit, um zu duschen, bevor ich zur Arbeit gekommen bin.«

»Brenda Spencer ist Cameron Cranes Schwester?«

»Ja.«

»Großartig«, stieß Mark hervor, riss sich mühsam zusammen und schob seine Unterlagen mit Händen, die kaum zitterten, zu einem ordentlichen Stapel zusammen. »Das ist wirklich großartig, Pete. Danke. Ich denke, wir sind dann fertig.«

»Wollten Sie nicht noch wissen, wie genau wir die nötigen Papiere bei den Behörden einreichen?«

»Vielleicht später. Danke.« Mark erhob sich. Und mit einem Achselzucken stand auch sein sandiger Freund auf und schlurfte aus dem provisorischen Büro.

Mark erinnerte sich nicht daran, jemals so wütend gewesen zu sein. Nach Jens *Entschuldige, mein Freund, es ist aus!*, das sie ihm per Ferngespräch mitgeteilt hatte, war er schon ziemlich wütend gewesen – aber das war nichts gegen die purpurrote Welle des Zorns, die ihn im Augenblick überrollte.

Er stürmte aus dem Büro und in die Richtung, wo er Bren zum letzten Mal gesehen hatte. Wenn er vernünftig gewesen wäre, hätte er sich eine Auszeit genommen, einen Spaziergang gemacht, hätte sich erst einmal beruhigt und anschließend mit Bren geredet.

Zur Hölle damit. Was er zu sagen hatte, konnte nicht länger warten.

7. Kapitel

»Nein. Das ist der falsche Pinkton.« Bren seufzte, als sie die drei unterschiedlichen Muster des Lieferanten betrachtete. »Ich will ein Surfergirl-Pink und nicht die Farbe von etwas, das man bei Sodbrennen einnimmt.«

»Ich bin mir nicht sicher, ob wir verstehen, welche Farbe Sie dabei genau im Sinn haben«, entgegnete der Vertreter kläglich.

»Tja, es ist leuchtend, aber nicht grell. Pink, aber nicht *zu* pink. Warten Sie einen Moment. Ich glaube, ich habe einen Lippenstift in der Farbe.«

Sie kramte in ihrer Umhängetasche, fand bei der Gelegenheit zufällig die Ersatzschlüssel für Cams Auto, von denen sie angenommen hatte, sie wären verloren, schob ein paar zerknüllte Bahntickets zur Seite, entdeckte eine kleine Taschenlampe, die mit Sicherheit neue Batterien brauchte, ein paar Fläschchen mit farbigem Nagellack und schließlich, ganz unten in der Tasche, eine Auswahl an Lippenstiften.

»Da haben wir ihn«, verkündete sie triumphierend. »Das ist die Farbe, die ich mir vorstelle. Hier, Sie können ihn mitnehmen.« Damit drückte sie dem verdutzten Vertreter den Lippenstift in die Hand.

»Ich bin mir nicht sicher, ob wir diesen Farbton herstellen können, Bren.«

Sie lehnte sich zurück und streckte den Arm aus. »Kein

Problem. Harry Welsdon wartet schon lange auf die Möglichkeit, uns ein Angebot machen zu dürfen. Ich werde mal schauen, ob er seine Chance nutzen will.«

Als der Vertreter ihr den Lippenstift nicht zurückgab, wusste sie, dass sie gewonnen hatte.

»Ich will damit ja nicht sagen, dass …«

Es gelang ihm nicht, zu Ende zu sprechen. Plötzlich flog die Tür auf, als hätte davor ein Sturmtief gewütet, und herein kam Mark, der selbst ein wenig wie eine Naturgewalt wirkte, die auf Zerstörung aus war.

»Was hast du …«

»Tut mir leid, wenn ich störe«, presste er zwischen zusammengebissenen Zähnen hervor, »aber ich muss jetzt sofort mit dir reden, Brenda.«

Ohne ihr die Möglichkeit zu geben, zu entscheiden, ob sie das Meeting ausgerechnet jetzt abbrechen wollte, da der Vertreter eingelenkt zu haben schien, ging er zu ihr und packte sie am Arm. »Es ist wirklich wichtig.«

»Okay.« Verwirrt über die Hitze seiner Hand und den wilden Ausdruck in seinen Augen, fragte sie sich, ob er vielleicht an einer Art Bewusstseinsstörung litt, von der ihr niemand erzählt hatte. Ein zweiter Blick genügte ihr, um zu sehen, dass der Ausdruck in seinen Augen nicht wild war. Nein, der Ausdruck war vollkommen normal – nur einfach unfassbar zornig.

Ihr Magen zog sich zusammen. Oh, sie würde Fiona umbringen. Ihre winzige Notlüge über seinen »kleinen« Freund schien inzwischen bis zu ihm durchgedrungen zu sein.

Sie entschied, dass sie kein Publikum brauchte, wenn er in die Luft ging, und sagte: »Okay, Joe. Sehen Sie, was Sie wegen der Farbe tun können, und lassen Sie es mich wissen. Finden Sie allein hinaus?«

»Ja, sicher.«

Widerstandslos ließ sie sich von Mark in den Flur ziehen und dachte fieberhaft über einen Ort nach, wohin sie einen vor Wut kochenden Mann bringen konnte. Schließlich wollte sie verhindern, dass zu viele Leute seinen Ausbruch mitbekamen, um den Schaden für ihn möglichst gering zu halten.

»Wohin gehen wir?«, fragte sie, als ihr auffiel, dass er sie noch immer hinter sich herzog.

»Wir machen eine Mittagspause«, brachte er mühsam beherrscht hervor.

»Aber es ist doch erst halb elf.«

»Wir werden ja auch nichts essen.« Und damit zerrte er sie an der verdutzten Fiona vorbei. *Verräterin.* Während sie abgeführt wurde, ließ Bren es sich nicht nehmen, einen wütenden Blick in Richtung des unverbesserlichen Plappermauls zu werfen.

Die Morgensonne war hell und erbarmungslos, und selbstverständlich hatte sie keine Tasche oder Sonnenbrille bei sich. Es war eigentlich zu heiß, um so schnell zu gehen, aber Mark schien das nicht aufzufallen.

Gut, er war wütend. Er hatte jedes Recht, wütend zu sein, und ihre Rechtfertigungsversuche würden bestenfalls lahm klingen.

Sie liefen an einem Pub vorbei, der zu dieser frühen Stunde noch geschlossen hatte. Einige Tische und Stühle standen auf der angrenzenden Terrasse. Kurzerhand hielt Bren an und zog Mark nun ihrerseits auf den relativ abgeschiedenen Hof neben dem Pub.

Sie hätte Mark ausschimpfen können, weil von seinem Griff ganz sicher ein paar blaue Flecke am Arm zurückbleiben würden, und sie hätte sich unwissend geben können, was die Herkunft der bösen Gerüchte um ihn anging. Doch sie war im Grunde genommen ein ehrlicher Mensch. Sie hatte etwas Dummes getan, war erwischt worden, und es war an der Zeit, sich zu entschuldigen.

Gott, sie hasste es, sich entschuldigen zu müssen. »Mark«, begann sie und atmete zum ersten Mal tief durch, seit er sie aus ihrem Büro gezerrt hatte. »Es tut mir leid.«

»Es tut dir leid?«, stieß er in einer Tonlage hervor, die nicht gut für ihn sein konnte. Im Baum über ihnen fing ein Vogel empört an zu kreischen und flatterte auf. »Du hast mich betrogen, mich wie einen kompletten Idioten dastehen lassen. Wie konntest du das tun?«

Unwillkürlich zuckte sie zusammen. Wie hatte sie im Büro diese furchtbaren Dinge über ihn verbreiten können? »Ich wollte dich nur vor Fiona beschützen. Sie ist die reinste Nymphomanin«, erklärte sie und merkte, dass das nur eine schwache Entschuldigung dafür war, seine Männlichkeit in Frage gestellt zu haben. O Mann, sie steckte wirklich in Schwierigkeiten. »Ich gehe sofort ins Büro und erzähle ihr, dass du einen Riesenschwanz hast.«

Statt beruhigt zu wirken, sah er nur verwirrt aus. »Könntest du bitte beim Thema bleiben?«

Sie spürte, wie die Schamesröte sich langsam von ihrem kleinen Zeh über ihren gesamten Körper ausbreitete. Sprachen sie möglicherweise über zwei unterschiedliche Dinge?

»Könntest du mir verraten, warum du so sauer auf mich bist?«, fragte sie.

»Du hast mir nicht erzählt, dass du Cameron Cranes Schwester bist!«, donnerte er.

Und darum war er so wütend? »Das hat sich nie ergeben.«

Doch statt ihn damit zu beschwichtigen, brachte sie ihn nur noch mehr auf. »Ihr habt nicht denselben Nachnamen. Warum hätte ich dich also fragen sollen?«

»Wir sind Halbgeschwister. Aber das macht doch keinen Unterschied. Ich bin erwachsen. Meine Entscheidungen haben nichts mit Cam zu tun.«

»Aber für mich macht es einen Unterschied. Mein Verhalten war total unprofessionell. Ich habe – unwissentlich wohlgemerkt – die Schwester des Mannes verführt, der mich engagiert hat.«

»Ich will deine Seifenblase ja nicht zum Zerplatzen bringen, Kumpel, aber *ich* habe *dich* verführt.«

»Tja, das war's. Es tut mir leid, aber es ist vorbei. Ich dachte … Ich hatte nie die Absicht … ich meine, ich wollte nie …«

Und plötzlich schien es, als hätte sich die Lage komplett geändert – mit einem Mal war es Bren, die jetzt so zornig war wie vor ein paar Sekunden noch der Mann, der nun mit hängenden Schultern vor ihr stand.

»Oh, ich weiß, was du nicht wolltest«, schrie sie. »Du wolltest *mich* nicht. Oder zumindest nicht nur. Du wolltest jede Frau Sydneys vögeln. Und jetzt tust du so verdammt selbstgerecht, weil du herausgefunden hast, dass ich mit Cameron Crane verwandt bin, und sagst, du willst mir nur deshalb den Laufpass geben. Okay. Aber mach dir nichts vor – denn mir kannst du nichts vormachen. Du willst mich loswerden, weil deine liebe Jennifer Talbot bald mit Cam zusammen hier auftaucht, und du willst nicht, dass sie mitbekommt, dass du mit seiner Schwester schläfst.«

»Jen hat damit gar nichts zu tun«, rief er.

»Sie hat *alles* damit zu tun! Was hast du denn vor? Willst du sie zurückgewinnen?«

Plötzlich herrschte ein schmerzvolles Schweigen zwischen den beiden. Mark wirkte verletzt und verwirrt. Ein Teil von ihr wollte ihn küssen, ihn trösten, damit es ihm besser ging. Doch ein anderer Teil wollte ausholen und ihn schlagen, weil er so blind dafür war, was direkt vor seiner Nase passierte.

Das ist mein Problem, dachte sie. Er hatte sie buchstäblich immer vor der Nase gehabt. Von Anfang an. Es hatte kein Werben, keine Romantik, keine Anstrengungen gegeben. Sie hatte ihn gewollt, er hatte sie gewollt. Sie waren zusammen ins Bett gegangen. Vom ersten Augenblick an hatte sie gespürt, dass er etwas Besonderes war, aber ihr wurde bewusst, dass er, was sie betraf, anscheinend keine solche Offenbarung erlebt hatte. Und wessen Schuld war das? Sie war jede verdammte Minute da gewesen. Sie hatte sich nicht mehr mit anderen Männern getroffen, weil sie nur noch an Mark interessiert gewesen war.

Tja. Das hatte sich ja jetzt erledigt.

»Keine Sorge. Ich werde noch heute meine Sachen packen und den Weg frei machen. Vielleicht kannst du die Frau zurückerobern, die dich wegen eines anderen Kerls verlassen hat. Vielleicht willst du sie sogar. Ich weiß nur, dass ich mich in dir getäuscht habe. Ich dachte, du wärst etwas Besonderes, aber das bist du nicht. Du bist erbärmlich. Du bist einfach so erbärmlich.«

Einen Moment lang blickten sie einander an. Er war

wütend, verletzt, verwirrt und so verdammt und vollkommen nutzlos, dass sie es kaum glauben konnte. Und sie war enttäuscht herauszufinden, dass er sie für so leicht zu ersetzen hielt, dass sie Tränen in sich aufsteigen spürte.

»Brenda …«

Bren weinte für gewöhnlich nicht. Und das Letzte, worüber sie Tränen vergoss, waren Männer. Bevor sie sich komplett lächerlich machte, wandte sie sich ab und ging den Weg zurück, den sie gekommen waren.

Nur dieses Mal war sie allein. Sie war schon fast am *Crane*-Gebäude angekommen, als er ihren Namen rief.

»Bren!«

Sie ignorierte ihn und hastete weiter.

»Brenda!«, schrie Mark noch lauter, und sie begann zu rennen.

»Würdest du einen Augenblick warten?« Er erwischte ihren Arm, als sie die Tür aufmachte, aber es gelang ihr, sich aus seinem Griff zu winden, und sie stürmte in den Empfangsbereich von *Crane*. Den Blick vor Wut ganz verschwommen, starrte sie die Dame hinter dem Empfangstresen an, die beobachtete, wie sie und Mark unüberhörbar durch die Tür kamen.

»Bren«, sagte er drängend.

»Fiona«, begann sie mit lauter, klarer Stimme. »Ich habe gelogen. Mark ist das achte Weltwunder im Bett. Ausgestattet wie ein Hengst, unermüdlich, ganz dein Typ.«

Ein Augenblick ohrenbetäubender Stille folgte …

Dann erklang eine Stimme, die Bren nur zu gut kannte. »Was hast du jetzt schon wieder angestellt, Bren?«, fragte ihr Bruder Cam.

Sie wirbelte herum und hoffte wider besseres Wissen,

dass er allein war. Aber nein, natürlich stand die perfekte Jennifer Talbot neben ihm, die nicht sie anblickte, sondern Mark anstarrte, der hinter ihr war.

»Oh, Scheiße«, stieß sie hervor. Sie war hin- und hergerissen. Es gab zwei Möglichkeiten. Erstens: Sie konnte durch die Eingangstür nach draußen verschwinden. Doch wie sie schnell feststellte, war das unmöglich. Mark Forsythe, der aussah, als wäre er der letzte Mensch auf Erden, der einen Angriff durch Aliens überlebt hatte, blockierte die Tür. Zweitens blieb ihr noch die Flucht in ihr Büro – und die führte geradewegs durch die Höhle des Löwen. Denn dieser Weg wurde von Cam versperrt, der sie ansah, als wollte er ihr den Mund mit Seife auswaschen.

Gehetzt blickte Bren sich um.

8. Kapitel

»In mein Büro, Bren. Sofort.«

Mark war nicht gerade glücklich über das zufällige Zusammentreffen mit dem Mann, der sein Leben ruiniert hatte. Cameron Crane sah genauso aus wie bei ihrer ersten Begegnung: ungepflegt, eingebildet und arrogant. Aber der sonst für diesen Aufreißer so typische Schlafzimmerblick war einem Ausdruck gewichen, den man sonst wohl nur von einem wütenden Vater kannte, der mit seinem widerborstigen Nachwuchs schimpfte.

Und Brenda, die Was-kümmern-mich-die-anderen-, die Ich-tue-was-ich-will-und-wann-ich-es-will-Brenda, verwandelte sich vor Marks Augen in eine trotzige Rebellin.

Er konnte nicht zulassen, dass Bren die Verantwortung für etwas übernahm, das genau genommen seine Schuld gewesen war.

Er hätte es eigentlich besser wissen müssen – und trotzdem hatte er sie im firmeneigenen Gästehaus übernachten lassen und dann mit ihr geschlafen. Selbst wenn er nicht gewusst hatte, dass sie Cams Schwester war, so war er sich doch darüber im Klaren gewesen, dass sie eine Angestellte von *Crane* war – und schon allein deshalb hätte er seine Finger von ihr lassen müssen. Und schließlich war er der eigentliche Grund für diese absonderliche Show im Empfangsbereich von *Crane Enterprises*.

»Einen Moment bitte«, sagte Mark und trat vor, um

dem Mann ins Gesicht zu sehen, der so finster vor sich hin starrte.

»Um Sie kümmere ich mich später.«

Mark war erstaunt, als er den primitiven Drang verspürte, gewalttätig zu werden, aber er wusste, dass das die gesamte Situation nur noch verschlimmert hätte. Irgendjemand musste hier einen kühlen Kopf bewahren. »Ich würde gern kurz mit Ihnen reden.«

»Du kannst mich mal«, stieß Bren unvermittelt hervor und funkelte ihn an.

»Mark, du kannst gern mit mir reden«, ergriff Jennifer jetzt das Wort, und er erkannte, dass auch sie Teil dieses absurden Schauspiels war.

Cam und Bren, die sowohl ihn als auch einander ignorierten, gingen mit der gleichen sportlichen Geschmeidigkeit in Richtung des großen Büros von Cam, und Mark blieb nichts übrig, als ihnen hilflos hinterherzublicken. Zerknirscht musste er akzeptieren, dass Bren seine Hilfe nicht wollte.

»Gut, reden wir«, knurrte er und folgte Jen.

Sie führte ihn in das normalerweise leerstehende Büro, in dem er zurzeit arbeitete, und hielt in der Tür inne. »Oh, sie haben dich hier einquartiert?«

»Ja.« Sie sieht gut aus, dachte er. Ihr Haar war ein bisschen länger als bei ihrem letzten Treffen, und durch die Luftfeuchtigkeit lockte es sich ein wenig. Mark war sich sicher, dass sie sich jeden Morgen alle Mühe gab, um diese ungeliebten Locken loszuwerden.

Sie sah so schlank und wunderschön aus wie immer. Und er wusste, dass sie eigentlich eine Menge zu besprechen hatten, aber im Augenblick hatte er keine Zeit und keine Ruhe dazu.

Er konnte die Vorstellung nicht ertragen, dass Bren gerade von ihrem Bruder Cam zur Schnecke gemacht wurde – nicht wenn es seine Schuld war, dass sie die Nerven verloren hatte. »Hör zu, ich muss wirklich in Cams Büro, um etwas zu erklären.«

»Bren ist ein großes Mädchen. Sie schafft das schon allein. Du musst jetzt selbst etwas erklären – und zwar mir.« Sie machte eine Pause, und ihm wurde klar, dass sie wütend war. Sie hatte die Kiefer aufeinandergepresst, und die Art, wie sie die Schultern hochgezogen hatte, zeigte ihm, dass sie mehr als angespannt war. Früher hätte er sie massiert, damit sie sich beruhigte.

»Ich habe dich gebeten, diesen Auftrag zu übernehmen, weil du der Beste bist und weil ich dir vertraut habe. Wie konntest du dich nur so unmöglich aufführen?«

»Ich ...« Wie hatte es so weit kommen können? Warum hatte ein so lebenslustiges Partygirl wie Bren jedem erzählt, dass er im sexuellen Bereich zu kurz geraten wäre? Wenn er so darüber nachdachte, fiel ihm auf, dass die Frauen ihn auch merkwürdig behandelt hatten, wenn sie in der Nähe gewesen war.

Und warum hatte sie ihm all die Dinge über Jen an den Kopf geworfen? Warum hatte sie dabei so wütend ausgesehen, dass er gedacht hatte, sie würde jeden Moment in Tränen ausbrechen?

Weil sie recht gehabt hatte.

Sein Plan war es gewesen, Jen zurückzugewinnen.

Doch als er Jen nun gegenüberstand, wurde ihm bewusst, dass er sie nicht zurückhaben wollte. Die Frau, an die er nicht aufhören konnte zu denken, war Brenda.

»Ich habe ihr weh getan«, sagte er. Während er versucht hatte, ein wildes, unbekümmertes Leben zu leben, hatte diese unglaubliche Frau ihm etwas zurückgegeben, das er schon verloren geglaubt hatte. Und er hatte sie so verletzt.

»Du schläfst mit ihr.«

Jens Blick verfinsterte sich, und er beobachtete, wie sie sich an die Wand lehnte, als bräuchte sie den Halt.

»Ja. Ich schlafe mit ihr.« Er lächelte, und es fühlte sich nicht annähernd so schmerzvoll an, wie er geglaubt hätte. »Es ist überraschend, wie weh das tut, nicht wahr?«

Jen nickte. »Ich denke, ich habe mir vorgestellt, dass du länger brauchen würdest, um über mich hinwegzukommen«, sagte sie sanft. »Obwohl ich dazu kein Recht habe.«

»Ich sage dir etwas: Ein kleiner Teil von mir wird dich immer lieben.«

Sie hob den Blick. Tränen schimmerten in ihren Augen. Sie nickte wieder. »Mir geht es genauso.«

»Aber wir waren nicht füreinander bestimmt.«

Sie schüttelte den Kopf.

»Aus Gründen, die mir wohl für immer ein Rätsel bleiben werden, scheint Cameron Crane der richtige Mann für dich zu sein.«

»Und Brenda?«

»Brenda wird vermutlich nie wieder mit mir reden.«

»Wer auch immer die Richtige für dich ist – sie ist da draußen. Und sie ist etwas Besonderes«, sagte Jen leise. Sie streckte die Arme aus. Er umarmte sie und spürte, dass es für ihn ein Abschied war.

»Der Mistkerl sollte sich besser gut um dich kümmern.«

Sie drückte ihn. »Das tut er. Und ich kümmere mich gut um ihn.«

Er löste sich von ihr. »Ich muss jetzt los. Wir holen das später nach.«

Zum zweiten Mal an diesem Tag konnte er nicht schnell genug zu Brens Büro kommen. Aber dort begrüßte ihn nichts als Stille. Die Lichter waren aus. Und wenn er sich nicht irrte, war ihre Tasche verschwunden.

Als Nächstes ging er zum Empfangstresen, wo er sich bei Fiona, die ihn mit großen Augen anstarrte, erkundigte, wo Bren sei.

»Sie ist gegangen.«

»Sie meinen, sie kommt erst morgen wieder?«

»Sie kommt erst in zwei Wochen wieder.«

»Was? Sie hat mir nichts von einem Urlaub erzählt.«

Fiona zuckte die Schultern und ging ans Telefon, das zu schrillen begonnen hatte.

Einen Moment lang stand er unschlüssig vor dem Tresen und machte dann auf dem Absatz kehrt. Cameron Crane hatte für genug Ärger in seinem Leben gesorgt. Es war an der Zeit, einige Dinge zu klären – von Mann zu Mann.

Die Tür zu Cranes Büro war geschlossen, aber das konnte Mark nicht aufhalten. Ohne anzuklopfen stieß er die Tür auf und erblickte Jen, die auf Cranes Schreibtisch saß und sich zu Cam heruntergebeugt hatte. Entweder wollte sie ihm gerade etwas Vertrauliches ins Ohr flüstern, oder sie wollten sich küssen – Mark konnte es nicht genau sagen.

Er betrat das Büro und zog die Tür unsanft hinter sich ins Schloss.

»Mark. Was willst du hier?«

Er ignorierte Jen. »Was haben Sie mit ihr gemacht, Sie Mistkerl?«

Cameron Crane war offensichtlich ähnlich ungehalten darüber, Mark zu sehen, wie Mark es war, dem »Boogie Board King« persönlich gegenüberzutreten.

»Sie ist meine Schwester und meine Angestellte, also warum kümmern Sie sich nicht um Ihren eigenen Scheiß?«

»Cam!«

Ohne Jen zu beachten, machte Mark einen Schritt nach vorn, und Crane erhob sich aus seinem Schreibtischsessel. Mark war erfreut zu sehen, dass er den Australier – obwohl der kräftiger war – um gute zehn Zentimeter überragte.

»Sie ist vielleicht Ihre Schwester, aber sie ist auch meine Freundin, und ich lasse nicht zu, dass man ihr weh tut.«

»Hören Sie zu, Kumpel.« Der unrasierte Kerl beugte sich angriffslustig vor. »Ich weiß nicht, was Sie während meiner Abwesenheit veranstaltet haben, aber jetzt bin ich zurück. Und ich nehme meine Angelegenheiten wieder selbst in die Hand.«

Mark war nicht der Typ, der auf Prügeleien in finsteren Seitengassen stand. Er glaubte daran, dass man Konflikte auch anders lösen konnte – in Ruhe, mit Bedacht, mit Kompromissbereitschaft.

Aber nicht hier und nicht jetzt.

In diesem Augenblick wünschte er sich nichts sehnlicher, als mit seiner Faust auf diese schon unzählige Male gebrochene Nase einzuschlagen. Ihm war nicht einmal aufgefallen, dass er die Hände zu Fäusten geballt hatte, bis Jens Stimme erklang. Und diese Stimme wirkte wie ein Eimer mit kaltem Wasser …

»O Mann. Warum packt ihre beide nicht eure Schwänze aus und findet heraus, wer am weitesten pinkeln kann? Aber bitte, bringt es endlich hinter euch.«

Mark war so überrascht, Jen so reden zu hören, dass er die

Fäuste sinken ließ und sich umwandte, um sie anzublicken. Einen Moment lang dachte er, dass sie diese Art zu reden von Crane übernommen hätte – doch der stand hinter seinem Schreibtisch und starrte Jen ebenso schockiert an.

»Da ich jetzt eure Aufmerksamkeit habe, könnten wir vielleicht kurz übers Geschäft reden. Wie kommst du mit dem Buchhaltungssystem zurecht?« Sie warf Mark einen Blick zu, der sagte: *Benimm dich oder du wirst es bereuen.*

Sie beachtete Cam nicht, und ihr neuer Freund sagte kein Wort.

»Ich habe den Mitarbeitern hier das Wichtigste beigebracht, und ich habe alles, was ich brauche«, entgegnete er steif. »Den Rest kann ich von zu Hause aus erledigen.«

Eigentlich hatte er sich vorgenommen, einen Bericht zu schreiben und noch einige Tage länger zu bleiben. Er wollte sicherstellen, dass jeder, mit dem er geredet und den er eingewiesen hatte, auch auf dem Laufenden war und wusste, was er zu tun hatte. Aber da Crane zurück war, verspürte er keine große Lust mehr, länger als unbedingt nötig zu bleiben.

Vor allem nicht, wenn Bren nicht da sein würde.

Jen hatte ihn dazu gebracht, es auszusprechen: Sein Job hier war erledigt. Es gab für ihn keinen Grund, länger zu bleiben.

Er hatte Jens Klugheit immer geschätzt. Er würde heute seine Arbeit beenden und dann selbst Urlaub machen, statt direkt nach Hause zu fliegen. Das hatte er sich schon von Beginn an überlegt.

Und so nickte er. »Ich habe alles, was ich brauche. Ich werde meine Arbeit hier zum Abschluss bringen und bin dann raus.«

»Großartig. Falls ich Fragen habe, maile ich dir«, erwiderte Jen.

»Ich werde für ein paar Wochen nicht erreichbar sein. Wenn ich schon einmal in Australien bin, will ich mir das Land auch ansehen.«

Man musste Crane zugestehen, dass er nicht so dumm war, wie er aussah. »Wenn Sie meiner Schwester weh tun, werden Sie es bereuen, dass Sie überhaupt geboren worden sind.«

Mark beugte sich so weit vor, dass sich ihre Nasenspitzen beinahe berührten. Nur der Schreibtisch trennte sie noch. »Wenn Sie Jennifer weh tun, werden *Sie* es bereuen, dass Sie geboren worden sind.«

Und weil ihm danach war und weil er wusste, dass es Crane ärgern würde, drehte er sich um und küsste Jen. Direkt auf den Mund. »Pass auf dich auf.«

»Viel Glück«, entgegnete sie leise.

»Dir auch.« Warum sie einen Affen wie Crane ihm vorzog, würde er nie verstehen. Aber sie hatte sich entschieden, und sie war offensichtlich glücklich.

Allmählich wurde ihm bewusst, dass sie ihnen beiden einen Gefallen getan hatte.

Jetzt musste er nur noch herausfinden, was ihn glücklich machen würde.

Und er hatte da auch schon ein paar Ideen.

Bren warf ihre Bikinihöschen auf ein seidenes Neckholder-Top und nahm sich nicht einmal die Zeit, um die Kleidungsstücke ordentlich zusammenzulegen. Ihr war egal, wie die Kleider in der Tasche lagen, was sandig wurde, was zerknitterte oder vollkommen ruiniert wurde. Ihr war auch egal, ob sie vielleicht etwas vergaß, solange sie nur schnell das Haus verlassen konnte.

Sie hörte, wie die Eingangstür ins Schloss fiel, und fluchte. Ungeduldig stopfte sie die Strings tiefer in die Segeltuchtasche, um sie schließen zu können. Alles andere würde sie später abholen, wenn Mark zurück in Amerika war. Im Augenblick zählte nur ihre selbst auferlegte Anti-Stress-Taktik.

Das war ein Ausdruck, der einem Ami wie Mark bestimmt gefiel. Eine verfluchte Anti-Stress-Taktik.

Nach einer kurzen, aber niederschmetternden Auseinandersetzung mit Cam hatte sie tatsächlich ihren Job gekündigt. Noch nie zuvor hatte sie so etwas getan. Sie war so wütend gewesen, dass sie sich keine Gedanken über die Konsequenzen gemacht hatte ...

Seine Wutausbrüche waren legendär, aber gerade als sie die Tür erreicht hatte, um sein Büro zu verlassen, rief er ihr hinterher: »Sei nicht dumm. Nimm dir ein paar Wochen frei. Mach Urlaub.«

Sie ignorierte ihn und gab ihm nicht einmal zu verstehen, ob sie seine Worte gehört hatte oder seinen Vorschlag annehmen würde. Nachdem sie ihren Schreibtisch aufgeräumt und einige Telefonate erledigt hatte, damit die Firma nicht unter ihrem überstürzten Abgang leiden musste, nahm sie ihre Tasche auf. Cam war noch immer nicht aufgetaucht, um sich zu entschuldigen und sie zum Bleiben zu überreden.

Was ärgerlich war, denn inzwischen war sie bereit, seine Entschuldigung anzunehmen und sogar einzugestehen, dass sie teilweise eine Mitschuld traf. Nicht weil sie mit Mark geschlafen hatte – oder mit jedem anderen Mann, der ihr gut gefiel. Sondern weil sie ins Gästehaus gezogen war, obwohl sie genau wusste, dass Cam einen Anfall bekommen hätte, wenn sie auch nur danach gefragt hätte.

Aber Cam kam nicht, um zu Kreuze zu kriechen, also konnte sie ihm auch nicht vergeben. Und so atmete sie tief durch und ging hocherhobenen Hauptes zum Ausgang.

»Einen schönen Urlaub«, sagte Fiona betont beiläufig. Doch das freudige Funkeln in ihren Augen verriet, dass sie es kaum abwarten konnte, die exzellenten Klatschgeschichten, die sie heute gesammelt hatte, endlich loszuwerden. Das heutige Fiasko würde ihr für die nächsten paar Jahre genug Stoff zum Tratschen liefern.

»Danke.«

»Hier ist dein Urlaubsgeld.« Fi reichte ihr einen Umschlag.

Bren hob die Augenbrauen, aber die Empfangsdame zuckte die Schultern. »Lehne niemals Geldgeschenke ab.«

Das war der beste Ratschlag seit langem gewesen – vor allem wenn man bedachte, in welcher Situation sie sich momentan befand: so gut wie arbeitslos und ohne Bleibe …

Grimmig zurrte Brenda nun die Kordeln der großen Segeltuchtasche fest.

Der Umschlag lag noch immer ungeöffnet in ihrer Tasche. Wenn sie ihn aufgemacht hätte, dann hätte sie mit Sicherheit etwas Dummes getan. Aber jetzt musste sie sich erst einmal eine neue Unterkunft suchen.

Und an ihrer Einstellung arbeiten.

Und keine Männer mehr!

»Brenda?« Warum hatte er ihr nicht wenigstens genug Zeit gegeben, um ihre Sachen zusammenzupacken und zu gehen? Als ihr dummes Herz beim Klang seiner Stimme wie ein Fisch an der Angel hüpfte, verfinsterte sich ihr Blick.

Konnte dieser Mann nicht bis abends arbeiten wie alle anderen Menschen auch? Dann hätte sie zumindest die Möglichkeit gehabt, um ihre Sachen aus dem Haus zu bringen.

Sie hievte eine der voluminösen Taschen hoch und wankte mit der schweren Last im Arm aus dem Zimmer. Atemlos kam sie an den Treppenabsatz und sah Mark am Fuße der Treppe stehen. Ihr Herz schien einen Schlag lang auszusetzen – genau wie bei ihrer ersten Begegnung. Es war nicht fair. Wieso hatte er diese Wirkung auf sie?

»Warum bist du nicht bei Jennifer?«, platzte sie gereizt heraus.

»Jennifer Talbot?«

»Nein. Jennifer Lopez.«

Ein Moment verstrich, und sie merkte, dass er sie anblickte, wie er sie noch nie zuvor angeblickt hatte. »Jen ist mit deinem Bruder Cameron zusammen.«

Sie schnaubte verächtlich. »Weiß Cam, dass sie dich im Büro umarmt hat?«

Mark verteidigte sich nicht oder stritt alles ab oder wirkte schuldbewusst. Er lächelte sie an. Sie war sich nicht sicher, ob er dumm oder krank war oder ob er einfach nur kein Fünkchen Anstand im Leibe hatte. Vermutlich trafen alle drei Möglichkeiten auf ihn zu. »Wir haben uns zum Abschied umarmt.«

Sie sah ihn noch immer an. Und auch er ließ sie nicht aus den Augen. »Ich habe gehört, dass du in den Urlaub fährst?«, fuhr er fort.

»Das stimmt. Ich packe just in diesem Moment meine Koffer für Paris.«

Mark zog einen Umschlag aus seinem Aktenkoffer. »Wie wäre es stattdessen mit den Whitsunday Islands?«

Es bestand kein Zweifel daran, dass der Umschlag aus einem Reisebüro stammte – aber aus welchem Grund zeigte er ihn ihr?

Weil sie die Antwort auf diese Frage nicht wusste, schwieg sie abwartend.

»Denkst du, du könntest runterkommen? Oder soll ich vielleicht raufkommen? Ich bekomme allmählich einen steifen Nacken.«

Wortlos setzte sie sich auf die oberste Stufe und schob die Tasche zur Seite.

Mark rannte die Stufen hinauf und nahm neben ihr Platz. Zu spät fiel ihr auf, dass sie besser nach unten gegangen wäre. Da er zu ihr gekommen war, saß sie nun eingekeilt zwischen ihm und der Wand, spürte seine Hüfte warm an der ihren, spürte seinen Schenkel, der an ihr Bein geschmiegt war, spürte den Stoff seines Hemdes an ihrem nackten Arm.

Sie wollte sich ihm in die Arme werfen und weinen. Stattdessen saß sie stocksteif neben ihm und betrachtete scheinbar interessiert ihre Fingernägel.

»Brenda, willst du mit mir zusammen auf die Whitsunday Islands fahren und dort deinen Urlaub mit mir verbringen?«

»Ich dachte, du wolltest mich fallenlassen, weil ich Cams Schwester bin.«

»Ich will noch einmal von vorn beginnen. Ich war dumm, habe mich wie ein Idiot verhalten, habe mir etwas vorgemacht …«

»Und du warst taktlos«, fügte sie hinzu und war froh, dass sie ihm behilflich sein konnte, sich vor ihr herabzuwürdigen.

»Definitiv taktlos«, stimmte er zu. »Du hingegen warst … wundervoll. Ich kam hierher und war verletzt und zornig und der festen Überzeugung, dass ich nur Spaß haben wollte. Ich wollte feiern und jede Nacht mit einer anderen Frau schlafen. Und dann habe ich dich getroffen. Und als ich es dann versucht habe, als wir zusammen ausgegangen sind, wollte ich plötzlich keine andere Frau mehr. Ich wollte nur dich.«

»Wirklich?«

Er nahm eine ihrer Hände in seine. Ihr gefiel das warme, prickelnde Gefühl, das dieser Kontakt zwischen ihnen auslöste. Er küsste ihre Finger, und sie genoss die sachte Berührung seiner Lippen und das leichte Kratzen seiner Bartstoppeln, als sein Kinn ihre Haut streifte.

»Du hattest recht. Ich glaube, tief in meinem Innern wollte ich Jen zurück. Aber als ich sie heute sah, konnte ich nur an dich denken. Ich habe gesehen, dass sie glücklich ist. Keine Ahnung, warum. Was sie an diesem haarigen Grobian findet, bleibt mir ein Rätsel.«

Ein leises Lachen erklang und erinnerte ihn daran, dass er sich mit der Schwester dieses haarigen Grobians unterhielt. »Ich verstehe es auch nicht«, pflichtete sie ihm bei. »Willst du damit sagen, dass du sie nicht mehr liebst?«

»Ich werde dir sagen, was ich auch Jen gesagt habe. Ein kleiner Teil von mir wird sie immer lieben. Sie ist toll. Aber sie ist nicht die Richtige für mich, und ich bin nicht der Richtige für sie. Ich denke, wir waren einfach zu lange zusammen und haben nicht gemerkt, dass wir eher Freunde als Liebende sind und dass wir dazu bestimmt sind, Kollegen und keine Lebenspartner zu sein.«

»Meine Güte. Und das hast du alles heute begriffen?«

»Ich glaube, ich weiß es schon länger. Ich wollte die Wahrheit nur nicht sehen.«

»Und jetzt?«

»In meinen Augen ist dein Bruder ein Arsch, und du siehst das offenbar genauso. Also, zur Hölle mit ihm. Lass uns Urlaub machen. Ich will Zeit mit dir verbringen, um dich zu genießen und dich besser kennenzulernen.«

»Aber du wirst nicht versuchen, andere Frauen ins Bett zu kriegen, während du mit mir zusammen bist, oder?«

Er zuckte zusammen. »Wie konnte ich mich nur so furchtbar aufführen? Nein. Versprochen.«

»Tja, dann. Okay. Also muss ich meine Freunde nicht länger in dem Glauben lassen, dass du schwul bist?«

Er erstarrte. »Ich dachte, ich hätte etwas über meine unzulängliche Ausstattung gehört.«

»Das Gerücht habe ich nur im Büro verbreitet.«

»Ich verstehe. Also hast du deinen Freunden erzählt, ich sei schwul, und deinen Kollegen, dass ich nicht besonders gut bestückt sei. Noch was?«

»Es könnte sein, dass ich *Viagra* erwähnt habe.«

»Okay, das reicht.«

Er zog sie so schnell auf die Beine, dass sie erschrocken aufschrie. »Was hast du vor?«

»Offensichtlich muss ich dich daran erinnern, dass ich nicht schwul bin, dass alle meine beachtlichen Körperteile ganz wunderbar funktionieren und dass ich dazu keine Medikamente benötige.«

»Du bist nicht böse?«

Er ging in die Knie, legte sie sich so schnell über seine Schulter, dass ihr die Luft wegblieb, und hob sie hoch. »Ich bin sogar sehr böse. Und du wirst es gleich zu spüren bekommen.« Sie seufzte lustvoll auf, während sie über seiner Schulter hing und er sie in sein Schlafzimmer trug.

»Die Whitsunday Islands sind in der Nähe des Great Barrier Reefs«, sagte sie und betrachtete seinen Hintern. Ein wirklich netter Hintern. »Wir könnten schnorcheln und tauchen und uns die prächtige Unterwasserwelt anschauen.«

»Das Einzige, was du zu sehen bekommen wirst, ist die Decke unseres Hotelzimmers«, warnte er sie und warf sie aufs Bett.

9. Kapitel

Nachdem er sie in den ersten Wochen ihrer Bekanntschaft wie eine Wegwerfzahnbürste behandelt hatte und sie ihm trotzdem verfallen war, war es jetzt, da Mark sie wie den wichtigsten Menschen auf der Welt umsorgte, vollkommen um Bren geschehen.

Sie flogen nach Brisbane und stiegen dann in ein kleineres Flugzeug um, das sie nach Hamilton Island brachte, von wo aus sie mit einer Motoryacht zu ihrer Insel übersetzten. Schon einmal hatte Bren das gigantische Riff auf einem Tauchausflug kennengelernt, doch sie war nie auf den kleinen verstreuten Inseln gewesen, die am Rande des Great Barrier Reefs lagen.

Während uniformierte Bedienungen ihnen Champagner und Horsd'œuvres servierten, glitzerte das Meer um sie herum, und in der Ferne erblickte sie einen sichelförmigen Strand mit dem weißesten Sand, den sie je gesehen hatte.

Im Urlaubsresort tummelten sich junge, wohlhabende Pärchen. Einige von ihnen hatten ihre Kinder dabei. Der gesamte Ort war darauf ausgerichtet, auf gehobenem Niveau Romantik zu verbreiten. Nie zuvor war sie in einem Resort gewesen, das so nobel und verträumt war wie dieses.

Perfekt. Bis auf die Tatsache, dass sie das einzige Paar zu sein schienen, das nicht frisch verheiratet war.

»Sind Sie in den Flitterwochen, Herzchen?«, fragte die Frau, die am Pool die Handtücher verteilte.

»Noch nicht«, erwiderte Bren leicht spöttisch. »Wir üben noch.«

Und das taten sie ausgiebig – dennoch bekamen sie einfach nicht genug voneinander.

Lustig, zärtlich, ungemütlich verdreht oder langsam und sacht – es war egal. Bren konnte von Mark nicht genug bekommen, und er, so schien es, bekam auch nicht genug von ihr.

Er hatte bisher noch kein Wort darüber verloren, zum Riff hinauszufahren. Also entschloss sie sich, ihn mit den Tickets zu überraschen.

Nachdem sie zum Dinner frische Meeresfrüchte genossen hatten, saßen sie draußen, lauschten den Wellen und unterhielten sich über alles Mögliche – von der politischen Situation in ihren beiden Ländern über ihre erste Liebe bis hin zu Sportarten, in denen sie geglänzt hatten, und natürlich den Trophäen, die sie gewonnen hatten, hätten gewinnen sollen oder schmachvoll verloren hatten.

»Hey«, sagte sie in ein kurzes Schweigen hinein. »Ich habe uns heute eine Überraschung besorgt.«

Er sah sie von der Seite an, und sie entdeckte in seinen Augen das Funkeln, das sie schon so gut kannte. »Kommt die Überraschung aus dem Sexshop?«

Es gab im Haupthaus des Resorts tatsächlich einen gut sortierten Sexshop, doch bisher hatten sie noch nicht das Bedürfnis verspürt oder die Notwendigkeit gesehen, ihre Lust durch Hilfsmittel zu steigern.

»Nein«, erwiderte sie und reichte ihm den Umschlag.

Das freudige Funkeln in seinen Augen erstarb, als er die Tickets und die Broschüre, die sie dazugelegt hatte, las. »Toll«, sagte er mit gezwungener Begeisterung. Bren wünschte sich, sie hätte diese Angelegenheit erst mit ihm diskutiert und ihn nicht damit überrascht.

»Was ist los?«, fragte sie. »Hattest du mal eine Nahtoderfahrung wegen einer Meeresschildkröte?«

»Nein.«

»Reagierst du allergisch auf Korallen?«

»Nein. Aber es ist nett, dass du noch immer deine ausschweifende Phantasie benutzt, um mich wie den letzten Trottel dastehen zu lassen.«

»Du hast Angst vor Haien.«

»N...« Er sah sie mit großen Augen an. »Da draußen gibt es Haie? Die Leute bezahlen Geld dafür, um in haiverseuchten Gewässern schnorcheln zu dürfen?«

Sie lachte leise. »Wenn du dir über jedes tödliche Lebewesen in unseren Gewässern Sorgen machen würdest, dürftest du nicht einmal einen Zeh ins Wasser halten.«

»Ich werde seekrank«, gestand er, als wäre es ein peinliches Geheimnis.

»Oh, darüber brauchst du dir keine Gedanken zu machen. Sie verteilen *Dramamine* und Spucktüten, wenn man an Bord geht.«

Er schluckte. »Das hört sich für mich nicht unbedingt vertrauenerweckend an.«

»Komm schon«, lockte sie. »So eine Gelegenheit bekommt man nur einmal im Leben.«

»Genau wie eine Blinddarmoperation.«

Selbstverständlich ließ er sich schließlich doch zu dem Ausflug überreden. Zwar wurde ihm nicht übel, doch er verschlief beinahe die gesamte Hinfahrt, nachdem er sich großzügig selbst *Dramamine* verabreicht hatte. Bren nahm vorbeugend gegen die Übelkeit nur eine Ingwer-Pille, da sie ohnehin einen starken Magen hatte.

Aber um die Erfahrung, am Great Barrier Reef zu schnorcheln, mit Mark zu teilen, lohnte sich jeder Augenblick auf offener See – da war Bren sich sicher.

Das Boot legte schließlich an einer Metallplattform an, die mitten im Ozean zu schwimmen schien. Um sie herum war nichts als Wasser, und auch am fernen Horizont konnte man kein Land ausmachen. Nur am Riff brachen sich die Wellen.

Als sie Mark geweckt hatte, wirkte er gespannt und erwartungsvoll. Also setzten sie die Tauchermasken mit den Schnorcheln auf und zogen sich Flossen an. Und von dem Moment an, als sie ins Wasser sprangen, war es, als wären sie in eine andere Welt eingetaucht.

Sie sahen riesige Venusmuscheln, deren gewaltige Münder in einem lebhaften Rot erstrahlten, Meeresschildkröten, die still durchs Wasser schwebten und die Menschen ignorierten, und Fische jeder Farbe und Art.

Bren und Mark hielten sich an den Händen, als sie mal hierhin, mal dorthin schwammen und sich gegenseitig besondere Dinge zeigten.

Nachdem sie stundenlang geschnorchelt hatten, machten sie eine Pause, um das Essen zu kosten, das die Crew auf der schwimmenden Plattform angerichtet hatte. Und schließlich gingen sie wieder an Bord des Bootes und fuhren zu ihrem Inselresort zurück.

Bren stellte fest, dass Mark zu beschäftigt damit war, über die Eindrücke zu reden, so dass er die *Dramamine*-Pille schlicht vergaß. Doch da die Rückfahrt relativ ruhig verlief, ging es ihm gut.

»Schnorcheln macht mich scharf«, sagte er, als er sie nach ihrer Ankunft im Resort in ihr Hotelzimmer schob.

Da ihr der Sinn im Augenblick eher nach einer heißen Dusche und etwas zu essen stand, verdrehte sie die Augen. »Dich macht alles scharf.«

»Nur wenn du dabei bist.«

»Ich kann kaum glauben, dass das unser letzter Tag ist«, sagte Bren. Eigentlich hatte sie übertrieben theatralisch klingen wollen, doch sie konnte nicht verhehlen, dass ihr bewusst war, dass am Ende dieses Urlaubs auch die beste Affäre ihres Lebens vorbei sein würde.

Mark würde ans andere Ende der Welt nach San Francisco zurückkehren. Sicherlich, tröstete sie sich, könnte sie ihn ab und zu besuchen. Und er würde immer noch für *Crane* tätig sein. Vielleicht könnte sie Cam dazu überreden, sie für ein paar Recherchen nach San Francisco zu schicken. So könnten sie und Mark zumindest einige Wochenenden gemeinsam verbringen.

Doch es wäre nicht mehr dasselbe.

Sie wollte nicht verletzt sein – oder zumindest wollte sie ihm nicht zeigen, dass sie verletzt war. »Was möchtest du an unserem letzten Tag machen?«, fragte sie betont fröhlich.

»Ich würde gern mit dir schlafen.«

Sie lachte, aber es klang wehmütig. »Das haben wir doch schon gestern gemacht.«

»Und vorgestern.«

»Und vorvorgestern.«

»Gibt es denn etwas, das du lieber tun würdest?«, fragte er höflich.

Sie blickte ihn an, bemerkte den Rest von Rasiercreme,

der an seinem Kinn haftete, sah das Handtuch, das um seine sonnengebräunten Schultern gelegt war, und die karierten Boxershorts, die er trug. Bei seinem Anblick schmolz sie einfach dahin. Sie griff nach dem Saum ihres leichten Sommerkleides und zog es aus. Das war die Antwort, die er sich erhofft hatte …

»Wir haben nur noch eine Stunde, bis das Boot ablegt«, sagte sie etwas später.

»Hm.« Er knabberte zärtlich an ihrem Bauch und hauchte eine Spur von Küssen bis zu ihrer Hüfte …

»Mark«, sagte sie irgendwann, nachdem sie aus dem Schlaf erwacht war. »Mark!«

»Was?«, murmelte er.

»Das ist das Signalhorn des Bootes. Und wir haben noch nicht einmal gepackt.« Sie versuchte, sich aus seiner Umarmung zu winden.

»Kommt es an oder fährt es weg?«, fragte er mit einer Ruhe, die sie in den Wahnsinn trieb.

»Ich weiß es nicht. Wach auf.«

»Wir sind vermutlich sowieso zu spät«, erwiderte er und nutzte die letzten, wertvollen Sekunden, um ihre Brüste zu küssen. »Ich liebe deine Brüste«, brummte er.

»Hast du einen Sonnenstich oder so? Das Boot legt gleich ohne uns ab.«

»Ja«, entgegnete er. »Das wird es.«

Der Mann war schon jenseits eines Sonnenstichs – er war offensichtlich unzurechnungsfähig. »Ist dir das egal?«

»Ziemlich. Mir gefällt es hier.«

Sie fühlte seine Stirn. Ob er Fieber hatte? Doch er ergriff ihre Hand und küsste ihre Handinnenfläche.

»Du kannst doch wieder herkommen«, versicherte sie

und fragte sich, ob er vielleicht etwas Falsches gegessen hatte.

»Ich möchte meine Flitterwochen hier verbringen«, sagte er und widmete sich wieder ihren Brüsten.

»Tja, da bist du nicht allein.«

»Ich will nächste Woche meine Flitterwochen hier verbringen«, fuhr er fort und wechselte von ihrer linken Brust zu ihrer rechten. »Ich bin mir sicher, dass deine Nippel unterschiedlich schmecken, aber ich kann mir nicht erklären, warum das so ist.«

»Was?«, stieß sie atemlos hervor.

»Deine Brüste. Ich glaube, sie schmecken unterschiedlich.«

Sie gab ihm einen Klaps auf die Schulter. »Ich meinte nicht den Teil, sondern den anderen.«

Er hob seinen Kopf, und der Ausdruck in seinen Augen ließ ihr Herz stocken. »Sie haben eine kleine Hochzeitskapelle, und ein paar Termine sind noch frei. Wir können heute heiraten.«

»Warum willst du mich heiraten?«, fragte sie und bemühte sich, nicht zu zeigen, dass sie kurz davorstand, in Tränen auszubrechen.

»Weil ich dich liebe.«

»Aber ich bin ein hoffnungsloser Fall. Ich habe kein Händchen für meine Finanzen, ich werde manchmal sogar aus meiner Wohnung geworfen, ich stelle meine Kollegen im Büro ab und zu bloß, ich bin nicht klug und lieblich wie Jennifer Talbot.«

»Du bist lustig, sexy, unglaublich kreativ, und ich liebe dich.«

»Oh.« Sie schniefte. Ich weine sonst nie wegen eines Mannes, ermahnte sie sich selbst. Okay, vielleicht hatte sie sich einfach eine Erkältung eingefangen. Ein kurzes Schniefen bedeutete schließlich noch längst nicht, dass man weinte.

»Was ist mit mir?«

»Du bist auch lustig, irgendwie. Und definitiv sexy. Aber was deine Kreativität angeht, bin ich mir nicht so sicher. Ich glaube, du bist nicht sehr kreativ.« Sie schwieg einen Moment. »Aber am Taschenrechner macht dir niemand was vor.«

»Darum passen wir so perfekt zueinander. Mit dir an meiner Seite ist mein Leben verrückt und aufregend, und ich kann im Gegenzug möglicherweise dein Finanzproblem lösen und dafür Sorge tragen, dass du auf dem Boden bleibst.«

Vielleicht war es nicht im herkömmlichen Sinne romantisch, aber die Vorstellung, jemanden zu haben, der sich um die Dinge kümmerte, mit denen sie nicht zurechtkam, war absolut reizvoll. Und er hatte recht, was sie betraf. Mit ihr zusammen konnte er lustig und kreativ sein. Ohne sie würde er auf der Stelle treten und als Langweiler enden. Sie war schon beinahe bereit, in die Ehe einzuwilligen, nur um seine Garderobe ein bisschen aufzupeppen.

»Also? Wirst du mich heiraten?«

»Bist du dir sicher?«

»Oh, Süße, ich war mir einer Sache noch nie so sicher.«

Sie schniefte wieder und blinzelte ein paarmal. »Ich werde aber keines von diesen übertriebenen weißen Brautkleidern tragen, die sie in der Boutique anbieten.« Es gab dort jedoch ein wundervolles himmelblaues Seidenkleid, knielang und rückenfrei, auf das sie schon ein Auge geworfen hatte. Es wäre perfekt.

»Du kannst alles tragen, was du willst – Hauptsache, du heiratest mich.«

»Und warum sollte ich das tun?«

»Weil du mich auch liebst?«, entgegnete er mit einem herausfordernden Funkeln in den Augen und so viel Liebe im Herzen, wie eine Frau sich nur wünschen konnte.

»Weil ich dich liebe«, sagte sie leise und rollte nackt, wie sie war, auf ihn. Und sie konnte es kaum erwarten, gemeinsam mit ihm den Rest ihres Lebens zu verbringen.

Wie es mit Halley und Evan weitergeht,
erfahren Sie in

Verbotener Genuss

von

Erin McCarthy

KNAUR TASCHENBUCH VERLAG